BASTEI LÜBBE
TASCHENBUCH

Weiterer Titel der Autorin:

In jener sternenklaren Nacht

Über die Autorin:

Blanca Busquets, geboren 1961 in Barcelona, ist eine der bekanntesten katalanischen Schriftstellerinnen. Seit sie im Alter von zwölf Jahren ihre erste Geschichte geschrieben hat, ist das Schreiben der Mittelpunkt ihres Lebens. Heute arbeitet sie als Journalistin und Romanautorin. 2011 wurde Blanca Busquets mit dem *Premi Llibreter*, dem katalanischen Buchhändler-Preis, ausgezeichnet.

BLANCA BUSQUETS

Die Partitur des *Glücks*

Roman

Übersetzung aus dem Katalanischen
von Ursula Bachhausen

BASTEI LÜBBE TASCHENBUCH

BASTEI LÜBBE TASCHENBUCH
Band 17462

Dieser Titel ist auch als E-Book erschienen

MIX
Papier aus verantwortungsvollen Quellen
FSC www.fsc.org
FSC® C014496

Vollständige Taschenbuchausgabe
der bei Lübbe Hardcover erschienenen Hardcoverausgabe

Titel der katalanischen Originalausgabe: »La casa del silenci«
Published by Agreement with Pontas Literary & Film Agency

Die Übersetzung dieses Werkes wurde gefördert durch das Institut Ramon Llull

llull institut ramon llull
Katalanische Sprache und Kultur

Für die deutschsprachige Ausgabe:

Textredaktion: Petra Zickmann, Frankfurt/Main
Umschlaggestaltung: Jeannine Schmelzer
Unter Verwendung eines Motives von © istockphoto: naphtalina|
Oliver1973|Nikada und © shutterstock: Lora liu|mythja|
Matthew Cole|Tymonko Galyna|Resul Muslu
Satz: Greiner & Reichel, Köln
Gesetzt aus der Adobe Caslon Pro
Druck und Verarbeitung: GGP Media GmbH, Pößneck
Printed in Germany
ISBN 978-3-404-17462-1

1 3 5 4 2

Sie finden uns im Internet unter www.luebbe.de
Bitte beachten Sie auch: www.lesejury.de

Ein verlagsneues Buch kostet in Deutschland und Österreich jeweils überall dasselbe.
Damit die kulturelle Vielfalt erhalten und für die Leser bezahlbar bleibt, gibt es die gesetzliche Buchpreisbindung. Ob im Internet, in der Großbuchhandlung, beim lokalen Buchhändler, im Dorf oder in der Großstadt – überall bekommen Sie Ihre verlagsneuen Bücher zum selben Preis.

Meinem Vater und meinem Onkel Francesc,
die immer alles für die Musik gegeben haben

Die Probe

TERESA

Meine erste Geige habe ich auf einer Müllkippe gefunden. Es war eine sehr gute Geige, auch wenn ich das damals noch nicht wusste. Doch ich erkannte auf den ersten Blick, dass sie etwas Magisches hatte. Sie glänzte in der Dunkelheit, und was glänzt, ist meistens magisch. Ich erfinde das nicht einfach so, die Geschichte stimmt wirklich. Meine Mutter und ich suchten früher oft im Müll nach Dingen, die sich noch verkaufen ließen. Die Leute hier würden sicher große Augen machen, wenn ich ihnen das erzählen würde.

Bis eben war ich allein im Theater. Dann waren mit einem Mal leise Schritte zu hören, die auf die Vorbühne zustrebten. Und nun erscheint der Kopf des ersten Musikers, eines Trompeters. Er ist ein farbloser Mann, der aussieht, als wäre das Instrument sein einziger Besitz von Wert. Er winkt mir zu und sagt ein paar Worte, doch ich verstehe ihn nicht. Irgendjemand hat mal erwähnt, er sei Rumäne; glaube ich jedenfalls.

Eine ganze Weile habe ich mit der Geige in der Hand einfach nur auf einem Stuhl gesessen und in den leeren Zuschauerraum gestarrt. Ich war es leid, mich einzuspielen, und sehnte mich nach Stille. Der Stille im Theater, aber auch der Stille draußen auf den laubbedeckten Straßen und Plätzen der Stadt.

Bevor ich hergekommen bin, habe ich eine Zeit lang am Hotelfenster gestanden und zugesehen, wie die Blätter von den Bäumen fallen und auf der Erde einen wunderschönen, herbstlich bunten Teppich bilden. Bei uns zu Hause in Katalonien muss man für eine solche Farbenpracht weit fahren. Bis in die Berge, die ich zum ersten Mal gesehen habe, als ich schon fast erwachsen war. Als Kind bin ich aus Barcelona nie herausgekommen.

Mit dem Fund der Geige sollte sich mein Leben grundlegend verändern. »Sieh mal, was ich hier habe«, rief ich meiner Mutter zu und hob triumphierend mit der einen Hand das Instrument und mit der anderen den Bogen hoch. Aus Versehen streifte ich dabei über die Saiten, und diese gaben einen schrillen Ton von sich, der mir durch und durch ging. Ich war mir nicht sicher, ob ich es schön oder schrecklich finden sollte, es war ein eigenartiges Geräusch. Dann nahm ich die Geige genauer in Augenschein. Ich presste ein Auge an eins der F-Löcher, von denen ich damals natürlich noch nicht wusste, dass sie so heißen. Für mich war es bloß ein langgezogenes Loch, durch das ich auf dem Boden des Instruments ein paar handschriftliche

Lettern ausmachen konnte. Ich versuchte zu lesen, was da stand, verstand es jedoch nicht. Das Einzige, was ich entziffern konnte, war eine Jahreszahl: 1672.

»Was gibt es da zu sehen?«, murrte meine Mutter. »Nun bring sie schon her, die können wir zu Geld machen.« Sie achtete nicht darauf, wie die Gegenstände aussahen, die wir aus dem Müll zogen. Für sie zählte nur, ob man sie verkaufen konnte oder nicht. Dabei lebten wir nicht etwa auf der Straße oder im blanken Elend, oder vielleicht doch, je nachdem, von welcher Warte man es betrachtet. Aus heutiger Sicht würde man es definitiv so nennen, mittlerweile ist es ja bereits anrüchig, wenn man sich nicht ausgewogen ernährt, mit Obst, Gemüse, Kohlenhydraten und ich weiß nicht, was sonst noch allem. Damals aßen wir schlicht das, was es gerade gab, und das konnte mal nur Brot und ein bisschen Käse und mal ein Eintopf mit Kichererbsen oder Linsen sein.

Meinen Vater habe ich nie kennengelernt. Er war ein Ausländer, der, den Erzählungen meiner Mutter zufolge, ein paar Mal mit ihr geschlafen hatte und anschließend wieder verschwunden war. Allein war sie vorher gerade so über die Runden gekommen, doch dann musste sie auf einmal ein Kind ernähren. Von dem Zeitpunkt an stand ihr das Wasser bis zum Hals.

»Die blonden Haare und blauen Augen hast du von ihm«, sagte sie immer wieder zu mir und strich mir dabei sanft mit der Rückseite ihrer Finger über die Wange. Mehr als einmal habe ich gesehen, dass sie Tränen in den Augen hatte, wenn sie mich anschaute. Vielleicht fühlte sie sich noch immer an diesen Mann gebunden, der mit der Tramontana gekommen war und ein Kind gezeugt hatte, bevor ihn der Südwind wieder davongeweht hatte. Wenn meine Mutter davon sprach, wie ähnlich ich ihm sah, dass ich seine Augen und Haare hatte, wusste ich nicht, ob ich ihn lieben und vermissen oder dafür hassen sollte, was er ihr angetan hatte. Dieselbe Unsicherheit, dasselbe Gefühl, nicht zu wissen, was richtig und was falsch ist, spürte ich viele Jahre später wieder, als ich Karl kennenlernte.

An jenem Tag damals waren wir später auf der Müllkippe unterwegs als gewöhnlich. Ich kann mich daran erinnern, dass es bereits dunkel wurde, als mir auf einmal eine Holzkiste ins Auge fiel, die, halb unter dem Unrat verborgen, kaum zu erkennen war. Ich klaubte sie hervor, und als ich bemerkte, dass es sich um eine Geige handelte, suchte ich instinktiv nach dem Bogen. Nicht, dass ich in meinem Leben bis dahin viele Geigen zu Gesicht bekommen hätte, aber eine schon. Unsere Lehrerin hatte uns nämlich in der Schule ein Buch zu lesen gegeben, in dem ein Mädchen mit geschlossenen Augen auf einer Geige spielte. Ich konnte mir genau vorstellen, wie es sich anhörte. Ich hatte die Töne im Kopf, ohne sie zu hören. Und das Merkwürdigste daran war, dass es wirklich wie eine Geige klang, denn als ich zum ersten Mal eine echte Geige vernahm, stellte ich fest, dass sie sich genauso anhörte, wie ich es mir in meiner Fantasie ausgemalt hatte. Als ich dann zum ersten

Mal spielte, schloss ich die Augen, wie das Mädchen im Buch. Später nicht mehr, später rang ich mit weit aufgerissenen Augen mit den Barockkomponisten, die selbst den größten Virtuosen einiges abverlangen, und mühte mich, ihren schwindelerregenden Melodien zu folgen, die etwas von einer Achterbahnfahrt haben können.

Aber das war erst viel später. Damals war ich gerade mal sieben Jahre alt und hatte auf einmal eine Geige für mich allein. Das sollte meinem Leben eine ganz neue Richtung geben. »Nun mach endlich, bring das her, es ist schon spät«, drängte meine Mutter, und ich musste das Instrument wohl oder übel auf den Karren legen, den wir immer zum Müllsammeln mitnahmen. Es war jeden Nachmittag das Gleiche. Meine Mutter hörte auf zu nähen, um mich von der Schule abzuholen, und dann machten wir eine Runde über die Müllkippe. Anschließend brachten wir unsere Fundstücke zum Schrotthändler, der uns für ein paar Peseten abkaufte, was in seinen Augen weiterverkäuflich war. Dieses Geld sicherte uns unser tägliches Brot, denn den Lohn für ihre Näharbeiten bekam meine Mutter nicht immer sofort, oft ließen sich die Kunden lange bitten. Trotzdem sorgte meine Mutter immer dafür, dass ich etwas zu essen hatte. Wie sie das anstellte, weiß ich nicht, aber ich musste nie Hunger leiden. Sie schon, jedenfalls bevor sie auf die Idee mit dem Altwarenhandel gekommen war.

Barcelona war damals das genaue Gegenteil von diesem Berlin heute, mit seinen bunten Blättern. Barcelona war eine düstere Stadt, noch gezeichnet von einem Krieg, der ihren Bewohnern alle Lebenslust geraubt hatte. Bis sich die Stimmungslage mit der Studentenbewegung radikal ändern sollte, war es da noch lange hin. Es gab nicht mal Fernsehen.

Ich aber hatte eine magische Geige. Als wir beim Laden des Althändlers ankamen, baute ich mich vor unserem Wagen auf. »Bitte verkauf die Geige nicht, bitte«, flehte ich händeringend.

Meine Mutter schaute mich überrascht an. »Aber Teresa, die bringt uns ein hübsches Sümmchen ein.«

»Ja, aber ich wollte schon immer Geige spielen. Ich will Geigerin werden«, improvisierte ich auf die Schnelle.

Der Blick meiner Mutter wurde weich. »Ach, das wusste ich ja gar nicht, davon hast du mir noch nie etwas gesagt.«

»Bitte, Mama«, bettelte ich.

Wir nahmen die Geige mit nach Hause. Natürlich hatte ich vorher nie auch nur im Traum daran gedacht, Violinistin zu werden, aber in der Schule gab es dieses Buch mit dem Mädchen, das mit geschlossenen Augen Geige spielte. Und das Instrument, das ich gerade gefunden hatte, schien mir etwas Magisches zu haben. Mit einem Mal spürte ich in mir die Musik aufwallen, die seither immer ein Teil von mir gewesen ist. Sie erfüllte mich mit einer Flut von Melodien, und auf einmal dachte ich wahrhaftig, aus mir müsste eine Geigerin werden.

MARIA

»Maria! Schlafen Sie nicht ein!«

»Nein, nein, natürlich nicht. Ich komme schon …«

Ja, jetzt soll ich rennen. Sie wollen schnell zur Probe, und ich muss hinterher. Dabei habe ich Magenschmerzen, schon seit Tagen; und außerdem bin ich aus dem Alter heraus, in dem man sich scheuchen lässt. Ich bin alt geworden, Senyor Karl, richtig alt.

Gleich werde ich wieder diese Musik hören. So oft, wie ich sie schon gehört habe, kenne ich sie auswendig, aber sie geht mir so zu Herzen, dass ich mir dabei jedes Mal die Augen ausweinen könnte. Dabei habe ich sonst eigentlich nicht nah am Wasser gebaut. Sie haben mir gesagt, ich dürfe in einem der roten Sessel im Parkett sitzen wie eine Dame, dabei will ich das gar nicht, aber jetzt bleibt mir ja nichts anderes übrig. Es war natürlich Senyor Mark, der dafür gesorgt hat. Für Senyora Anna bin ich Luft, die beachtet mich gar nicht.

Gestern bin ich mit dem Flugzeug gekommen. Es war das erste Mal, dass ich geflogen bin, und ich fand es furchtbar. Keinen festen Boden unter den Füßen zu haben ist einfach scheußlich, man weiß überhaupt nicht, wo man ist. Wenn ich an den Rückflug nur denke, Jesses Maria!

Ich kenne diese Stadt nicht, und ich finde sie seltsam, allerdings kommt es mir so vor, als würde sie ein bisschen nach Senyor Karl riechen, was mich ganz durcheinanderbringt. Ich habe Senyor Mark gesagt, ich wolle das Hotel lieber nicht verlassen, weil ich mich sonst bestimmt verlaufen würde, und er meinte, das könnte ich halten, wie ich möchte. Aber ich könnte mich doch auch wieder mit meiner Schwester treffen, so wie gestern. Da habe ich herumgedruckst, die müsse arbeiten, und bin im Hotel geblieben. Aber morgen geht das nicht mehr. Morgen ist das Konzert, da muss ich mich in Schale werfen wie eine Diva, wie die, die damals bei uns zu Hause gesungen hat. Morgen ist es so weit. Dann muss ich meinen Plan in die Tat umsetzen.

Eines Tages hatte Senyor Karl mich gefragt, ob ich Geige oder Klavier lernen wollte. »Aber was reden Sie denn da, Senyor Karl?«, gab ich erschrocken zurück und musste an den Kaplan aus meinem Dorf in Andalusien denken. Der bestand darauf, dass jeder bei der Erstkommunion sang, andernfalls durfte man das Sakrament nicht empfangen. »Wenigstens ein bisschen, nur ein ganz kleines bisschen«, sagte er, bis du schließlich anfingst zu singen. *Großer Gott, wir loben dich …*

Na ja, ganz dumm habe ich mich dabei nicht angestellt, das kann ich ruhig zugeben, jetzt hört mich ja keiner. Jedenfalls bin ich auf den Geschmack gekommen. Ich begann, unter der Dusche zu singen, später auch auf der Straße, und als ich nach Barcelona kam, da sang ich immer, während ich die Wohnungen der beiden eleganten Damen putzte, bei denen ich beschäftigt war, bevor ich bei Senyor Karl anfing. Als sich herausstellte, dass ich bei ihm eine anständig bezahlte Stelle in einem guten Haus hatte, sang ich weiter. Und er spielte am anderen Ende der Wohnung pausenlos Klavier. Also sang ich aus voller Kehle gegen das Klavier an, und immerzu diese Liebeslieder, bei denen mir so warm ums Herz wurde. Eins, das von einem Täubchen handelt, sang ich andauernd, weil es mein Lieblingslied war und mir dabei immer die Tränen kamen. Ich sang immer lauter und lauter und so hingebungsvoll, dass ich das Klavier schließlich gar nicht mehr wahrnahm. Oder zumindest glaubte ich das, denn in Wahrheit hatte Senyor Karl aufgehört zu spielen. Gleich am ersten Tag streckte er den Kopf durch die Tür, legte einen Finger auf die Lippen und machte »Pssst«. Ich hatte erwartet, er würde »Bravo« sagen, und war wie vor den Kopf geschlagen.

Das war das letzte Mal, dass ich den Mund aufmachte, wenn er zu Hause war, weil ich meine Arbeit nicht verlieren wollte, aber auch weil er mich gekränkt hatte. Und Senyor Karl war immer da, entweder spielte er auf der Geige oder auf dem Klavier, immerzu entweder das eine oder das andere. Aber jedes Mal, wenn er nicht da war, fing ich an zu singen, bis er mich eines Tages in flagranti erwischte und mich fragte, ob ich Klavier oder Geige lernen wollte, das könnte ich mir aussuchen. Ich spürte, wie meine Wangen glühend rot und heiß wurden. Als ich steif »Nein, danke« sagte, wirkte er enttäuscht.

Senyor Karl war ein Bild von einem Mann. Ich fand ihn vom ersten Augenblick an attraktiv. Jemand hatte mir erzählt, er sei erst kürzlich nach Barcelona gezogen und suche ein Hausmädchen, und wenn ich Arbeit wollte, sollte ich mich doch bei ihm vorstellen. Also ging ich hin, er öffnete mir die Tür und sagte nur »Hallo«, sonst nichts, weil er nichts anderes sagen konnte, jedenfalls in keiner Sprache, die ich verstanden hätte. Mit Händen und Füßen machte er mir dann klar, was er erwartete. Und da ich nicht auf den Kopf gefallen bin, begriff ich es sofort. Anschließend zeigte er mir neben der Küche ein Zimmer mit einem Bett und einer Toilette. Jesses Maria, ich hatte noch nie eine Stelle gehabt, bei der ich über Nacht bleiben sollte. Und dieser Mann wollte, dass ich bei ihm einzog. Mir kamen Zweifel, aber als er mir kurz darauf einen Zettel mit einer Summe vor die Nase hielt, waren sie wie weggeblasen. Eine derart astronomische Zahl hatte ich vorher ebenfalls noch nie zu sehen bekommen, und dann sollte ich auch noch einen ganzen freien Tag in der Woche bekommen. Das war mehr, als es irgendwo anders geben konnte.

»Einverstanden«, erklärte ich daher, ohne weiter zu feilschen. Im Kopf überschlug ich bereits, was ich mir mit all dem Geld würde kaufen können – so viel Schokolade, wie ich wollte, und Kleider und Schmuck, ja, ich würde mir sogar ein paar Schmuckstücke leisten können, einen schönen Ring und vielleicht ein Paar Ohrringe. Ausgaben hätte ich schließlich keine, denn ich würde ja in seinem Haus leben. Senyor Karl streckte mir die Hand entgegen, und ich schlug überrascht ein. Auch das war mir noch nie passiert. Was der Mann für eine Kraft hatte. Sein Händedruck tat so weh, dass ich um ein Haar aufgeschrien hätte. Aber ich schrie nicht. Ich riss mich zusammen und blieb.

Es war still in diesem Haus. Es war zwar ständig Musik zu hören, aber gedämpft. Senyor Karl schloss sich in einem Zimmer ein und ging seiner Arbeit nach. Das heißt, er spielte Geige oder Klavier oder beides, oder er spielte beides und sang auch noch dazu, und zwar sehr laut. Einmal sah ich ihn danach Noten auf ein Blatt Papier schreiben, doch ich verstand nicht, was das bedeutete, und traute mich auch nicht, danach zu fragen. Er muss es mir angesehen haben, denn er schaute mir in die Augen und sagte: »Ich komponiere, Maria.« Aber das war später, als wir schon miteinander reden konnten.

Anfangs sprachen wir nämlich kein Wort miteinander. Man konnte fast den Eindruck bekommen, als wollte Senyor Karl mir keine Anweisungen geben, nicht einmal, wenn ich nachfragte. Entweder er hörte mich wirklich nicht, oder er tat zumindest so. Doch schließlich sagte er zu mir: »Ich habe Sie angestellt, damit Sie tun, was Ihrer Meinung nach getan werden muss. Ich habe keine Zeit, mir über so etwas Gedanken zu machen.«

»In Ordnung, Senyor Karl«, sagte ich, zog mich zurück und dachte, dann machst du dir am besten eine Liste und schreibst alles auf, was in diesem Haushalt anfällt. Ab jetzt kannst du schalten und walten, als wär's dein eigener.

Und als mein erster Lohn fällig wurde, war es genauso. Die Tage vergingen, doch Senyor Karl bezahlte mich nicht. Als ich schließlich schon zwei Monate bei ihm war und noch immer keinen Céntimo gesehen hatte, fasste ich mir ein Herz und sprach ihn darauf an. Er winkte mich zu seinem Schreibtisch und nahm aus einem Topf, den er dort stehen hatte, einen kleinen Schlüssel. Damit schloss er eine Schublade auf, und ich sah darin Geld liegen, viel Geld. Ich machte große Augen, sagte aber kein Wort.

»Hier«, erklärte er, »bedienen Sie sich jeden Monat selbst, ich vergesse so etwas. Und wenn Sie einmal kein Geld finden, sagen Sie mir Bescheid.«

»In Ordnung, Senyor Karl.«

Dann verließ er das Zimmer. Ich blieb allein zurück, nahm meinen Monatslohn aus der Schublade und überlegte kurz, dass ich jetzt alles einstecken und auf Nimmerwiedersehen verschwinden könnte. Einen Moment lang wäre ich der Versuchung fast erlegen, aber dann sagte ich mir, dass ich nicht zur Diebin geboren war, und ließ es sein. Ich schloss die Schublade ab, legte den Schlüssel zurück in den Topf, betrachtete mein Geld und überlegte, dass es für ein Schmuckstück zwar noch nicht reichen würde, aber immerhin für ein bisschen Schokolade, für mich ganz allein.

TERESA

Der Trompeter hat den Anfang gemacht, und nach und nach sind auch die anderen eingetrudelt. Alle außer Anna und Mark. Die beiden verspäten sich. Gedankenverloren tue ich es den übrigen Streichern des Orchesters nach, lege die Geige an und beginne, sie zu stimmen. Nun ist es vorbei mit der Stille. Wenn ich nachher noch Zeit habe, werde ich die schwierigen Passagen meines Parts noch einmal durchgehen, bei denen die Violine in gewisser Weise mit den Noten Fangen spielt, ein wahrer Geniestreich von Bach. Ich weiß jetzt schon, dass mir die Tränen kommen werden, sobald ich anfange zu spielen. Es macht mich traurig, wenn ich an unser letztes Gastspiel hier zurückdenke oder an den Tag, an dem Karl mich zum ersten Mal anrief und mir vorschlug, mit ihm gemeinsam zu musizieren: »Ich habe Sie gehört und finde, Sie spielen Bach genau so, wie er meiner Ansicht nach gespielt werden sollte.«

Zehn Jahre ist er nun schon tot, doch manchmal kommt

es mir gar nicht so lang vor. Mir ist, als hätte ich noch seine Stimme im Ohr und hörte ihn wieder einmal sagen, ich solle nicht so viel Seele in mein Spiel legen. »Aber wenn ich nicht mit Herzblut an die Sache herangehen soll, warum wolltest du dann, dass ich überhaupt spiele?«, fuhr ich ihn eines Tages gereizt an. Er schaute mir in die Augen und antwortete: »Weil ein Zuviel leichter zu beheben ist als ein Zuwenig. Es gibt nicht viele, die mit Seele spielen können.«

Das allerdings habe ich schon immer getan. Musik hat mich seit jeher zum Weinen gebracht. Noch heute ringe ich um Fassung, doch viele Jahre musste ich mir jedes Mal die Tränen aus den Augen wischen, sobald ich anfing zu spielen. Auch damals, als ich sieben Jahre alt war und meine Mutter mir erlaubte, die Geige mit nach Hause zu nehmen, obwohl ich zu der Zeit weder wusste, wie man das Instrument richtig hielt, noch, wie es zu klingen hatte. Ich schaute mir noch einmal die Schrift in seinem Inneren an, konnte jedoch bis auf die Zahl 1672 nach wie vor nichts damit anfangen. Dann versuchte ich, mich an das Bild des Geige spielenden Mädchens zu erinnern. Ich rief mir ins Gedächtnis, wie sie das Instrument angelegt hatte, machte es genauso und strich mit dem Bogen über die Saiten. Die Geige gab einen schiefen, aber satten Ton von sich, der mich elektrisierte, einen Ton, bei dem mir der Atem stockte und das Herz aufging. Ich habe nie verstanden, wie es jemand in dieser entbehrungsreichen Zeit hatte fertigbringen können, eine so wertvolle, verhältnismäßig gut gestimmte Geige samt bespanntem Bogen in den Müll zu werfen.

Meine Mutter und ich wohnten damals in einer Einzimmerwohnung mit Küche und Bad. Alles, was wir besaßen, lag auf einem Stapel in der Ecke, denn wir hatten keinen Schrank. Doch es war ohnehin nichts davon so wertvoll wie die Nähmaschine. Sie war das Einzige, das meine Mutter nicht verkauft hatte, als sie, ein paar Jahre vor meiner Geburt, nach dem Tod meiner Großeltern aus der Wohnung hatte ausziehen müssen, in der sie mit ihnen zusammengelebt hatte. Die Nähmaschine sicherte unser Überleben. Mit dem Geld, das meine Mutter mit Näharbeiten verdiente, hatte sie die winzige Wohnung mieten können, in der ich zur Welt kam und aufwuchs. Morgens hatte ich immer ein Stück Brot und mittags und abends eine, wenn auch dürftige, warme Mahlzeit. Ab und zu fiel für mich sogar ein Stückchen Ersatzschokolade ab, die uns die Nachbarn schenkten. Sie erschien mir damals köstlich, doch heutzutage würde mir sicher speiübel davon.

Zuweilen arbeitete meine Mutter so viel, dass sie keine Zeit zum Essen fand. Während ich am Tisch saß und mir ruckzuck meine winzige Portion einverleibte, nähte sie unentwegt, und wenn es nichts zu nähen gab, dann putzte sie. Sie rackerte sich unermüdlich ab, und ich schaute ihr dabei zu, bis sie eines Tages vor meinen Augen einfach umfiel. Ich schrie vor Entsetzen auf. Damals muss ich etwa fünf Jahre alt gewesen sein, und meine Mutter war alles für mich.

»Mama, Mama!«, rief ich und schüttelte sie, doch sie reagierte nicht. Ich hatte gehört, wie sie mit dem Kopf aufgeschlagen war, und bekam solche Angst, dass ich zu den Nachbarn rannte, denen mit der Ersatzschokolade. Weinend klingelte ich bei ihnen Sturm, und als sie die Tür öffneten, stammelte ich schluchzend: »Meine Mama liegt auf dem Boden, ich weiß nicht, was sie hat …«

Ich war zu Tode erschrocken, weil meine Mutter auf einmal dalag und die Augen nicht öffnete. Mütter liegen nicht auf dem Boden. Nie. Die Nachbarn liefen in unsere Wohnung, und während der Mann gleich wieder davoneilte, um einen Arzt zu holen, versuchte die Frau, meine Mutter wiederzubeleben. Als der Doktor schließlich kam, war sie schon eine Weile wieder bei Bewusstsein und fragte leise, was passiert sei. Ich wurde hinausgeschickt, doch noch während sie mich in die Wohnung einer Nachbarin schoben, mit deren Sohn ich ab und zu spielte, hörte ich mit einem Ohr, wie der Arzt sagte: »Dafür gibt es nur ein Wort, gute Frau, und das heißt Hunger.«

Die Nachbarn versorgten uns daraufhin ein paar Tage lang mit Essen. Sie besaßen zwar selbst keine Reichtümer, aber der Mann hatte Arbeit, und sie kamen über die Runden. Meine Mutter war so schwach, dass sie in der ganzen Zeit, die sie brauchte, um sich zu erholen, nicht nähen konnte.

»Was wollen Sie denn jetzt machen?«, fragte die Nachbarin flüsternd, als sie glaubte, ich könnte sie nicht hören.

Zuerst fing meine Mutter an zu weinen, aber dann sagte sie: »Sobald ich wieder bei Kräften bin, finde ich schon etwas. Ich muss stark sein für das Kind.« Und so kam meine Mutter schließlich auf die Idee mit der Müllkippe.

Bach nimmt mich hundertprozentig in Anspruch. Zum Zeichen, dass ich anfangen soll, schaut Mark mir jedes Mal in die Augen. Für den ersten Ton bin immer ich zuständig, seit meine Mutter tot ist. Damals ist sie noch nicht gestorben, das konnte sie sich nicht erlauben, weil sie mich erst großziehen musste. Sie starb etliche Jahre später, als ich bereits am Konservatorium unterrichtete und nicht mehr als Putzfrau arbeiten musste, denn eine Zeit lang habe auch ich anderer Leute Wohnungen geputzt. Da sammelten wir längst keinen Müll mehr, zu der Zeit war es schon üblich, dass gutsituierte Damen am anderen Ende der Stadt Haushaltshilfen beschäftigten. Man ging jeden Tag für ein paar Stunden hin und kümmerte sich um alles, bügelte, spülte, putzte die Klos und musste außerdem die Kinder von der Schule abholen und mit ihnen in den Park gehen.

Ich war ein Geige spielendes Dienstmädchen.

MARIA

Senyora Anna hat den Geigenkasten so hingelegt, dass er sich mir in die Beine bohrt. Ich glaube, sie macht das extra, sie will, dass ich mich beschwere, aber den Gefallen tue ich ihr nicht. Ich würde mich nie darüber beklagen, wegen einer Geige nicht in ein Taxi zu passen, und wegen einer Stainer schon gar nicht. Senyora Anna tut alles, um mir das Leben schwer zu machen. Ich glaube, sie will, dass ich abreise. Sie ahnt nicht, dass ich jetzt nicht wegkann, ich bleibe, ich habe hier etwas zu erledigen.

Ich weiß nicht, wie es damals zu der Verwechslung kommen und die gute Geige auf dem Müll landen konnte. Oder doch, natürlich weiß ich, wie es dazu kam, denn eigentlich war er es ja, der sich vertan hatte. »Werfen Sie die Geige weg, die auf dem Stuhl liegt«, hatte er zu mir gesagt. Also nahm ich die Geige vom Stuhl und warf sie weg. Heute brauche ich eine Ewigkeit für alles, da fällt es mir schon schwer, mich hinter den Herrschaften her zu diesem Taxi zu schleppen, mit dem wir zu einem Theater mit merkwürdigem Namen fahren, wie überhaupt alles in dieser Stadt merkwürdige Namen hat. Aber so flink, wie ich früher in allem war, packte ich die Geige, von der ich dachte, sie wäre die, die ich wegwerfen sollte, und trug sie zusammen mit dem anderen Abfall hinaus zum Müllwagen. Und das Ganze auch noch mit einem Lied auf den Lippen, um die Gelegenheit zu nutzen, aus dem Haus und damit außerhalb seiner Hörweite zu sein.

In aller Seelenruhe kehrte ich, immer noch trällernd, zurück. Wenn ich nur daran denke, bekomme ich eine Gänsehaut. Und beim Gedanken an Senyor Karls Reaktion erst recht. Er bemerkte es erst ein paar Stunden später, als es schon Zeit war, ins Bett zu gehen. »Wo ist meine Stainer?«, fragte er nach der Geige mit dem schier unaussprechlichen Namen, den ich zwar sehr hübsch, aber auch ziemlich sonderbar fand. Im ersten Moment war ich verblüfft, doch dann erwiderte ich: »Die sollte ich doch wegwerfen, Senyor Karl.«

Nun war er es, der mich verblüfft anstarrte. Dann fuhr er auf. »Aber was reden Sie denn da, Maria? Ich habe gesagt, Sie sollen die kaputte Geige wegwerfen.« In seiner Stimme lag ein Hauch von Verzweiflung, aber ich dachte gar nicht daran, mich einschüchtern zu lassen.

»Nein, Senyor Karl, Sie haben gesagt, ich soll die wegwerfen, die auf dem Stuhl liegt, und das habe ich getan.«

Da fing Senyor Karl an, nach der anderen Geige zu suchen, und stammelte die ganze Zeit »Oh mein Gott, oh mein Gott!«, bis er sie schließlich unter dem Klavier entdeckte. Er hob sie mit beiden Händen hoch und sagte: »Das ist die, die ich wegwerfen wollte.«

Wie versteinert betrachtete ich das Instrument, das kaum noch nach einer Geige aussah, so verformt, wie es war. Senyor Karl hielt es mir vor die Nase und sagte: »Die taugt nichts mehr, ich habe sie in der Sonne liegenlassen, sehen Sie?«

Die Geige sah in der Tat sehr mitgenommen aus, die Ober- und Unterseiten waren merkwürdig nach innen gesogen worden. Es war ein komischer Anblick. Wenn ich in diesem Moment nicht so erschrocken und schuldbewusst gewesen wäre, hätte ich mir sicher das Lachen nicht verkneifen können.

»Wo ist die …«, sagte er plötzlich und legte das kaputte Instrument dahin zurück, wo er es gefunden hatte. Er meinte die gute Geige.

»Im Müllwagen, das habe ich doch schon gesagt«, sagte ich, ohne mit der Wimper zu zucken.

»Ja, schon, aber wohin fährt der?«

»Na, zur Müllkippe«, erwiderte ich einfältig. Wir rannten beide auf die Straße, und als er mich fragend ansah, setzte ich zaghaft hinzu: »Die ist sehr weit weg.«

Er blieb stehen. Ich konnte seinen Blick in meinem Nacken spüren. Dann winkte er ein Taxi heran und schob mich in meiner Dienstmädchentracht samt Schürze und

Häubchen hinein, stieg auch ein und befahl: »Zur Mülldeponie.«

Schweigend brachte der Taxifahrer uns dorthin. Es war ein weiter Weg, die Müllkippe lag buchstäblich am Ende der Welt, und die Fahrt war fürchterlich, denn keiner von uns beiden sprach ein Wort. Hin und wieder zuckte eins von Senyor Karls Beinen, und ich erschrak jedes Mal. Als wir ankamen, bat Senyor Karl den Taxifahrer zu warten, dann stiegen wir aus und betrachteten die riesige Halde aus Müll und Gestank. Offenbar waren um diese Zeit sämtliche Müllwagen der Stadt bereits geleert worden, denn es war kein einziger mehr zu sehen.

»Also los«, sagte Senyor Karl und führte mich bis dicht vor den Müllberg. Ich wusste, dass es Leute gab, die den Abfall durchsuchten, aber die waren tagsüber dort. Jetzt konnte man die Hand nicht vor Augen erkennen. Doch Senyor Karl hatte keinerlei Hemmungen. »Nun gehen Sie schon.«

»Wer? Ich?«, fragte ich alarmiert.

»Ja.« Es war ihm anzusehen, dass er keine Sperenzchen dulden würde. Also raffte ich meinen Rock und setzte erst einen Fuß zwischen die Abfallhaufen und dann den anderen. Schritt für Schritt bahnte ich mir langsam einen Weg durch den Müll. Widerlich. So etwas hatte ich noch nie tun müssen, weder hier noch in Andalusien, und habe es auch später nie wieder getan.

»Heilige Jungfrau, steh mir bei«, murmelte ich und begann, mit bloßen Händen im Unrat zu wühlen. Es stank zum Himmel, und ich machte mich dreckig, aber es half nichts, ich musste unbedingt diese Geige finden. Eine ganze Weile kehrte ich an der Stelle, an der die Müllwagen ihre Fracht leerten, das Unterste zuoberst, aber es war aussichtslos.

»Sie ist nicht da, Senyor Karl«, sagte ich schließlich und richtete mich auf. Im Gegenlicht konnte ich den Ausdruck auf seinem Gesicht nicht erkennen. Ich hörte nur, dass er sagte: »Suchen Sie weiter.«

Also suchte ich weiter, konnte die Geige aber nicht finden. Schließlich wandte er sich ab und schritt wieder auf das Taxi zu, und ich dachte schon, er hätte mich vergessen, hielt ihn jedoch nicht auf. Ich stakste aus dem Schmutz und hatte das Gefühl, es geschähe mir ganz recht, wenn ich jetzt den ganzen Weg zu Fuß nach Hause gehen musste. Da stolperte ich, fiel der Länge nach hin und schlug mir böse die Stirn auf. Als ich mich wieder aufrappelte, sah ich das Taxi noch immer an der gleichen Stelle stehen und mit geöffneter Hintertür auf mich warten. Ich stürzte darauf zu.

Senyor Karl sah mich nicht an. Er drückte sich ans andere Fenster und hielt sich verstohlen die Nase zu, aber immerhin zuckte sein Bein nicht mehr. Als ich einen Blick des Taxifahrers im Rückspiegel auffing, wurde mir klar, was ich für einen höllischen Gestank verbreiten musste.

Während der ganzen Fahrt fiel kein einziges Wort. Als wir zu Hause ankamen, ging ich in mein Zimmer, wusch mich und säuberte, so gut es ging, meine Stirn. Dann packte ich meinen Koffer. Wie kann man sich nur eine so gute Stellung verscherzen, dachte ich bedrückt. Nach nur sechs Monaten verlor ich meine Arbeit in einem der besten Häuser, die sich ein Dienstmädchen nur wünschen konnte. Ich hatte mich wohlgefühlt und den Eindruck gehabt, auch Senyor Karl wäre zufrieden mit mir. Aber nichts Gutes währt ewig …

Im Mantel und mit dem Koffer in der Hand ging ich zu ihm, um mich zu verabschieden. Er saß auf dem Sofa und starrte in die Luft. Bestimmt trauerte er der verschwundenen Geige nach. Ich sprach ihn an: »Entschuldigung, Senyor Karl. Es tut mir leid, was geschehen ist.«

Er blickte mich verwundert an und fragte: »Wo wollen Sie denn um diese Uhrzeit hin?«

»Ich gehe«, erwiderte ich verwirrt. »Ich denke, nachdem das passiert ist …«

Er stand auf und ging zum Klavier. »Reden Sie keinen Unsinn. Immerhin habe ich Ihnen ja gesagt, Sie sollten die Geige wegwerfen, die auf dem Stuhl liegt. Ach, übrigens … Kleben Sie sich ein Pflaster auf die Stirn, Sie haben da eine Wunde.«

TERESA

Die junge Frau am Cembalo braucht Hilfe, sie möchte ihr Instrument ein Stück verrücken. Schon springen zwei Cellisten auf, um ihr zur Hand zu gehen, und von irgendwoher taucht auch noch ein Dritter auf, ein wahrer Goliath. Man ist ja immer geneigt, große, kräftige Menschen für stark zu halten, bis sich herausstellt, dass auch sie eben nur Menschen sind. Ich hielt meine Mutter für unverwüstlich, bis ihre Mangelerscheinungen nicht mehr von der Hand zu weisen waren, weil sie, wie jeder andere auch, essen musste, um zu leben, und außerdem jemanden gebraucht hätte, der ihr zur Seite stand, statt eines kleinen Mädchens, das nur eine Last war und dem zuliebe sie mehr arbeiten musste, als für ihr bescheidenes Überleben nötig gewesen wäre.

Ich habe gelernt, die Stärke eines Menschen in seinen Augen zu erkennen. Karl wirkte auf mich von Anfang an stark. Anna nicht, dabei trug sie bei unserer ersten Begegnung ein ziemlich dreistes Was-kostet-die-Welt-Gehabe zur Schau.

Normalerweise kamen zumindest zur ersten Stunde die Eltern mit, um mir ihr Kind vorzustellen, mir ihre Erwartungen mitzuteilen oder einfach, um mich kennenzulernen. Bei Anna war das anders. Sie kam von Anfang an in Begleitung eines Dienstmädchens, dabei wäre sie durchaus alt genug gewesen, um den Weg allein zu bewältigen. Doch das Dienstmädchen wartete jedes Mal draußen auf sie. Manchmal schaute ich ihnen vom Fenster aus nach, wie sie zur Diagonal gingen, um mit dem Bus zum anderen Ende der Stadt zu fahren. Die Kleine hatte mir erzählt, dass sie dort neben dem Park mit dem Teich wohnte.

In diesem Park habe auch ich früher viel Zeit verbracht. Ich ging mit den Kindern meiner Arbeitgeberinnen zum Spielen dorthin, nachdem ich ihnen die Küche geschrubbt, gebügelt und die Wohnung gescheuert oder die Badezimmer geputzt hatte … Und wenn ich »die Badezimmer« sage, dann meine ich das auch, denn diese Leute hatten nicht nur eins, sondern zwei, manchmal sogar drei. Für mich war das der pure Luxus. Ich hatte nie zuvor eine Wohnung mit mehreren Bädern gesehen. Und was für welche, wie im Film. Beim ersten Mal konnte ich einen Aufschrei nicht unterdrücken. Ich war fünfzehn, als meine Mutter sich eines Tages die Schweißperlen von der Stirn wischte und sagte: »So, jetzt müssen wir beide ran.« Meine Kindheit war zu Ende.

MARIA

Während der Taxifahrt durch die Straßen dieser Stadt ohne Sonnenschein entdecke ich auf einmal ein Schaufenster mit den unterschiedlichsten Pralinen. Da fällt mir ein, wie Senyor Karl mich einmal in flagranti ertappt hat, als ich heiße Schokolade löffelte, und muss schmunzeln.

»Was ist so lustig?«, fragt Senyora Anna plötzlich spitz.

»Ach, nichts weiter«, wiegele ich ab. Dieser Frau entgeht aber auch gar nichts. »Es ist bloß … Ich mag so gern Schokolade.«

Senyor Mark wirft mir einen belustigten Blick zu und grinst mich an. Als Senyora Anna das sieht, setzt sie ein Gesicht auf wie sieben Tage Regenwetter und starrt schweigend aus dem Fenster.

Normalerweise verbrachte Senyor Karl den Vormittag daheim und den Nachmittag außer Haus. Es sei denn, er bekam Besuch, oder es kam jemand zum Proben. In dem Fall rief er: »Maria, wir möchten nicht gestört werden«, und dann schlossen sie sich zum Spielen oder Singen im Musikzimmer ein. Schon zwei Monate nach seiner Ankunft in Barcelona konnte sich Senyor Karl mit jedem in der passenden Sprache unterhalten, Katalanisch oder Spanisch. Was er mit mir sprach, weiß ich nicht mehr, jedenfalls verstand ich ihn immer. Und wenn er mal ein Wort nicht wusste, behalf er sich mit Gesten.

Nach der Sache mit der Geige herrschte allerdings eine ganze Weile Funkstille zwischen uns. Keiner redete mehr als nötig. Ich tat meine Arbeit, und wenn ich damit fertig war, zog ich mich in die Küche oder in mein Zimmer zurück oder ging spazieren.

Doch eines Tages, kurz nachdem ich meinen Lohn bekommen hatte, kaufte ich mir in der Konditorei Kakaopulver, ein bisschen Sahne und ein paar Löffelbiskuits und setzte mich in die Küche, um mich daran gütlich zu tun. Ganz in der Nähe gab es ein Café, in dem manchmal Mütter mit ihren Kindern saßen. Gelegentlich war auch ein Dienstmädchen dabei, doch im Normalfall war dies Sache der Mütter, die damit ihren Kindern, vielleicht einmal in der Woche oder einmal im Monat, eine Art Belohnung gewährten. Beim Anblick der Kleinen, wie sie den Laden mit erwartungsvoll glänzenden Augen betraten und mit verschmierten Gesichtern wieder herauskamen, hätte ich platzen können vor Neid.

Ich traute mich nicht, mich in das Café zu setzen, und machte mir deshalb meine heiße Schokolade zu Hause selbst. Während ich mir mit geschlossenen Augen Biskuit, Schokolade und Schlagsahne im Mund zergehen ließ, die Engel im Himmel singen hörte und es mir unvorstellbar schien, wie jemand nicht verrückt sein konnte nach dieser Köstlichkeit, hörte ich auf einmal die Stimme von Senyor Karl sagen: »Sie lassen es sich ja gut gehen.«

Ich muss immer noch lachen, wenn ich daran denke, aber ich reiße mich besser zusammen, sonst lässt es mich Senyora Anna nachher wieder büßen. Jedenfalls schlug ich damals die Augen auf und sah ihn vor mir stehen. Ich hatte ihn nicht gehört, so leise war er gekommen.

»Es duftet bis ins Wohnzimmer. Und da ich mir schon denken konnte, dass Sie sich eine kleine Sünde genehmigen, habe ich mich auf Zehenspitzen angeschlichen«, erklärte er.

So war Senyor Karl, ab und zu stach ihn der Hafer. Und das Einzige, was mir darauf einfiel, war: »Ich habe das von meinem eigenen Geld gekauft.« Da fing er an zu lachen.

Ich hatte ihn vorher nie lachen gehört, und das dröhnende Gelächter dieses stattlichen Mannes war einfach ansteckend. Ich konnte nicht anders und prustete ebenfalls los, verschluckte mich dabei allerdings an meinem Biskuit und rang nach Luft, während er ausgelassen weiterlachte. Als es mir endlich gelang, das Gebäck hinunterzuwürgen, fiel ich in sein unbändiges Gelächter ein. Mit einem Mal stockte er. »Und mir geben Sie nichts ab?«

Tatsächlich hatte ich gerade überlegt, ob ich es mit der Sahne nicht etwas übertrieben hatte, und Schokolade war genug da für eine ganze Kompanie. »Aber sicher! Ich bringe Ihnen gleich eine Tasse ins Esszimmer.«

»Nein, nein«, erwiderte er und nahm zu meiner Überraschung breitbeinig auf einem Hocker bei mir am Küchentisch Platz. Während ich die Schokolade zubereitete, erzählte er mir, auf diese Art, geschmolzen und mit Schlagsahne, habe er sie erst ein einziges Mal probiert, und es sei wirklich ein Gedicht gewesen. »Da, wo ich herkomme, gibt es Schokolade eher in Form von Pralinen oder Tafeln, allerdings hatten wir nicht oft das Vergnügen«, sagte er wehmütig.

Während wir bei heißer Schokolade mit Sahne und Löffelbiskuits zusammensaßen und in einer der besten Erfindungen der Welt schwelgten, erzählte er mir, woher er stammte, dass seine Stadt zweigeteilt sei und jeder Teil zu einer anderen Seite gehörte. Und weil die Leute von einem Teil in den anderen flüchteten, würde dort gerade eine Mauer gebaut. Davon zu sprechen, schien ihn zu bekümmern, daher wollte ich ihn nicht mit Fragen behelligen, wer denn die beiden Seiten seien. Erst kurz zuvor hatte ich darüber etwas in dem kleinen Radio aufgeschnappt, das ich in der Küche stehen hatte, denn ich hörte mir nachmittags gern das Hörspiel an, und da war das mit der Mauer in den Nachrichten gesagt worden. Ich hatte es aber nicht verstanden. Für mich war das weit weg.

Und wie sich nun herausstellte, kam Senyor Karl von dort. Er war Deutscher, das wusste ich, aber nicht, dass er aus dieser Stadt stammte, von der ständig die Rede war. Schließlich fasste ich mir doch ein Herz und fragte ihn, warum man nicht von einem Teil in den anderen dürfe. Ich konnte mir keinen Reim darauf machen, denn in Barcelona konnte ich mich doch auch überall frei bewegen oder die Stadt verlassen und, wenn ich einen Reisepass hatte, sogar ins Ausland fahren.

Er seufzte und sagte, er verstehe das auch nicht, es sei nun einmal so. Und dann erzählte er mir, dass es in seinem Viertel einen sehr schönen Platz gab, mit einer Grünfläche und einem hohen Baum in der Mitte, dessen Krone sich nach oben verjüngte und im Herbst gelb färbte. Dort hätte er sich immer mit seinen Musikerkollegen getroffen und gemeinsam mit ihnen musiziert. »Sogar wenn es kalt war. Wir haben dabei alles um uns herum vergessen«, sagte er mit einem leisen Lächeln und nippte an der heißen Schokolade.

Schweigend hörte ich ihm zu. Ich wollte ihn nicht aus seinen Erinnerungen reißen, die mir so heilig erschienen wie ein Teil der Sonntagsmesse. Ich bekam Herzklopfen, weil Senyor Karl mir seine Geschichte erzählte und weil ich das Gefühl hatte, als wäre er in Gedanken für einen kurzen Moment ganz woanders als bei mir am Küchentisch.

Gestern habe ich hier in Berlin Reste der Mauer gesehen, die damals gebaut worden war, als wir zum ersten Mal gemeinsam heiße Schokolade getrunken haben. In den vierzig Jahren, die ich bei Senyor Karl war, ist sie gebaut und wieder niedergerissen worden. Gestern konnte ich mich mit eigenen Augen davon überzeugen, dass er mir damals keinen Bären aufgebunden hatte, sondern dass tatsächlich jemand eine Mauer quer durch die Stadt hatte errichten lassen. Senyor Mark hat mich darauf aufmerksam gemacht: »Sehen Sie, Maria? Ich habe früher drüben im Ostteil gewohnt und durfte erst nach dem Fall der Mauer hierher in den Westen kommen.« Ich habe das Stück Mauer betrachtet und gedacht, so stabil, wie sie aussah, hätte sie sicher auch noch ein paar Jahre länger gehalten. Ich konnte noch immer nicht verstehen, warum die Leute von der einen Seite nicht auf die andere durften und umgekehrt. »Sie ließen uns nicht aus den Augen«, murmelte Senyor Mark.

Da habe ich verstanden, worum es ging: Sie hatten Angst, sie würden den Überblick verlieren, wenn die Leute die Seite wechseln konnten.

TERESA

Das ganze Orchester spielt sich jetzt gleichzeitig ein, es klingt wie ein heilloses Durcheinander. Dabei fallen mir meine ersten Versuche ein, der Geige von der Müllkippe ein paar Töne zu entlocken. Die Nachbarn brachte ich damit zur Verzweiflung, und meine Mutter auch. Auf der Müllkippe hatte die Geige ein paar Schrammen abbekommen, aber ihren Klang beeinträchtigte das nicht. Im Gegenteil, sie klang herrlich. Zumindest mir kam es so vor. Meine Mutter war schon vom ersten Tag an anderer Meinung, und die Nachbarn hielten nur zwei Tage länger durch. Es waren nicht mehr dieselben, die ein paar Jahre zuvor meine Mutter gerettet hatten. Mit diesen Leuten hatten wir außer einem Gruß im Vorübergehen normalerweise nicht viel zu tun, aber nun klingelten sie an der Wohnungstür und erklärten, ich möge doch bitteschön mit der Geige an den Strand gehen, dort wären die Wellen so laut, dass mich niemand hören könne. Ich murmelte eine Entschuldigung und wäre vor Scham am liebsten im Erdboden versunken. Doch ich erfüllte ihnen den Wunsch und schnappte mir die Geige. »Wo willst du hin?«, fragte meine Mutter, als ich das Haus verließ. Ich gab keine Antwort. Wie so oft, schnürten mir die Tränen die Kehle zu.

Wir wohnten seinerzeit direkt am Wasser, auch wenn wir es nicht sehen konnten, weil die Straßen zur Stadt hin gingen. Meer und Sand spielten in unserem Leben keine Rolle. Der Weg, der zum Strand führte, war eine wahre Müllhalde, wo jeder einfach ablud, was er nicht mehr brauchte oder was zu groß für die Mülltonne war. Mit dem Instrument in der Hand rannte ich durch eine enge Gasse zum Strand und sprang in großen Sätzen über sämtliche Hindernisse, die mir im Weg lagen. Es war ein trüber, feuchtkalter Märztag, doch ich nahm es nicht wahr. Als ich den Strand erreichte, roch ich das Salzwasser und den Fisch, den die Fischer jeden Morgen in aller Herrgottsfrühe unter lautem Geschrei an Land brachten. Der Wind fuhr mir in die Haare und zerzauste sie. Je näher ich dem Wasser kam, desto lauter wurde die Brandung. Ich blieb stehen. Hier würde mich mit Sicherheit niemand hören können, also klemmte ich mir die Geige unters Kinn, schloss die Augen und strich den Bogen über die Saiten, auf die ich sorgfältig meine Finger gelegt hatte. Der Ton, den die Geige von sich gab, war grauenhaft. Da konnte ich die Tränen nicht länger zurückhalten, ich ließ die Geige fallen, setzte mich daneben in den Sand und vergrub meinen Kopf in den Armen. Ich spürte, die Musik war zum Greifen nah, doch ich fand nicht zu ihr. Die Tür zu diesem unermesslichen Schatz blieb mir verschlossen.

Nach einer Weile ging ich langsam nach Hause. Ich wischte mir die Tränen ab und sagte mir, dass offenbar jedes Kind sein eigenes Schicksal hatte. Das Mädchen aus dem Buch spielte Geige, und ich wühlte im Müll. Und daran war nichts zu ändern.

Völlig entmutigt kam ich zu Hause an. Meine Mutter war aufgelöst. »Aber Kind, wo bist du gewesen? Was hast du gemacht?«, fragte sie, während sie mich in die Arme schloss und mit Küssen überschüttete.

»Ich war am Strand, um keinen Krach zu machen«, antwortete ich bloß.

Sie schaute mich an und sah die Spuren in meinem Gesicht. »Hast du geweint?«

»Ich kann die Musik nicht finden.«

Als mir bei diesen Worten erneut die Tränen in die Augen schossen, drückte sie mich wieder an sich. Wenigstens hatte ich eine Mutter, die mich umarmte und küsste. Vielleicht hatte das Mädchen aus dem Buch ja bloß eine Geige, aber keine Mutter.

Anna hatte große Ähnlichkeit mit dem Mädchen aus dem Buch, das eine Geige, aber keine Mutter hatte. Ich erinnere mich, wie ich einmal zu ihr sagte, sie sei zu groß für ihr Kinderinstrument, sie brauche jetzt eine andere Geige, eine für Erwachsene. »Ich weiß«, erwiderte sie abgeklärt. So war sie immer, ihr blasiertes Gehabe legte sie nur ab, wenn sie spielte. Dann war ihr Gesicht hochkonzentriert. Doch anschließend wurde sie gleich wieder die aalglatte, unnahbare Anna, die hochtalentierte Schülerin, die ich um ihre Virtuosität und ihr Tempo bei schnellen Passagen beneidete. Aber sie spielte ohne Herz, nur mit dem Kopf, und auf diese rein intellektuelle Weise ging sie eben auch Bach an.

Bis sie achtzehn wurde, kam Anna immer mit dem Dienstmädchen. Ich dagegen hatte bereits mit sieben allein zur Schule gehen müssen, obwohl die nicht gerade um die Ecke lag. Nach meinem ernüchternden Erlebnis mit der Geige am Strand war ich innerlich ziellos und leer. Nichts bereitete mir Freude. Für Puppen und Spielsachen hatte ich noch nie etwas übriggehabt, mich hatten immer nur die Dinge interessiert, die wir auf der Müllkippe auflasen. Doch ich ahnte, dass mich nie wieder etwas, das ich dort finden mochte, so begeistern würde wie die Geige. Es war, als hätte ich jedes Anrecht auf ein kleines bisschen Glück verloren.

Allerdings hatte ich nicht bedacht, dass ich, im Gegensatz zu dem Mädchen im Buch, eine Mutter hatte. Ein paar Tage später sprach mich die Musiklehrerin an, die uns sonst nur gelegentlich ein Lied beibrachte, um dem Lehrplan Genüge zu tun. Zu jener Zeit und an einer Schule wie meiner war Musik Nebensache. Und diese Lehrerin, der niemand Beachtung schenkte und die in ihrem völlig bedeutungslosen Fach immer allen gute Noten gab, setzte sich mit einem Lächeln auf den Lippen und einem hoffnungsvollen Ausdruck in den Augen auf dem Schulhof neben mich auf eine Bank und sagte: »Ich habe gehört, du hast eine Geige. Warum bringst du sie nicht mal mit?« Da ging plötzlich für mich die Sonne auf.

ANNA

Ständig ist überall diese Hexe dabei, sogar im Taxi. Ich habe es so eingerichtet, dass sie zwischen der Geige und der Tür sitzen muss. So bleibt ihr zwar fast kein Platz, aber natürlich käme sie nie auf die Idee, sich zu beklagen. Sie benimmt sich immer tadellos, sie ist perfekt. Das perfekte Dienstmädchen, wohlgemerkt. Und nun sitzt sie da und begafft die Schaufenster, als hätte sie so etwas noch nie gesehen. Man kann diese Frau einfach nirgendwohin mitnehmen. Wie ist Mark bloß auf diese Schnapsidee gekommen … Ich wette, sie fängt auch noch an zu heulen, wenn wir mit dem Konzert beginnen. Ich halte Marks Hand, und er erwidert lächelnd meinen Händedruck. Na, Maria, jetzt kapierst du wohl endlich, dass es Menschen gibt, die haben können, wen oder was sie wollen, und solche wie dich, die rein gar nichts haben. Karl ist Vergangenheit.

Die Zeit der Trauer ist vorüber. Was haben wir uns damals alle die Augen ausgeweint, als wir von seinem Tod erfuhren. Ich fühlte mich, als hätte man mir aus meinem tiefsten Inneren ein Stück herausgerissen, mir etwas gewaltsam genommen, das zu mir gehört hatte. Und das, obwohl zwei Tage zuvor diese Sache passiert war, als ich an die Tür seines Hotelzimmers klopfte. Lange habe ich mit dieser Leere gelebt, bis sie nach Jahren endlich verschwunden war.

Wie quälend langsam die Zeit in dunklen Jahren verstreicht. In hellen Jahren vergeht sie dagegen wie im Flug und lässt sich nicht festhalten. Du musst pausenlos auf Trab sein, als würde dich ständig jemand antreiben, na los, mach schon, du bist spät dran.

Mama war immer spät dran. »Tschüss, Anna, ich gehe. Hör auf, lass das, keine Küsse, mein Kleid wird schmutzig«, schimpfte sie jedes Mal, wenn ich mich an ihren Rock drückte, um sie zum Bleiben zu bewegen. Das habe ich getan, soweit ich mich zurückerinnern kann. Jedes Mal habe ich gebettelt, sie solle bleiben, aber das tat sie nie; meine Mutter war genau wie die hellen Jahre, die im Flug vergehen, unstet, wie ein Geist, eine Art Engel, der sich nicht greifen lässt und von dem man nie sicher sein konnte, ob man ihn wirklich gesehen hatte. Vielleicht war es ja auch nur Einbildung gewesen … Und jedes Mal bevor sie wegging, befahl sie dem Dienstmädchen: »Bringen Sie das Kind zur Geigenstunde.«

Das mit der Geige hatten sich meine Eltern ausgedacht, damit ich ihnen nicht zur Last fiel. Na ja, meinen Vater konnte ich gar nicht stören, er war schlimmer als ein Engel, er war nie da. Einmal habe ich das Dienstmädchen sogar gefragt, ob ich überhaupt einen Vater hätte.

»Aber natürlich, Anna«, rief sie entsetzt aus.

»Und wo ist er?«, wollte ich wissen und klammerte mich an diese Frau, die ich leibhaftig vor mir sehen konnte, die Einzige, die mir zuhörte, die mit mir schimpfte oder mich zurechtwies, wenn ich etwas falsch gemacht hatte. Sie hieß Clara und war nicht gerade eine Schönheit. Wenn sie die Schürze auszog, um das Haus zu verlassen, legte sie ein Eau de Cologne auf, mit dem man wilde Tiere hätte verjagen können. Ich verzog jedes Mal das Gesicht und maulte: »Das stinkt«, während ich mir Luft zufächelte, um den Geruch zu vertreiben, von dem mir regelrecht übel wurde.

Berlin ist eine ruhige Stadt, doch sie birgt in einem Fluss, den ich unbedingt wiedersehen muss, eine dunkle Vergangenheit. Meine dunkle Vergangenheit spiegelte sich früher tagtäglich im weniger klaren, weniger kalten Wasser eines kleinen Teichs. Er lag in dem Park neben unserem Haus, den wir jeden Dienstag und Donnerstag nachmittags auf dem Weg zur Geigenstunde durchquerten und in dem Kinder meines Alters laut johlend Verstecken spielten oder ihre Dienstmädchen ärgerten. Aber ich durfte nicht mitmachen, ich musste ja zum Unterricht. Als ich einmal länger herumtrödelte als sonst, erzählte mir Clara, in diesem Teich gebe es kleine Feen, und die würden die Seelen von Kindern holen, die zu lange ins Wasser starrten. Da wäre ich am liebsten erst recht dort geblieben. »Beeil dich, wir sind spät dran«, drängte sie und zog mich sanft, aber mit Nachdruck weiter. Wegen der Geige habe ich die kleinen Wasserfeen nie sehen können.

Ich hasste die Geige.

»Dein Vater ist oft auf Reisen«, erklärte Clara. »Er arbeitet viel.« Ja, er arbeitete viel, aber wenn er zu uns kam, verhielt er sich mir gegenüber nicht anders als die übrigen Männer, die bei uns ein und aus gingen und die ich kaum auseinanderhalten konnte. Irgendwann sagte Mama immer: »Lass uns allein, Schätzchen« und gab mir mit einem beschwörenden Blick aus ihren großen, hellen Augen zu verstehen: »Geh jetzt! Du willst doch nicht, dass ich dich vor diesem Herrn zurechtweisen muss.«

»Und wer ist nun mein Vater?«, fragte ich das Dienstmädchen. Sie beschrieb ihn mir. Niemand hatte mir je beigebracht, zu irgendwem »Papa« zu sagen. Und wenn ich »Mama« sagte, brachte mir das gar nichts.

Ich hatte eigentlich immer ein unangenehmes Brennen im Bauch, doch wenn Mama ausging oder mich wegschickte, weil sie mit jemandem allein sein wollte, wurde es ätzend und so unerträglich, als ob mich ein unaufhaltsam wucherndes Geschwür von innen auffräße. Jedes Mal, wenn meine schöne, selbstgefällige Mutter davonrauschte und nur einen Hauch ihres edlen Parfüms zurückließ, von dem mir schwindelig wurde, zerriss es mir das Herz. Ich hielt Claras Hand und musste zusehen, wie der Engel verschwand. Anfangs weinte ich bitterlich und rief: »Mama, Mama!« Später hörte ich damit auf, es brachte ja doch nichts. Ich lernte, so zu tun, als machte es mir nichts aus, lernte, mich hinter einem gleichgültigen, aufsässigen Blick zu verschanzen, während ich innerlich tausend Tode starb. Ich lernte, den Schein zu wahren. Und mit der Zeit härtete ich ab.

MARIA

Anscheinend sollen bei dem Konzert zusätzlich ein paar Arien gesungen werden, denn Senyor Karl hat ja auch Opern dirigiert. Das weiß ich sehr wohl. Und ich weiß auch, was damals geschah, als er zum ersten Mal im Liceu eine Oper dirigierte. Nun ja, was sich im Liceu selbst abgespielt hat, weiß ich natürlich nicht, denn ich hätte mir nicht im Traum einfallen lassen, dorthin zu gehen, aber ich kann mich noch gut an den Vorfall mit dieser Opernsängerin erinnern, die mit ihrem Geschrei um ein Haar das Geschirr bei uns zu Hause zum Zerspringen gebracht hätte.

Das war lange bevor Senyor Mark auftauchte. Ich hatte mir im Lauf der Jahre angewöhnt, die großen Fenster zum Park weit aufzumachen und je nach Jahreszeit das Farbenspiel der Natur zu genießen, während im Hintergrund Senyor Karls Musik zu hören war. Er sperrte sich den lieben langen Tag in seinem Musikzimmer ein. Nur morgens früh, während er beim Frühstück saß, konnte ich dort saubermachen, denn anschließend ließ sich nie genau sagen, wann er es betrat und wann er es wieder verließ.

Mein früheres Leben war nur noch eine ferne Erinnerung, Andalusien war weit weg, genauso wie die zwei oder drei Haushalte, in denen ich gearbeitet hatte, bevor ich zu Senyor Karl kam. Bei den anderen hatte ich nur putzen müssen, bei ihm dagegen war ich für alles zuständig, für alles, außer für die Musik. Ich besorgte ihm sogar im Musikalienhandel Partituren, wenn er mir einen Zettel mit den entsprechenden Namen mitgab, oder kaufte Saiten für die Geige oder benachrichtigte in seinem Auftrag den Klavierstimmer. Dabei hatte ich es in der Regel selbst längst bemerkt, wenn es dafür an der Zeit war, weil das Klavier dann jammerte, als läge ihm eine große Last auf der Seele. Darüber hinaus schickte Senyor Karl mich in ein Reisebüro, damit ich dort für ihn Flugtickets abholte. Ich freundete mich sogar ein bisschen mit der jungen Frau an, die mich immer bediente. Sie war sehr nett und begrüßte mich jedes Mal freudestrahlend, obwohl ich glaube, das tat sie nur, weil Senyor Karl so viele Flugtickets bei ihr kaufte. Irgendwann habe ich sie gefragt, ob sie schon einmal geflogen sei und wie es sich anfühlen würde. Sie sagte, vom Fliegen selbst würde man nichts merken, es würde einem bloß schlecht.

Na ja, schlecht ist mir gestern nicht geworden, aber ein mulmiges Gefühl war es doch. Und da musste ich an die junge Frau aus dem Reisebüro denken, die längst nicht mehr dort arbeitet, weil die Zeit vergangen und sie inzwischen in Rente ist, wie ich letzte Woche erfahren habe, als ich mir das Ticket für diese Reise kaufen wollte. Mit den Jahren hat sich so viel verändert, auch das Reisebüro ist renoviert worden und wirkt jetzt viel heller und geräumiger als früher.

Als Senyor Karl damals mit dem Operndirigieren anfing, sagte er, das sei alles nicht so einfach, er würde künftig sicher weniger zu Hause sein als sonst und nur selten zum Abendessen heimkommen. Außerdem sollte ich mich auf eine Menge Leute gefasst machen, die zum Proben vorbeikämen.

Und genau so war es. Es kam vor, dass er eine Zeit lang verschwand, ohne sich zu verabschieden; aber nicht etwa aus Unhöflichkeit, sondern aus reiner Gedankenlosigkeit. Dann tauchte er wieder auf, mal allein, mal in Begleitung, und erklärte: »Maria, wir möchten nicht gestört werden.« Manchmal waren die Stimmen von drei oder vier Personen zu hören, manchmal nur die einer Frau. Und immer häufiger fanden Proben mit dieser Frau allein statt.

Als ich ihre Stimme zum ersten Mal hörte, fand ich sie sehr hübsch. Wenn sie sprach oder lachte, klang es wie das Glöckchen im Esszimmer, mit dem Senyor Karl nach mir läutete. Die beiden schlossen sich im Musikzimmer ein, und sie sang, während er sie am Klavier begleitete. Da klang sie längst nicht mehr so hübsch, denn diese Frau schrie wie eine Verrückte, so hoch, dass man es mit der Angst zu tun bekam, ihre Stimme könnte sich überschlagen. Beim ersten Mal dachte ich wirklich, mich trifft der Schlag.

Ich war gerade dabei, in der Diele die Beethoven-Büste abzustauben. Das war der einzige seiner Musiker, dessen Namen ich vom Hörensagen kannte, und außerdem begrüßte Senyor Karl ihn jeden Tag im Vorübergehen mit »Gut'n Tag, Herr Beethoven«, als wäre er aus Fleisch und Blut.

Beethoven hatte Ecken, an die man mit einem normalen Staubtuch wie meinem nur schwer herankam, und wenn ich ihm beim Wischen dicht auf die Pelle rückte, konnte ich genau hören, was im Musikzimmer vor sich ging. Manchmal stellte ich mich absichtlich dorthin und spitzte die Ohren, wenn diese Leute, die mir vorkamen wie Engel des Herrn, sprachen, spielten oder sangen. Sie waren genauso gut wie der Organist der Kirche, in die ich sonntagmorgens zur Messe ging. Ich fand nichts dabei, sie zu belauschen, ich hatte ja keinerlei böse Hintergedanken.

Auch nicht an dem Tag, an dem die Sängerin allein mit Senyor Karl ein Lied übte, dessen Text sich wie Spanisch anhörte, aber kein Spanisch war. Es war Italienisch, wie ich später erfuhr, die Leute, die ins Liceu gingen, mochten das wohl sehr. Ich war überwältigt von dieser Stimme; sie war wie einer der dicken Laster, deren Lärm alle anderen Geräusche auf der Straße übertönt. Was für ein Geschrei. Hätte ich im gleichen Moment mein Lieblingslied von dem Täubchen gesungen, hätte man mich überhaupt nicht gehört. Unvorstellbar, wie solche Töne aus einer menschlichen Kehle kommen konnten, darum wollte ich gern einmal sehen, wie sie das machte.

Ich näherte mich der Tür und linste durchs Schlüsselloch. Senyor Karl saß mit dem Rücken zu mir am Klavier und spielte, als ginge es ihm ans Leben, sein ganzer Körper schwang hin und her, und sein Kopf nickte im Takt. Die Sängerin, eine füllige Blondine, deren Busen in einen Büstenhalter von der Größe zweier Kochtöpfe gepresst war, fuchtelte ebenfalls dramatisch mit den Armen wie auf einer Theaterbühne. Sie schmetterte ein Lied und beendete es mit einem derartigen Schrei, dass ich um die Gläser fürchtete.

Und dann geschah etwas Unglaubliches. Ich wollte mich eben aufrichten und gehen, da stand Senyor Karl vom Klavier auf, trat auf die Sängerin zu und küsste sie. Mir blieb die Spucke weg. Er küsste sie wie in einem Film, der der Zensur durch die Lappen gegangen war. Wir hatten damals nämlich schon einen Fernseher und schauten ab und zu gemeinsam eine Sendung. Hinter der Tür musste ich mir schnell die Hand auf den Mund legen, um nicht vor lauter Überraschung aufzuschreien. Ich versuchte, mich loszureißen. Aber ich konnte nicht, ich war wie gelähmt. Als ich sah, dass Senyor Karl die Sängerin aufs Sofa drückte, wollte ich wirklich gehen, aber etwas, wogegen ich nicht ankam, fesselte mich an dieses Schlüsselloch. Innerlich bat ich Gott, der immer Nachsicht mit meinen Schwächen hat, um Vergebung, denn was ich von diesem Augenblick an zu sehen bekam, kann niemand beschreiben, der auch nur einen Funken Anstand im Leib hat, und eine Frau wie ich schon gar nicht.

ANNA

Ach, sieh mal einer an, Teresa ist anscheinend schon seit einer ganzen Weile da. Sie sitzt zwischen den anderen Musikern und spielt vor sich hin, als gehörte sie zum Orchester. Ich lasse Marks Hand nicht los, bis alle gesehen haben, dass uns mehr verbindet als das rein berufliche Verhältnis zwischen Dirigent und Geigerin. Die meisten wissen es sowieso schon, aber vielleicht hat es der eine oder andere ja noch nicht mitbekommen.

Maria ist bereits im Zuschauerraum. Mit hängendem Kopf schlurft sie durchs Parkett, als suchte sie den Boden nach Kleingeld ab. Typisch für Leute ihrer Klasse. Wie lästig, mit ihr im selben Taxi zu fahren und im selben Hotel zu wohnen. Zum Glück fliegt sie nicht auch noch mit uns. Ich kann nichts dafür, ich fühle mich in ihrer Gegenwart unwohl. Menschen haben nun einmal unterschiedliche Lebensweisen.

»Warum lädst du denn ausgerechnet das Dienstmädchen

ein, mitzukommen?«, wollte ich von Mark wissen. Ich war ehrlich überrascht.

»Weil sie jahrelang mit ihm zusammengelebt hat, viel länger als ich«, erwiderte er, und damit war das Thema für ihn erledigt. Mark ist stur, wenn er sich einmal etwas in den Kopf gesetzt hat, ist er nicht mehr davon abzubringen. Aber, mal ehrlich, ein Dienstmädchen mit auf eine Tourneereise zu nehmen ist wirklich das Letzte, was mir noch gefehlt hat. Ich habe ihn nicht mehr auf das Thema angesprochen. Manchmal beißt man auf Granit, das kenne ich ja schon. Auch als ich ihn davon abbringen wollte, Teresa dazuzuholen, ist es mir nicht anders ergangen.

Teresa. Wie viele Jahre das her ist. Als ich sie damals kennenlernte, nahm mein Leben eine Wende. Vorher hatte ich Privatstunden gehabt. In der vollgestopften Wohnung des Geigenlehrers stapelten sich schäbige, muffig riechende Mappen voller Partituren in dunklen Regalen. Um zu ihm zu kommen, musste ich jedes Mal den verhassten Weg durch den Park einschlagen, in dem die Kinder spielten. Dieser Mann hat mich immer gezwungen, die Finger fest auf die Saiten zu pressen, und hat sie zusätzlich mit seinen heruntergedrückt. *En souffrant* nannte er das. Er tat mir weh, als hätte ich nicht schon genug zu leiden gehabt. Er hatte einen stechenden Blick. Einmal starrte er mich an und erklärte, er sähe in meinen Augen eine schwarze Wolke. »Wo?«, fragte ich erschrocken. »Im Augapfel«, sagte er und fuhr mir mit einem Finger, der genauso krumm war wie seine Nase, ins Gesicht. Ich wurde rot, wenngleich ich nicht recht wusste, warum, und wich seinem Blick aus. Dann drückte er meine Finger wieder so fest auf die Saiten, *en souffrant*, dass ich einen Schmerzensschrei unterdrücken musste und lustlos zu spielen begann.

Ich war nie wirklich mit dem Herzen dabei, bis er eines Tages explodierte und zu Clara sagte: »Dieses Kind taugt nicht zum Geigespielen. Richten Sie das den Eltern aus. Oder nein, sagen Sie nichts, ich telefoniere besser selbst mit ihnen.«

Als wir nach Hause kamen, hatte er bereits angerufen. Meine Mutter gab mir links und rechts eine Ohrfeige. Ich kannte das bereits, ab und zu langte meine Mama mir eine, aber an dem Tag musste ich so viele Schläge einstecken, dass meine Wangen im Nu feuerrot waren. Mein Vater – zu der Zeit wusste ich bereits, welcher der Männer mein Vater war – tat das nie. Allerdings war mir seine Meinung gleichgültig, er beachtete mich ja nicht. Die Ohrfeigen meiner Mutter waren mir jedoch nicht egal. Im Gegenteil, ich genoss sie förmlich; sie kamen mir vor wie Liebkosungen, wie die zärtlichen Gesten, die meine Mama nie für mich gehabt hatte. Sie waren vielleicht ein bisschen fest, aber wenigstens ein direkter Kontakt mit meiner Mutter und nicht nur mit einem Kleid, das womöglich Tränenflecken bekam, wenn man ihr zu nahe kam.

Meine Mutter neigte zum Jähzorn, seit der Mann, der sie am häufigsten besucht hatte, mit lautem Türenknallen von der Bildfläche verschwunden war. An diesem Tag hatte sie mich zum ersten Mal angeschrien und mir, als ich frech wurde, eine Ohrfeige verpasst. Das brachte mich tags darauf auf die Idee, sie mit lautem Singen bis zur Weißglut zu treiben. Ich nahm mir fest vor, mich unter keinen Umständen zum Schweigen bringen zu lassen. Damit fing ich mir die nächste ein. Als ich mir anschließend noch die Frühstücksmilch über mein weißes Sonntagskleid kippte, setzte es gleich zwei. Und so trieb ich das Spiel jeden Tag ein Stück weiter, ich war regelrecht versessen auf die Schläge.

»Was soll denn das, Anna? Warum provozierst du sie?«, fragte Clara jedes Mal entsetzt. Doch ich gab keine Antwort, sondern lachte nur leise, denn ich hatte inzwischen entdeckt, dass ich die Ohrfeigen genoss. Die Hand meiner Mutter war warm, und in dem Moment, in dem sie zuschlug, übertrug sich diese Wärme auf mich und knüpfte für einen winzigen Augenblick das, was ich mir auf der Welt am meisten wünschte – ein Band zwischen uns.

An dem Tag, als es mit dem Geigenspiel *en souffrant* vorbei war, wollten die Ohrfeigen kein Ende nehmen. Lächelnd steckte ich die Schläge ein, und das brachte meine Mutter nur noch mehr auf die Palme. Sie ertrug mein Lächeln nicht, und weil ich das merkte, grinste ich ungerührt immer breiter. Obwohl ich diese Tracht Prügel einstecken musste, war ich eindeutig in der Position der Stärkeren. Natürlich tat es weh, doch ab einem bestimmten Moment spürte ich den Schmerz nicht mehr. Ich schaute sie nur an und kostete es aus, dass sie mich berührte, dass sie nur für mich da war, dass sie meinetwegen derart die Fassung verlor. Auf einmal hörte ich Clara rufen: »Genug, Senyora, es reicht!«, doch meine Mutter beachtete Clara erst, als die sich ihr in den Weg stellte und uns trennte. Und dann begann sie zu meiner großen Überraschung zu weinen.

Clara schickte mich mit einem Wink fort und kümmerte sich um meine Mutter. Ich wankte zum Bad, wo ich mich im Spiegel betrachtete. Mein Gesicht brannte, und mein Kopf war wie benebelt, aber ich grinste noch immer. Ich betastete meine Wangen. Mutters Ring hatte sich beim Zuschlagen gedreht und der Edelstein blutige Schrammen hinterlassen. *En souffrant*, dachte ich ungerührt. Ich wusch mir das Gesicht und achtete beim Abtrocknen darauf, das Handtuch möglichst dreckig zu machen.

MARK

Sie ist wie eine Klette. Auf Schritt und Tritt hängt sie an mir, und ich kann weder allein über die Straße noch auf eine Bühne gehen. Langsam bekomme ich das Gefühl, wieder eingesperrt zu sein.

Am Tag nach dem Mauerfall sind wir einfach losgelaufen, immer geradeaus, wie aufgezogen, bis wir drüben waren. Inzwischen kann ich mir die Mauer kaum noch vorstellen, obwohl ich sie früher, wenn auch aus einiger Entfernung, ständig vor Augen hatte. Jeder Versuch, sich diesem Bollwerk zu nähern, wäre der blanke Wahnsinn gewesen, wie zahlreiche gescheiterte Fluchtversuche belegten, deren tragischer Ausgang uns, die wir ständig Fluchtpläne schmiedeten, das Blut in den Adern gefrieren ließ.

Doch dann bekam die Mauer plötzlich Löcher, die in die Freiheit führten.

Wir waren in hellen Scharen unterwegs, alle auf der Suche nach einem der Schlupflöcher, durch die wir endlich, ohne in Todesgefahr zu geraten, mit der Außenwelt in Kontakt treten konnten. Meine Freunde vom Konservatorium waren am Vorabend zu mir gekommen und wollten mich abholen. »Die Mauer ist offen«, riefen sie begeistert, »sie schießen nicht, man kann einfach so rüber.«

Entsetzt legte ich den Finger auf die Lippen. »Seid leise, nicht dass uns einer hört.« Wir erhoben damals nie die Stimme. In unserem Land wurde immer nur geflüstert, wir übten uns in Zurückhaltung, wenn wir malten oder Musik machten, denn wir standen unter ständiger Beobachtung. Die wachsame Staatsmacht ließ uns nur allzu deutlich spüren, dass wir nicht frei waren. In unserem Land war es still, alle bewegten sich nur auf Zehenspitzen. Und nun kamen meine Freunde auf einmal an und packten mich bei den Schultern, schüttelten mich und schrien: »Mark, wir sind frei, wir können in den Westen!«

An diesem Abend blieb ich wegen meiner Mutter, der es zu der Zeit schon sehr schlecht ging. Ich konnte sie nicht allein lassen. Doch es war ihr Lebenstraum, einmal die Freiheit kosten zu können. Als sie daher am nächsten Tag vom Mauerfall hörte, stand sie auf und zog sich an. Ich überraschte sie im Flur, als sie im Begriff war, auf wackligen Beinen das Haus zu verlassen. »Gehen wir«, sagte sie. Für einen Moment schien der bohrende Schmerz verschwunden zu sein, der sich beharrlich zwischen ihren Augenbrauen eingenistet hatte. Ich versuchte gar nicht erst, sie von ihrem Vorhaben abzubringen, denn ich verstand, dass sie es mit eigenen Augen sehen musste. Sie wollte nicht von dieser Welt gehen, ohne zu wissen, wie es auf der anderen Seite aussah. Als Kriegskind war sie in der harten, entbehrungsreichen Nachkriegszeit aufgewachsen und kannte Westberlin nur als zerstörte Stadt. Ihr ganzes Leben hatte sie in einem Gefängnis verbracht und wollte nun endlich die Freiheit kennenlernen. Also machten wir uns gemeinsam auf die Suche nach der Stelle, an der die Mauer durchlässig geworden war. »Du zitterst ja«, bemerkte sie mit einem Lächeln. Sie hatte recht, ich bebte tatsächlich. Wenn man sich dem Unbekannten stellen muss, hat das immer etwas Beängstigendes, selbst wenn es um die Freiheit geht. Einen Moment lang war sie die Stärkere von uns beiden.

Heute kann ich mich nur wundern, wie wir so lange in einer derart rückständigen Gesellschaft leben konnten. Eines vermisse ich allerdings. Die Stille, diesen uns aufgezwungenen Frieden, der es mit sich brachte, dass wir uns mit Leib und Seele einer Sache verschrieben, die uns wirklich am Herzen lag. Ablenkungen gab es nicht, alles drehte sich nur um das Eine. In meinem Fall um die Musik. In dem Künstlerviertel, in dem wir damals wohnten, fühlten wir uns als Mitwisser eines besonderen Geheimnisses, weil wir erkannt hatten, dass Kunst Freiheit bedeutete: die Musik, die aus unseren Instrumenten ertönte, die Malerei, die unseren Platz in bunte Farben tauchte, oder die spitze Feder, die insgeheim dem Regime die Maske herunterzureißen suchte.

Mit den zahllosen Autos, die schneller als der Wind an einem vorbeirasten, war es in Westberlin ohrenbetäubend laut. Auch die Leute gingen nicht in normalem Schritt wie in Ostberlin, sie rannten und schienen ständig in Eile. Überall flackerten bunte Leuchtreklamen mit Markennamen, die mir damals größtenteils unbekannt waren und ein weiteres Beispiel für die Strahlkraft des Westens darstellten, den wir bei uns immer für die beste aller Welten gehalten hatten. Meine Mutter und ich kamen aus dem Staunen nicht mehr heraus. »Willkommen!«, riefen ein paar junge Leute und hielten uns eine Flasche Wein und Plastikbecher hin. Wir stießen mit ihnen an, und schon waren sie weg, um die Nächsten zu begrüßen. Zugleich wurden wir weitergeschoben von dieser Menschenmenge, die nur ein Ziel kannte: sich endlich die Welt zu erobern.

»Lass uns gehen, Mark«, sagte meine Mutter auf einmal. Ich sah ihr an, dass sie wieder Schmerzen hatte. Bis zu ihrem Tod sollten sie nicht mehr verschwinden. Auf den letzten Metern unseres Heimwegs musste ich sie tragen. Sie hatte sich bei diesem Ausflug, für den sie ihre letzten Kräfte mobilisiert hatte, total verausgabt. Doch als ich sie ins Bett brachte, sagte sie mit einem Lächeln: »Das musste ich einfach gesehen haben, bevor ich die Augen zumache.«

Sie starb zwei Tage später. In dem Monat, in dem die einen der Toten gedachten, die anderen die Freiheit feierten. Nach der Beerdigung fragte ich mich, was ich nun tun sollte, wenn alle anderen fortgingen und versuchten, im

Westen ein besseres Leben zu finden. Da fiel mir mein Vater ein, und ich beschloss, mich auf die Suche nach ihm zu machen. Ich packte mein Cello und meine Partituren ein, verkaufte das Klavier und landete an Heiligabend auf dem Flughafen von Barcelona.

ANNA

»Fangen wir an!« Mark klopft mit dem Taktstock auf das Notenpult. Ich lege die Geige an. Teresa habe ich nicht angesehen, ich habe sie nicht mal gegrüßt. Dafür habe ich nach Maria Ausschau gehalten, und kaum hatte ich sie entdeckt, spürte ich, wie sich ihre Augen tief in meine bohrten. Ihre Augen haben einen unnatürlichen Glanz. Vielleicht ist sie eine Hexe. Dann habe ich also eine böse Hexe vor mir und ein Geige spielendes Miststück neben mir. Aber Mark gehört mir. Ich möchte mit ihm zum Fluss gehen. Ich muss meine Seele finden, die irgendwo auf der Welt im Wasser gefangen ist, seit die Fee aus dem Teich neben unserem Haus sie mitgenommen hat.

»Lass uns hingehen«, habe ich Mark heute früh gebeten.

Doch er brummte bloß: »Geh du nur. Ich muss mich vorbereiten.« Also muss ich den Fluss jetzt ganz allein suchen gehen und weiß nicht, wo ich ihn finden soll. Vielleicht ist er ja gar nicht mehr da, so wie Karl.

Karl war der erste richtige Mann, der mir begegnet ist. Mein Geigenlehrer mit der krummen Nase hatte etwas Weibisches gehabt, die Freunde meiner Mutter waren nichts als Schmarotzer, die um sie herumschwirrten, und Papa habe ich erst wirklich kennengelernt, als meine Mutter fort war.

Es war Teresa, die mir die Tür zur Welt aufstieß, als ich begann, bei ihr Unterricht zu nehmen.

»Wenn du denkst, es hätte sich jetzt mit der Geige erledigt, dann hast du dich geschnitten«, hatte meine Mama nach dem Satz Ohrfeigen zu mir gesagt und mir drohend in die Augen geschaut. »Ab jetzt gehst du aufs Konservatorium, und da dreht es sich nicht nur um dich, da gehen alle hin.«

»Alle« sollte heißen, dass dort die Armen hingingen, die, die sich keinen guten Lehrer leisten konnten. Wie immer, wenn sie mich durchdringend anschaute, während sie mit mir sprach, stand ich teilnahmslos da und rührte mich nicht. Ich hielt ihrem Blick stand, um zu sehen, ob ich mir auf diese Weise wieder eine Ohrfeige einfangen würde, doch an dem Tag blieb die Strafe aus.

»Ach, Kind, du bringst mich noch zur Verzweiflung. Ich begreife einfach nicht, wie du so werden konntest«, seufzte sie. Mit einer ungehaltenen Geste machte sie kehrt und rauschte auf ihren High Heels davon, von denen ich immer wieder beeindruckt war, weil ich nicht verstand, wie jemand darauf gehen konnte. Ich weiß nicht, was an dem Tag mit mir los war, aber tief in mir regte sich etwas. Ich meinte, einen Riss in der undurchdringlichen Mauer zu erkennen, die diese Frau, nach der ich mich sehnte und die ich gleichzeitig hasste, um sich errichtet hatte. Spontan lief ich ihr nach und umarmte sie. Da blieb sie kurz stehen, einen Wimpernschlag lang verstummte das Klappern ihrer Absätze, und zu meiner großen Überraschung streichelte sie mir über die Hand. Aber es war gleich wieder vorbei, als hätte sie einen schwachen Moment gehabt und sich dann wieder gefangen. »Jetzt nicht, Anna.« Sie schob mich nicht weg, erwartete aber, dass ich sie freiwillig losließ. Dann ging sie, ohne sich noch einmal umzuschauen.

Ich drehte mich um. Hinter mir stand Clara, die die Szene mit angesehen hatte, und weinte.

MARIA

Als Erstes ist die Opernsängerin auf die Bühne gekommen. Senyora Teresa und Senyora Anna spielen später. Davor ist zunächst einmal diese Frau dran, die nicht ganz so blond und ganz so drall ist wie die von Senyor Karl. Senyor Mark gibt ihr das Zeichen für den Einsatz, als das Orchester schon ein paar Takte gespielt hat, und sie fängt an, mit einer zarten Stimme zu singen, die viel schöner ist als die der anderen Sängerin, viel harmonischer, und die tief in meinem Inneren eine empfindliche Saite berührt, die dieser Art von Erschütterung nichts entgegenzusetzen hat, sondern zu zittern beginnt und reißt.

Als ich damals vor vielen Jahren vom Schlüsselloch abrückte, durch das ich Senyor Karl und die Opernsängerin zum ersten Mal beobachtet hatte, beschloss ich, mir einen netten Jungen zu suchen, der mich auch so küsste wie Senyor Karl diese Frau, die, nebenbei bemerkt, noch ein paar Mal kam und mit der sich die Szene auf dem Sofa ebenso oft wiederholte. Jedenfalls war Senyor Karl nach solch einer Sofaszene deutlich ruhiger, als hätte er sich von einer Last befreit. Ich muss zugeben, dass dieser Besucherin mein spezielles Interesse galt, denn jedes Mal, wenn sie kam, der Himmel möge mir vergeben, hing ich wieder mit dem Auge vor dem Schlüsselloch.

Allerdings wurde das Bedürfnis, jemanden zu finden, der mich küsste, dabei immer größer. Da ich nur donnerstagnachmittags ausging, und immer mit einer Freundin, die auch Hausmädchen war, würde das nicht leicht sein. Letztlich musste ich aber gar nicht lange suchen, er kam von ganz allein. Ich meine, ich traf ihn nicht etwa, als ich mit meiner Freundin unterwegs war, sondern in der Sonntagsmesse. Der junge Mann war mir schon ein paar Mal aufgefallen, weil er so fromm aussah und sehr einsam zu sein schien. Er kniete immer in einer der letzten Reihen, genau wie ich, denn es war eine Kirche für die Herrschaften, in der sich unsereins in die hintersten Bänke zwängte. Anscheinend war auch ich ihm ins Auge gefallen, denn eines Tages wartete er vor der Tür auf mich. »Hallo, wie heißt du?«, fragte er, als er mich sah. Ich sagte es ihm. Sein Name war Pepe. Es war ein strahlender Wintertag, und er stand genau zwischen mir und der Sonne. Im Gegenlicht konnte ich sein Gesicht kaum erkennen, und ich sah nicht, ob er lächelte. Und doch kam er mir vor wie eine zweite Sonne. »Was hältst du von einem Spaziergang?«, schlug er vor.

»Einverstanden.«

So fing es mit uns an. Bevor ich heimging, machten wir eine Runde durch den Park. Er erzählte mir, dass er, zusammen mit seinen Eltern, die schon seit vielen Jahren im Dienst ihrer Herrschaften standen, in einem großen Haus ganz in der Nähe wohnte.

»Ich habe immer mit ihren Kindern gespielt.« Wichtigtuerisch reckte er das Kinn. Dann holte er eine Zigarette heraus und fragte mich, ob ich rauchen würde. Und obwohl das gar nicht stimmte, sagte ich ja. Ich steckte mir die Zigarette zwischen die Lippen und machte alles genauso wie er, das heißt, ich inhalierte den Rauch und kann von Glück sagen, dass ich nicht erstickt bin, denn ich musste heftig husten und bekam keine Luft mehr. Er klopfte mir auf den Rücken und sagte grinsend, ich müsste mir keinen Zwang antun, ich bräuchte nicht zu rauchen, wenn ich nicht wollte.

Ich erhob mich von der Parkbank, und während ich mir die Tränen abwischte, die mir der Rauch und der Husten in die Augen getrieben hatten, sagte ich: »Ich muss los.«

Er stand ebenfalls auf, lächelte und sagte: »Dann sehen wir uns nächsten Sonntag, ja?«

»Ja, nächsten Sonntag.« Erst als er sich von mir verabschiedete, bemerkte ich, dass ihm zwei Schneidezähne fehlten. Deswegen gefiel er mir nicht mehr ganz so gut, aber ich dachte, dass das sicher kein Hindernis war, um so zu küssen, wie Senyor Karl es mit der Opernsängerin tat.

Die Sonntage unterschieden sich von den übrigen Wochentagen. Frühmorgens ging ich zur Messe, und bei meiner Rückkehr saß Senyor Karl immer mit geschlossenen Augen auf dem Sofa und tat so, als dirigierte er eins von diesen endlos langen Liedern ohne Text, eins, das, wie ich inzwischen weiß, *Doppelkonzert für zwei Violinen* heißt und von einem Komponisten namens Bach ist. Wie man seinen Namen ausspricht, hat Senyor Karl mir irgendwann beigebracht. Da kannte ich die Melodie schon in- und auswendig und hatte sogar einen Text dazu gedichtet, der ging so: »Ich putze jetzt das Haus, das ganze, ganze Haus.«

Seither sang ich immer leise vor mich hin, während ich, mit der Musik im Hintergrund, die Büste von Beethoven abstaubte. Den Namen konnte ich aussprechen. Ich sagte »Gut'n Tag« zu ihm, wie Senyor Karl, auch wenn ich die Worte nicht verstand. Danach kam ein anderer, langsamerer Teil des Konzerts, eine Art Tanzmusik, und weil ich keinen anderen Tanzpartner hatte, legte ich das Staubtuch zur Seite und schnappte mir den Besen. Darauf folgte wieder ein schnelleres Stück, und ich begann erneut zu singen. So ging das jeden Sonntag, bis mich, wie es nicht anders zu erwarten war, eines Tages Senyor Karl erwischte.

Ich drehte gerade mit dem Besen meine Kreise und summte »Na-na-na«, um mich im Takt zu wiegen, als ich plötzlich über Senyor Karls Schuh stolperte, ins Straucheln kam und mit einem leisen Aufschrei der Länge nach zu Boden stürzte. Zornig fuhr ich ihn an, worüber er mindestens so verblüfft war wie ich selbst. »Was soll das? Sehen Sie nicht, dass ich die Augen zuhabe?«

Kaum war es raus, da merkte ich auch schon, dass ich mich gewaltig vergaloppiert hatte. Jemand wie ich durfte Senyor Karl gegenüber nicht einfach so loszetern. Ich wurde rot wie eine Tomate und entschuldigte mich hastig. Aber Senyor Karl fing an zu lachen, er bekam einen regelrechten Lachanfall wie damals, als wir in der Küche Schokolade löffelten. Er half mir auf, sagte, ich solle mitkommen, und führte mich ins Musikzimmer, wo ich mich auf die Klavierbank setzen sollte.

»Aber was machen Sie denn, Senyor Karl?«, protestierte ich.

»Schluss jetzt, Maria. So schön, wie Sie singen und tanzen, mögen Sie doch Musik, oder?«

»Nun, ja, aber …«

»Kein Aber«, fiel er mir ins Wort. »Geben Sie mir Ihre Hand.«

Verschämt reichte ich ihm meine rechte Hand. Ich hatte keine penibel manikürten Finger wie eine Dame, sondern eine Dienstmädchenhand, die nach Putz- und Desinfektionsmitteln roch. Doch er scherte sich nicht darum. Er nahm meine Finger und legte sie auf die Tasten, dann ließ er mich eine mit dem Daumen herunterdrücken und sagte, als der Ton erklang: »C.« Beim nächsten Finger »D«, dann »E«, »F« und »G«.

Schon allein mit diesen paar Tönen war mir, als ob alle Glühwürmchen, die ich nachts vom Wohnzimmerfenster aus im Park gesehen hatte, hereinkämen, um meinen Geist zu erleuchten. Ich spürte, wie mir Tränen der Rührung über die Wangen liefen.

Da sagte Senyor Karl: »Maria, Sie werden Klavierspielen lernen.«

Im ersten Moment war ich sprachlos. Erst als er Anstalten machte zu gehen, rief ich ihm hinterher: »Senyor Karl.«

Er drehte sich um. »Ja?«

»Aber das bleibt unter uns.«

Er schmunzelte. »Einverstanden. Das bleibt unter uns.« Dann ging er, und ich trocknete meine Tränen.

Die anderen Tränen, die, die mir vom Rauch der Zigarette meines Verehrers in die Augen gestiegen waren, hatte ich auf dem Heimweg abgewischt. Als ich zu Hause ankam, war Senyor Karl schon mit dem ganzen Bach-Konzert fertig, was mir einen leisen Stich versetzte. Er tauchte urplötzlich hinter der Beethoven-Büste auf.

»Sie sind heute aber spät dran«, sagte er fröhlich.

»Oh, ich bin aufgehalten worden.« Ich wandte mich ab, damit er nicht bemerkte, dass ich rot wurde.

»Wie sieht es aus? Wollen wir mit dem Unterricht anfangen?«

»Welchem Unterricht?«

»Na, der Klavierstunde.«

»Ach so, ja, natürlich«, stammelte ich.

Ich folgte ihm ins Musikzimmer und streifte auf dem Weg Hut und Mantel ab.

»Proben Sie denn heute nicht für die Oper?«, fragte ich

zweideutig, doch er bemerkte den Unterton nicht. »Ach, das ist vorbei, als Nächstes gebe ich mit dem Orchester ein paar Konzerte.« Ich enthielt mich weiterer Kommentare und konzentrierte mich auf den Unterricht. Senyor Karl nahm behutsam meine Finger und ließ mich etwas spielen, was er eine Tonleiter nannte – vom tiefen bis zum hohen C –, indem er meinen Daumen unter den anderen Fingern hindurchführte, als ich beim kleinen Finger angekommen war, denn diese Tonleiter hatte acht Noten und meine Hand nur fünf Finger, und irgendwoher mussten die anderen drei ja kommen.

»Und jetzt mit links«, sagte er, und wir wiederholten das Ganze mit der linken Hand. Tonleiter rauf, Tonleiter runter. Anfangs half er mir dabei, dann machte ich es allein. »Nächste Woche versuchen wir es mit beiden Händen gleichzeitig, Sie werden schon sehen.«

Am liebsten wäre ich an diesem Tag einfach sitzengeblieben. Wenn man diese Tonleitern schnell rauf- und runterspielen konnte, musste das für den, der zuhörte, einfach herrlich klingen. Vielleicht war Klavierspielen doch nicht so kompliziert. Vielleicht konnte das sogar eine einfache Frau wie ich.

In dieser Woche passierten eine ganze Reihe wichtiger Dinge. Das erste war, dass ich lernte, mit beiden Händen langsam Tonleitern zu spielen. Ich konnte es kaum glauben, aber ich tat es wirklich. Es war wunderbar. Wenn ich Klavier übte, wurde ich von meinen Gefühlen regelrecht mitgerissen. Senyor Karl wirkte sehr zufrieden, er klatschte sogar Beifall und sagte schließlich: »Ich glaube, wir haben uns eine Schokolade mit Sahne verdient.«

Die zweite Sache ereignete sich Mitte der Woche. Es klingelte an der Wohnungstür, und als ich öffnete, stand die Opernsängerin davor, die mit den Küssen und dem Sofa, meine ich. Bevor ich auch nur ein Wort sagen konnte, stieß sie mich mit dem Ellenbogen zur Seite und rauschte geradewegs auf das Musikzimmer zu, in dem man Senyor Karl spielen hörte. »Was soll das?«, konnte ich gerade noch sagen. Dasselbe sagte auch Senyor Karl, und dann war alles aus. An dem Tag gab es keinen Kuss, sondern stattdessen eine dieser schallenden Ohrfeigen, die man im ganzen Viertel hören kann. Senyor Karl wurde kalt erwischt. Und dann sagte die Frau noch, bevor sie auf dem Absatz kehrtmachte: »Also wolltest du mich nur für die Oper.« Dann stolzierte sie sehr würdevoll, mit hoch erhobenem Kopf hinaus. Und ich konnte sehen, wie sie sich eine Träne abwischte, obwohl sie sich alle Mühe gab, es zu verbergen.

Und die dritte Sache war, dass mein Verehrer mich küsste. Ich spürte, wie er seine Zunge tief in meinen Mund steckte, und wusste nicht, ob ich atmen durfte. Anschließend schmeckte mein ganzer Mund nach Rauch, und ich war mir nicht sicher, ob ich das mochte, aber immerhin war es ein Kuss wie der von Senyor Karl und der Opernsängerin. Und hinterher lächelte er mich mit seiner doppelten Zahnlücke an und fragte, ob es mir gefallen habe. Ich sagte ja, weil ich schlecht etwas anderes sagen konnte. Als er mich dann nach Hause brachte, legte er mir seinen Arm um die Schultern, und ich legte den Arm um seine Taille. Vor dem Haus küsste er mich noch einmal, bevor er sich verabschiedete.

Ich schloss die Tür auf und lief Senyor Karl in die Arme. Er verzog das Gesicht, und ich konnte mir nicht erklären, wieso.

»Sie haben einen Freund. Ich habe Sie vom Fenster aus gesehen«, sagte er.

»Ja.« Mir war sofort klar, dass es keinen Sinn hatte, es abzustreiten.

Senyor Karl ging an mir vorbei, und bevor er die Treppe hinaufstieg, um in seinem Zimmer zu verschwinden, in das er sich normalerweise nur zur Schlafenszeit zurückzog, wandte er sich um und sagte: »Sie sind ja auch wirklich hübsch, sehr hübsch.«

Kaum war er fort, rannte ich zum Spiegel. So etwas von Senyor Karl zu hören war für mich, als hätte unter mir die Erde gebebt und als wären plötzlich sämtliche Vögel aus dem Park herbeigeflogen, hätten sich auf meinen Kopf gesetzt und alle auf einmal zu zwitschern begonnen. Ich betrachtete mich eine Zeit lang. An diesem Tag fand auch ich mich wunderschön.

ANNA

Marks erster Blick zu Beginn eines Konzertes lässt mich kalt. Bei Karl war das anders. Sein Blick konnte einem durch und durch gehen. Er tat mir weh, und es war lange her, dass mir jemand wehgetan hatte. »Kommen Sie herein«, forderte er mich in seinem eigenartigen Kauderwelsch aus Katalanisch, Spanisch und Deutsch auf. Ich folgte ihm in den Raum, in dem das Klavier stand. Auf dem Flur begegneten wir Mark. Der war damals ein Niemand, ein nicht mal dreißigjähriger Student, der Orchesterdirigent werden wollte und von den Erfolgen seines Vaters lebte. Er grüßte und verschwand. Maria war an diesem Tag nicht zu sehen. Vermutlich hatte sie ihren freien Tag, denn sonst traf man sie ständig und überall, so wie jetzt. Diese Frau ist wie die Pest.

Karl setzte sich ans Klavier, und nachdem ich meine Geige aus dem Kasten genommen hatte, bat er mich zu spielen. Er übernahm den Part der anderen Geige, Teresas Part, auch wenn ich zu dem Zeitpunkt noch nicht wusste, wer die zweite Solistin sein würde. Als ich das erste Mal bei ihm war, hatte ich meine Übungsgeige dabei, doch ein andermal brachte ich die gute mit, um ihn zu beeindrucken. »Wie wundervoll, eine Stainer«, rief er und machte ein Gesicht, als käme ihm etwas daran bekannt vor. »Darf ich mal sehen?«

Er nahm mir die Geige aus der Hand, betrachtete sie von allen Seiten und fuhr mit einem Finger über den kleinen Fleck, wo Teresa einen Riss hatte ausbessern lassen, wie sie mir einmal erzählt hatte. Dann blickte er durch das F-Loch und las die Inschrift, als wollte er sich vergewissern, dass es sich wirklich um eine Stainer handelte.

Aber das war später. Beim ersten Mal, als ich bei ihm war, unterbrach er mich, kaum dass ich zu spielen begonnen hatte. »Das reicht«, sagte er und hielt inne. »Die andere Violinistin quillt über vor Gefühl, aber du hast gar keins. Wo bleibt deine Seele?« Ich war sprachlos. So etwas hatte mir noch nie jemand über meine Musik gesagt. Dann veränderte sich der Ausdruck in seinen Augen. »Du spielst erschreckend gut. So gut, dass man es mit der Angst zu tun kriegt.« Ich spürte, wie ich innerlich wuchs. Doch er fuhr fort: »Und trotzdem fehlt dir das Herz.«

»Bach hat kein Herz«, wandte ich ein.

»Vielleicht nicht«, räumte er ein, »aber er hat Seele. Und die Geige auch. Du dagegen nicht.«

Es wurde still. Ich sackte in mich zusammen, überzeugt, dass ich die Chance vertan hatte, mit diesem Dirigenten auf seine Konzertreise gehen zu können. Der Traum war ausgeträumt. Da schaute er mich noch einmal an und fragte, wer mir die Seele geraubt habe.

»Ich weiß es nicht«, entgegnete ich schulterzuckend, unsicher, ob diese Frage ernst gemeint war.

Dabei wusste ich es ganz genau. Meine Seele ist mir an dem Tag abhandengekommen, an dem meine Mutter fortging und nicht wiederkam. Als sie eines Morgens nicht mehr da war, dachte ich zuerst, sie wäre verreist, doch Clara konnte nicht aufhören zu weinen und sagte schließlich, sie käme nicht mehr zurück. Ich verstand nicht gleich, was sie damit meinte, und da konnte sie nicht mehr an sich halten. Meine Mutter, erklärte sie, habe eine Nachricht für meinen Vater hinterlassen, sie ginge fort, weil niemand sie liebte oder brauchte.

Ich verließ das Haus und ging in den Park zum Teich. Ich war vierzehn Jahre alt und glaubte längst nicht mehr an kleine Feen im Wasser. Doch ich war fest davon überzeugt, dass mir das Wasser, auf dem zwischen großen Blättern rosafarbene Seerosen trieben, das bisschen an Seele nahm, das ich noch besaß und das Karl Jahre später einfordern sollte. Auf einmal bekam ich Gewissensbisse, denn ich war überzeugt, dass meine Mutter meinetwegen fortgegangen war, weil sie gedacht haben musste, ich würde sie nicht brauchen. Ich hatte eigentlich geglaubt, ich hätte für mein Leben bereits genug Tränen vergossen und sie seien für alle Zeiten versiegt, doch nun waren sie wieder da, und ich saß den ganzen Nachmittag auf einer Bank und weinte, bis ich innerlich ganz leer war. Der Teich, der mir die Seele ausgesaugt hatte, wirkte ebenso teilnahmslos wie ich, wenn meine Mutter mich ansah, nachdem sie mich geschlagen hatte. Vielleicht tat ja auch er nur so, genau wie ich.

Am Abend kehrte ich langsam nach Hause zurück. Und lernte meinen Vater kennen.

TERESA

Mir gegenüber hatte Anna das Verschwinden ihrer Mutter mit keinem Wort erwähnt, doch ich merkte, dass mit ihr etwas nicht stimmte. Ein paar Tage später nutzte das Dienstmädchen den kurzen Moment, in dem Anna zur Toilette gegangen war, und streckte den Kopf durch die Tür zum Unterrichtsraum. »Sie lebt jetzt mit ihrem Vater«, flüsterte sie mir zu.

»Sie hat noch nie von ihrem Vater gesprochen«, sagte ich.

»Er war bisher nie da, doch jetzt bleibt er.«

Musik hüllt meine Gedanken ein. Das ist jetzt so, das war früher so, immer wenn ich meine Gedanken schweifen lasse, ist Musik im Spiel. Doch nun, geblendet vom Scheinwerferlicht, beschleicht mich der Verdacht, als würde bei Bach mein ganzes Leben wie unter dem Brennglas daliegen. Bach ist zu präzise, zu klar.

Auch damals war alles klar. Anna wusste gleich, worüber das Dienstmädchen und ich gesprochen hatten. »Du brauchst nur Bescheid zu sagen, wenn du etwas brauchst«, bot ich ihr an, als mir die unangenehme Situation bewusst wurde. Sie bedankte sich kurz angebunden und konzentrierte sich anschließend gleich wieder auf die Partitur, die sie an diesem Tag zum Üben mitgebracht hatte.

Anna hatte keine Mutter mehr, und meine Mutter war inzwischen alt geworden. Zuvor aber, vor langer Zeit, hatte sie mir die Musik geschenkt, sie hatte sie mir buchstäblich auf dem Silbertablett serviert. Als die Lehrerin mir vorschlug, die Geige mitzubringen, damit wir ihren Klang hören und vielleicht versuchen könnten, etwas darauf zu spielen, sagte ich nichts, doch rannen mir still und unaufhaltsam die Tränen übers Gesicht. »Ach, Kindchen«, sagte sie und wischte sie mir mit dem Daumen ab, »wir wollen doch mal sehen, ob da ein bisschen Musik ist.« Bei diesen Worten zeigte sie auf mein Herz.

Und ob da Musik war, ich selbst war diese Musik, ich, die ich gleich am nächsten Tag die Geige mit in die Schule bringen würde. Doch erst einmal rannte ich nach Hause und fiel meiner Mutter stürmisch in die Arme. Weinend drückte ich sie ganz fest, während sie mich mit Küssen überschüttete und sagte: »Es tut mir so leid, dass ich dir keine richtige Geigenlehrerin bezahlen kann. Vielleicht irgendwann einmal, Teresa, wer weiß.«

Lange sollte es nicht dauern. Meine Musiklehrerin war eigentlich Pianistin, wusste aber, wo man bei der Geige die Finger auf die Saiten legen und wie man greifen musste, um sie zum Klingen zu bringen, wenn man mit dem Bogen darüberstrich.

»Und du sagst, du hast sie auf der Müllkippe gefunden?«, wollte sie wissen, als sie meinen Fund bestaunte.

»Ja, sie hat da einen Sprung.« Ich zeigte ihr den kleinen Riss im Instrument.

»Es gibt Leute, die so etwas reparieren können.« Sie griff nach der Geige, als wollte sie sie gleich wegbringen.

Mir war, als müsste ich sterben. »Nein«, schrie ich, »nein.«

»Schon gut. Ich will sie mir ja nur einmal ansehen.« Dann kniff sie ein Auge zu und schaute mit dem anderen durch das F-Loch. Ich konnte nur die stumme Bewegung ihrer Lippen sehen, während sie die Schrift im Inneren der Geige las, die ich zu diesem Zeitpunkt noch nicht entziffert hatte und die, wie ich heute weiß, diese Geige als eine Stainer aus dem Jahr 1672 auswies. Eine Stainer. Es ist mir noch immer unverständlich, wie ich sie einfach so weggeben konnte. Damals war es mir allerdings völlig egal, ob meine Geige von einem Stainer war oder aus der Werkstatt eines x-beliebigen Geigenbauers stammte. Meine Lehrerin aber pfiff durch die Zähne und sah mich aufgeregt an. Ihre Miene hatte sich verändert, als sie beschwörend sagte: »Die gibst du niemandem, hörst du?«

Ich nickte. Mir das zu sagen wäre wirklich nicht nötig gewesen, denn ich dachte gar nicht daran, meine Geige aus der Hand zu geben, nicht etwa, weil es eine Stainer war, sondern weil man damit Musik machen konnte.

Dann brachte sie mir bei, wie ich mit der Geige dieselben Töne erzeugen konnte, die sie auf dem Klavier anschlug, die ganze Tonleiter, deren Namen ich damals noch nicht kannte. Ich ging zum Strand und übte. Dort, am Saum der Brandung, gelang es mir zum ersten Mal, dem Instrument seinen Zauber zu entlocken. Es war für mich so viel mehr als eine Geige, es war fast so etwas wie der Vater, den ich nicht hatte. Stundenlang übte ich immer dasselbe. Am nächsten Tag blieb ich nach der letzten Stunde noch etwas länger in der Schule und spielte der Lehrerin vor. Sie lobte mich. Dann suchte sie mir ein Notenblatt mit einem ganz einfachen Lied heraus. Da ich noch keine Noten kannte, schrieb sie mir über jede Note deren Namen und sagte: »Heute in einer Woche treffen wir uns wieder. Dann musst du die Noten auswendig kennen und dieses Lied spielen können.«

Immer wenn ich nicht zur Müllkippe musste, rannte ich zum Strand und übte voller Inbrunst, was die Lehrerin mir aufgetragen hatte. Ich bekam Blasen an den Fingern, doch das war mir egal. Ich spürte den Schmerz nicht, sondern nur, wie es mir allmählich gelang, dieser Holzkiste eine Melodie zu entlocken. Die Musik war zum Greifen nah, viel fehlte nicht mehr. Nach vier oder fünf Wochen bestellte die Lehrerin meine Mutter ein und erklärte ihr, sie könne mir nichts mehr beibringen, ich müsse richtigen Geigenunterricht nehmen. Lächelnd sprach sie dann die magischen Worte: »Sie erhält dafür ein Stipendium.«

Ich besuchte das Konservatorium, bis ich mit zwanzig

meinen Abschluss machte. Und bald darauf fing ich als Lehrerin dort an. Dank meines Einkommens musste meine Mutter nicht mehr putzen gehen, doch ihre Näharbeiten machte sie weiterhin. Auch ich hörte auf, mir als Putzfrau die Hände zu ruinieren. Ich hatte immer darunter gelitten, dass ich nachmittags nie Zeit hatte, um meine Aufgaben für den nächsten Tag zu erledigen oder für eine Prüfung zu lernen, und hatte weiterhin jeden Abend, sommers wie winters, am Strand geübt, damit ich niemanden störte. Im Winter schnitt ich mir die Spitzen der Fingerhandschuhe ab, um spielen zu können. Während ich bei meinen Arbeitgebern das Geschirr abwusch, ging ich im Geiste die Etüden durch, die ich am folgenden Tag würde vorspielen müssen. Und jedes Mal, wenn ich mit den Kindern im Park war oder durch die Straßen lief oder im Bus saß, bewegte ich in meinen Jackentaschen die Finger, um nicht an Beweglichkeit zu verlieren. Denn das konnte ich mir nicht erlauben, wenn ich Geigerin werden wollte. Und das war, bei Gott, mein sehnlichster Wunsch.

ANNA

Der erste Geiger des Orchesters heißt Maties, genau wie mein Vater, wie der Vater, den ich letztlich doch hatte. Mark unterbricht kurz und bittet ihn, das Tempo etwas zu beschleunigen. Maties nickt, und die Mitglieder des Orchesters verstehen, dass sie schneller spielen sollen.

Mit vierzehn Jahren musste ich begreifen, dass sich mein Leben von einem Moment auf den anderen geändert hatte. Nachdem meine Mutter auf und davon war, tauchte tags darauf mein Vater auf. Er war einer der Männer, die bei uns ein und aus gegangen waren, doch er war nie lange geblieben und hatte für mich weder ein Lächeln noch ein freundliches Wort gehabt.

»Meine Güte, bist du groß geworden«, sagte er nun, und diesmal lächelte er. In seinen Augen lag eine Freude, die ich mir nicht erklären konnte. Ehrlich gesagt, hielt ich sie zunächst für Einbildung. Zu meinem großen Erstaunen fragte er mich dann, wie es mit der Geige klappen würde.

Sobald ich mich wieder gefasst hatte, antwortete ich: »Gut. Mittlerweile geht es ganz gut.«

»Was soll das heißen?«, fragte er irritiert.

Wir saßen im Esszimmer. Nach so vielen Jahren, in denen ich allein oder mit Clara in der Küche gegessen hatte, leistete mir nun jemand bei den Mahlzeiten Gesellschaft. Ich war mir nicht sicher, ob es mir gefiel, dass dieser Mann, der mir vollkommen fremd war, nach vierzehn Jahren auf einmal gemeinsam mit mir am Tisch saß, als sei nichts gewesen. Doch ich musste ihm wohl oder übel antworten. »Den alten Lehrer konnte ich nicht leiden, aber die Lehrerin am Konservatorium mag ich, und jetzt mag ich auch die Geige.«

Ich wusste nicht, wie ich es ihm sonst hätte erklären sollen. Ich wusste nicht, wie ich es in Worte fassen sollte, dass ich im Alter von dreizehn Jahren, als ich mich auf dem Weg durch den Park längst nicht mehr nach den anderen Kindern umschaute, mit denen ich so gern gespielt hätte, die Entdeckung gemacht hatte, dass die Geige in meinem Leben das Einzige war, das ich für mich hatte, das Einzige, das wirklich mir gehörte. Eine Zeit lang hatte ich gedacht, ich hätte Clara, doch die lernte einen jungen Mann kennen und erklärte, zuerst meiner Mutter und später meinem Vater, sie werde heiraten und ausziehen. Ihr Angebot, künftig stundenweise zu uns zu kommen, schlug mein Vater aus, denn seiner Ansicht nach brauchten wir eine Haushälterin, die bei uns wohnte.

Deshalb hatte ich nur die Geige. So wie jetzt. Mir ist, als spielte ich um mein Leben, als müsste ich allem, was Teresa mir mit ihrem Instrument sagt, etwas entgegenhalten. Hin und wieder starren wir uns in die Augen, als befänden wir uns im Krieg, einem Krieg, an dem mein Vater schuld ist.

Ich weiß noch, dass er sich damals beim Essen mit einem Stück Brot in der Hand zurücklehnte und nach Clara klingelte, damit sie den Nachtisch brachte.

»Weißt du, es war meine Entscheidung, dass du Geige spielen lernst, weil ich selbst davon immer geträumt habe. Ich wollte unbedingt Geige spielen, aber das genügte meinen Eltern nicht, ich musste ja Betriebswirtschaft studieren, und für mehr reichte das Geld nicht. Du hattest einen Lehrer, der mir empfohlen worden war, aber deine Mutter hat mir erzählt, du hättest dich nicht angestrengt. Das ist doch jetzt anders, oder?«

»Ja, schon.«

Was hätte ich auch sonst sagen sollen? Demnach war es seine Schuld, dass ich so viele Jahre zu dem Geiger mit der krummen Nase hatte gehen müssen. *En souffrant.* Er war also schuld an meinem Martyrium. Ich hasste ihn insgeheim dafür. Nachdem ich einen Schluck Wasser getrunken hatte, ging ich zum Angriff über: »Wie kommt es eigentlich, dass du nie da warst?«

Die Frage schien ihn kein bisschen in Verlegenheit zu bringen. Im Gegenteil, er blickte zum Fenster und sagte nach kurzem Nachdenken, als wäre es die normalste Sache der Welt: »Wenn ich ehrlich sein soll, deine Mutter war nicht zum Aushalten.«

»Na, in diesem Punkt sind wir uns immerhin einig«, dachte ich, hielt jedoch den Mund, weil er offenbar noch mehr sagen wollte. Obwohl Clara gerade den Nachtisch brachte, fuhr er fort: »Ich lebte mein Leben und sie das ihre, und wir hatten uns darauf geeinigt, dass ich nur einmal im Monat vorbeikommen sollte, um Papierkram zu regeln. Die Wohnung, in der ich schon seit Jahren zur Miete lebe, ist ziemlich weit weg von hier.«

Bei diesen seelenruhig dahingesagten Worten kreischte in meinem tiefsten Inneren eine schrille Stimme auf: Und was ist mit mir? Warum hast du mich nicht einmal begrüßt, wenn du gekommen bist? Warum hast du mir nie auch nur einen Kuss gegeben? Und wieso durfte ich nicht wissen, wer mein Vater ist? Und so ging es immer weiter, doch kein Wort von dem, was die Stimme in mir schrie, kam über meine Lippen. Stattdessen schob ich mir einen Löffel Kuchen in den Mund und sagte, wohl wissend, dass es ihn verletzen würde: »Ich hatte keine Ahnung, welcher der Männer mein Vater ist. Ich wusste nicht mal, dass es dich gibt.«

Das hatte gesessen. Ich sah es an seinem Blick und daran, dass er zu essen aufhörte. Mein Triumph über meinen Feind, über ihn, schmeckte so süß wie der Kuchen, den ich in diesem Moment hinunterschluckte. Er sagte kein Wort mehr.

Nach dem Essen verließ ich das Haus und ging zum Teich. Das Wasser lag ruhig und still da. Es war Wochenende, und bis auf ein paar Leute, die ihre Hunde ausführten, war der Park menschenleer. Es waren keine Kinder da, niemand war da. Ich sah meine Seele auf dem Wasser liegen, das mit stoischer Ruhe die Seerosen trug. Ich betrachtete meine Seele und besuchte sie dort jeden Tag, bis sie auf einmal verschwunden war. Sie musste in der Sonne verdunstet sein. Vielleicht, dachte ich, würde sie als Regen irgendwo wieder vom Himmel fallen, in einen Fluss, einen See oder ins Meer. Seither suche ich sie überall, und jedes Mal, wenn ich an einen Fluss, einen Teich oder ans Meer komme, ist mir, als hörte ich sie klagen. Aber einfangen lässt sie sich nicht.

An dem Tag, als meine Seele noch nicht verdunstet war, kehrte ich nach Hause zurück und sagte zu meinem Vater: »Übrigens, ich brauche unbedingt eine neue Geige. Die, die ich habe, ist für Kinder, die ist mir zu klein.«

Mein Vater rang sich ein lustloses, fast höfliches Lächeln ab, aber das war mir egal, ich genoss das Gefühl, ihn am Boden liegen zu sehen.

»Du sollst deine Geige haben«, sagte er schließlich. »Aber vielleicht sprechen wir erst mal mit deiner Lehrerin, damit wir wissen, was du genau brauchst.«

MARK

Den Erzählungen meiner Mutter zufolge war mein Vater regelrecht besessen von Bachs *Doppelkonzert für zwei Violinen*. Offenbar war es bei ihr auf wenig Gegenliebe gestoßen, wenn sie das Stück jeden Sonntagmorgen schon beim Aufstehen zu hören bekam und mein Vater ganz verzückt mit geschlossenen Augen dasaß und so tat, als ob er es einhändig dirigierte. Genauso habe ich es ihn später auch in Barcelona tun sehen, immer am Sonntagmorgen, immer auf dem Sofa, immer mit der Hand in der Luft. Manchmal sei er am Abend mit seinen Musikerfreunden ausgegangen, erzählte meine Mutter. Auf dem Platz veranstalteten sie improvisierte Soireen, bei denen sie Bach spielten. Mein Vater übernahm immer die zweite Geige und einer seiner Freunde die erste. Die übrigen Musiker taten so, als bildeten sie ein vollständiges Orchester. Offenbar hatten sie schon als junge Leute in den mageren Jahren der Nachkriegszeit gemeinsam Musik gemacht, um den Hunger zu vertreiben. Aus ganz Berlin waren Leute gekommen, um ihnen zuzuhören. Im Publikum, das der Kälte, dem leeren Magen und dem in der Stadt herrschenden Ausnahmezustand trotzte, war auch meine Mutter. Es sei eine Oase der Kunst und der Wärme gewesen, sagte sie. So hatten sie sich kennengelernt.

»Er war am Verhungern, aber von seiner Geige hätte er sich nie getrennt. Er liebte sie so sehr, dass es für ihn nicht infrage kam, sie zu verkaufen«, erzählte meine Mutter mit einem Lächeln. Er hatte eine Stainer, wie die von Anna. Soweit ich weiß, hat Anna ihre geschenkt bekommen. Die Stainer meines Vaters war ein Erbstück meines österreichischen Großvaters, den ich nie kennengelernt habe.

Später erzählte mir meine Mutter auch von der Zeit, in der mein Vater anfing, sein Orchester in Ostberlin zu leiten und sich allmählich einen Namen als Dirigent zu machen. Sein großer Traum war, das Doppelkonzert mit zwei Violinistinnen aufzuführen, für die er große Bewunderung hegte und die zu der Zeit schon ziemlich alt waren, wesentlich älter als er. Er war von der Spielweise dieser beiden Frauen so begeistert, dass er um jeden Preis mit ihnen arbeiten musste, bevor sie sich zur Ruhe setzten. Und es gelang ihm auch. Er unternahm mit diesen beiden Geigerinnen und seinem Orchester eine Konzertreise durch ganz Ostdeutschland, die ihn über Mauern und Grenzen hinweg berühmt machen sollte.

»Kein Wunder, mit dem Konzert hat er sich ja auch eingehend beschäftigt«, scherzte ich.

Meine Mutter presste die Lippen aufeinander und murmelte unwillig: »Ja, ja, und wie eingehend er sich erst mit seinen Geigerinnen beschäftigt hat.«

Damals verstand ich nicht, worauf sie damit anspielte, doch ich traute mich nicht, weiter zu bohren. Als er von seiner Tournee zurückkehrte, empfing ihn meine Mutter jedenfalls mit gepackten Koffern. Seinen Koffern. Das war kurz vor meiner Geburt. Und als ich später nach meinem Vater fragte, erklärte meine Mutter mir, sie hätten sich getrennt, bevor ich auf die Welt kam, mein Vater sei vielleicht ein großer Musiker, aber auch ein großer Schürzenjäger.

Und nun bin ich heute selbst im Begriff, das Bach-Konzert aufzuführen, das Lieblingsstück meines Vaters, und frage mich, wie meine Mutter im Ernst glauben konnte, er sei hinter diesen Frauen her gewesen. Mir kommt es eher so vor, als wäre sie eifersüchtig gewesen. Sie konnte ihm nicht geben, was diese Musikerinnen ihm gaben, und die musikalische Ekstase nicht nachempfinden, die er mit ihnen erreichte. Ich weiß das, mir geht es genauso. Zwar verbindet mich mit Anna noch etwas mehr als mit Teresa, aber alles in allem geht es nur um die Musik. Das hat meine Mutter nie verstanden.

Meinem Vater war es nicht genug, von zu Hause wegzugehen. Als einer der vom Staat geförderten Vorzeigemusiker wurde er erst in die bedeutendsten Kulturstädte des Ostens geschickt, wie Leningrad, Budapest, Prag oder Dresden, und durfte schließlich sogar in den Westen. Er machte eine Tournee durch die wichtigsten europäischen Hauptstädte und kam zuletzt nach Barcelona, wo man ihm vorschlug zu bleiben. Und das tat er, überzeugt, auf der anderen Seite des Eisernen Vorhangs niemanden mehr zu haben. Von meiner Existenz erfuhr er erst, als ich an Heiligabend, einen Monat nach dem Fall der Berliner Mauer, an seiner Tür klingelte.

Maria, dieselbe Maria, die heute bei unserer Begegnung im Hotel ein Gesicht machte, als begriffe sie nicht, warum wir sie haben herkommen lassen, öffnete mir damals die Tür. Mit meinem kümmerlichen Schulspanisch verstand ich kaum, was sie sagte, denn sie sprach einen sehr eigentümlichen Dialekt. Später sollte ich erfahren, dass es sich um Andalusisch mit katalanischen Einsprengseln handelte. Sie trug ein braunes Kleid mit einer weißen Schürze und sah damit aus wie die Zimmermädchen des Hotels, das in Berlin in unmittelbarer Nachbarschaft unserer Wohnung gewesen war. Da ich noch nie jemanden in dieser Aufmachung in einem Privathaushalt gesehen hatte, dachte ich zuerst, ich hätte mich in der Adresse geirrt, nannte ihr aber trotzdem den Namen meines Vaters. Mit einem Wink bat sie mich, einen Moment zu warten. Kurz darauf stand er vor mir.

Ich schaue geradeaus und hebe den Taktstock.

»Sind wir so weit?«

»Einen Moment bitte …«, sagt Teresa und rückt das Instrument auf der Schulter zurecht.

Ich werfe einen kurzen Seitenblick auf Anna. Sie ist bereit. Sie ist immer bereit und hat mit den anderen kein Fünkchen Geduld, am wenigsten mit Teresa. Wenn sie dann zu spielen beginnt, bildet sich auf ihrer Stirn diese Falte. Sie schließt die Augen, und ihre Lippen werden noch begehrenswerter als sonst, noch mehr als damals, als sie mich zum ersten Mal anlächelte, oder als ich sie mit meinem Vater musizieren sah und es mich fast wahnsinnig machte, ihr so nah zu sein.

Mit wenigen ausholenden Schritten war er an der Tür. Mein Vater war eine eindrucksvolle Erscheinung, groß und breitschultrig. Die Frau mit der Schürze war verschwunden. Ich sprach ihn auf Deutsch an und sagte ohne Umschweife, ich käme aus Ostberlin. Er betrachtete mich interessiert und bat mich mit einem breiten Lächeln herein. Ich folgte ihm in ein geräumiges Zimmer mit großen Fenstern, durch die man auf einen baumbestandenen Park blickte. Er forderte mich auf, Platz zu nehmen, läutete nach Maria und fragte mich, ob ich einen Tee wolle. Ich nickte. Der ungewohnte Luxus hatte mir die Sprache verschlagen. Als der Tee vor uns stand, fragte er nur: »Nun? Was gibt es?«, weil er wohl dachte, ich hätte den Auftrag, ihm eine Nachricht zu überbringen. Auf die Eröffnung, ich sei sein Sohn, war er nicht gefasst. Sobald er sich von der ersten Überraschung erholt hatte, ließ er es mich wiederholen.

»Was soll das heißen?«

»Dass Sie mein Vater sind. Meine Mutter hat mir gesagt, ich sei kurz nach der Trennung von Ihnen geboren worden.«

Mein Vater, der große Dirigent Karl T., war sprachlos. Vermutlich überlegte er, ob ich ein Hochstapler war oder die Wahrheit sagte. Ich zog meinen brandneuen Pass aus der Tasche und reichte ihn ihm. Er begutachtete ihn. Darin stand, dass ich der Sohn von ihm und meiner Mutter war. Und dass ich den gleichen Nachnamen trug wie er.

Der große Karl T. staunte nicht schlecht. Es dauerte eine Weile, bis er reagierte. »Ich rufe meine … deine Mutter an.«

»Sie ist tot«, sagte ich, als er schon aufgestanden war. Er sank wieder auf den Stuhl zurück und blieb reglos sitzen. Offenbar befand er sich in einer Art Schockzustand, was ja durchaus verständlich war, immerhin hatte er innerhalb weniger Augenblicke nicht nur erfahren, dass seine Exfrau tot war, sondern auch, dass er einen achtundzwanzigjährigen Sohn hatte. Ich zog einen Brief aus der Tasche, den meine Mutter vor ihrem Tod geschrieben hatte und in dem stand, er habe sie zwar gelegentlich angerufen, um sich nach ihrem Befinden zu erkundigen, sie allerdings habe mich ihm gegenüber mit keinem Wort erwähnt, damit er nicht irgendwann auf die Idee käme, ihr den Sohn wegzunehmen, denn wenn ich in den Westen gegangen wäre, hätte sie mich angesichts der politischen Umstände wohl niemals wiedergesehen. Kurz bevor sie starb, hatte meine Mutter mir den Brief in die Hand gedrückt und gesagt: »Geh damit zu ihm.« Und das hatte ich getan.

Teresa ist offenbar bereit. Ich klopfe mit dem Taktstock auf das Notenpult.

»Wir sind so weit.«

Als er seine Fassung wiedergewonnen hatte, schaute mich mein Vater aus seinen blauen Augen an, die ich laut meiner Mutter von ihm geerbt habe, und sagte: »Hier steht, dass du Musiker bist. Bleib doch.« Also blieb ich.

MARIA

Ich schließe die Augen und lasse mich von der Musik davontragen, geradeso, als ob ich Beethoven abstauben würde. Sie zerreißt mir das Herz. Wie schön die Geige klingt, auch wenn es Senyora Anna ist, die darauf spielt. Ich muss unwillkürlich lächeln, die Stainer klingt einfach herrlich.

»Schauen Sie aufs Klavier«, sagte Senyor Karl, denn mir war es unangenehm, meine Hand auf den Tasten zu sehen und ihn meine Finger an die richtigen Stellen legen zu lassen. »Und jetzt machen Sie Fingerübungen. Sie müssen sich jeden Tag ein Weilchen hinsetzen und spielen, verstehen Sie?«

Ich nickte. Senyor Karl sagte, ich hätte jeden Nachmittag eine halbe Stunde zum Klavierüben. Ich nickte erneut und spielte weiter Tonleitern, während er mir die Noten beibrachte, C, D, E, F, G. Er fragte sie mich ab, in unterschiedlicher Reihenfolge oder zusammen mit dem dazugehörigen Ton. Ich sollte sie mir merken, fand aber nie auf

Anhieb, wo welche Note war, denn alle Töne sind einer bestimmten Taste zugeordnet, und man kann nicht einfach drauflosraten. An manchen Tagen schien Senyor Karl an mir zu verzweifeln, doch an anderen lobte er mich und sagte: »Sehr gut, Maria, wirklich sehr gut.« Dann war ich genauso glücklich, als wäre ich mit meinem Freund zusammen, der mich küsste und mir auf der Straße seinen Arm um die Schultern legte.

Wir sahen uns jeden Sonntag, immer nach der Frühmesse, denn donnerstagnachmittags konnte er nicht. Wir gingen ein Jahr miteinander. Anfangs küsste er mich nur, doch als wir eines Tages im Park auf der Bank saßen, wo uns niemand sehen konnte, küsste er mich anders als sonst, mit einem langen Kuss, der in mir ein Feuer entfachte. Er umarmte mich immer drängender und legte auf einmal seine Hand zwischen meine Beine, als wollte er sie mir unter den Rock schieben. Doch so heiß das Feuer in mir auch brannte, ich verpasste ihm sofort eine saftige Ohrfeige. »Was soll das?«

»Aber Maria, das macht man so, wenn man miteinander geht. Lass mich dich doch anfassen.«

»Oh nein, nicht, solange wir nicht verheiratet sind.«

Heute lache ich darüber, aber damals musste ich an Senyor Karl und die Backpfeife denken, die ihm seine Opernsängerin versetzt hatte. Ich war peinlich berührt, das hatte ich von meinem Freund nicht erwartet, ich weiß auch nicht, warum. Ich wusste zwar, dass es Männer gab, die solche

Sachen machten wie Senyor Karl, aber ich hatte gedacht, mein Verehrer sei ein anständiger Kerl. Er war mein erster Freund, und bis dahin hatte ich ihn gern gehabt, doch nun sprang ich auf.

»So was geht erst, wenn wir verheiratet sind.«

Ich wartete. Ich dachte, er würde sagen: »Dann lass uns heiraten«, ich meinte, er müsste jetzt vor mir auf die Knie fallen und mir einen Antrag machen, ich rechnete fest damit. Ich war wirklich eine dumme Gans. Jesses Maria, wenn man alt ist, merkt man erst mal, was für Grillen man früher im Kopf hatte, denn mein Verehrer, der sich wie ich in der Kirche in eine der hinteren Bänke setzte, damit es nicht so aussah, als wollten wir uns unter die feinen Leute des Viertels mischen, der junge Mann, der so eifrig betete und so fromm war, dieser junge Mann fand blitzschnell eine andere, die anscheinend nichts dagegen hatte, wenn er ihr die Hand ins Loch zwischen den Beinen steckte, und die sich womöglich noch ganz andere Sachen gefallen ließ. Ich erfuhr davon, weil ich mich zu sorgen begann, als er weder am nächsten noch am übernächsten Sonntag zur Messe kam, und deshalb zu ihm nach Hause ging. Er sei mit seiner Freundin ausgegangen, hieß es dort. Und ich hatte gedacht, ich wäre seine Freundin.

Am Boden zerstört machte ich mich auf den Heimweg. Ich hielt den Kopf gesenkt, damit mir nicht jeder ansah, dass gerade der Traum meines Lebens zerplatzt war. Als ich zu Hause ankam, war ich blind vor Tränen. Ich fühlte mich verraten, allein und von allen verlassen, dabei hatte ich doch fest daran geglaubt, ich hätte ein Anrecht darauf, eines Tages zu heiraten und Kinder zu bekommen wie andere Frauen auch. Doch offenbar sollte es nicht sein. Ich schloss die Tür auf, ging grußlos an Beethoven vorbei in mein Zimmer und warf ich mich weinend aufs Bett. Allerdings nur für eine halbe Stunde, denn ich musste mich ja um Senyor Karls Mittagessen kümmern. Als ich mit dem Kochen fertig war und ihm seine Mahlzeit auftrug, stiegen mir erneut die Tränen in die Augen.

»Lieber Herrgott im Himmel, mach, dass er es nicht merkt«, betete ich, und tatsächlich fiel es ihm zuerst nicht auf. Doch als ich den Nachtisch servierte, sagte er: »Wie es aussieht, gibt es heute gesalzenes Obst.«

Ich blickte auf den Teller. Eine Träne war auf den Rand getropft. »Oh, Verzeihung«, sagte ich betreten und ging hinaus in die Küche, um das Obst abzuspülen und einen neuen Teller zu holen. Von drinnen hörte ich seine Stimme.

»Ich vermute mal, mit Ihrem Freund ist es aus.«

Seine Direktheit brachte mich erst recht zum Weinen.

»Es tut mir leid, es ist gerade erst passiert«, schluchzte ich.

»So ergeht es jedem einmal.« Über sein Gesicht huschte die Andeutung eines Lächelns. Vermutlich dachte er an die Opernsängerin.

»Oh nein, Senyor Karl. Das ist nicht dasselbe. Ich habe ihn für einen anständigen jungen Mann gehalten. Ich habe geglaubt, er will mich heiraten.«

Seine Antwort kam wie aus der Pistole geschossen. »Aha, dann sind Sie also der Meinung, ich wäre unanständig.«

»Oh nein, Senyor Karl. Bitte entschuldigen Sie. Das wollte ich damit nicht sagen. Ich meinte bloß, dass …«

Ich blickte erschrocken auf und sah Senyor Karl noch immer lächeln. Offenbar machten ihm meine Worte nichts aus, er fand sie sogar lustig. Dann aber verschwand sein Lächeln. Ich werde seinen Blick niemals vergessen, als er sagte: »Wer die wahre Musik sucht, muss bereit sein, bis zum Äußersten zu gehen, verstehen Sie?«

Ich schaute ihn an. Meine Tränen waren inzwischen versiegt. »Nein, Senyor Karl, das verstehe ich nicht.«

Er verlor kein weiteres Wort mehr darüber, wusch aber sein Obst eigenhändig ab und gab mir für den restlichen Nachmittag frei. Ich bedankte mich leise und dachte bei mir, was für ein Glück es letztlich doch war, einen Arbeitgeber wie Senyor Karl zu haben, der mich so gut behandelte.

Am folgenden Tag erwartete er mich zur Frühstückszeit. Es war mir schließlich gelungen zu schlafen, und, obwohl mir das Herz schwer war, fühlte ich mich besser.

»Nun gut, Maria. Da wir gestern die Stunde ausfallen lassen mussten, holen wir sie heute nach.« Ich wollte schon Einwände erheben, weil mir danach nicht gerade der Sinn stand, aber ich kam gar nicht dazu, denn unvermittelt fuhr er fort: »Jetzt, da Sie wissen, wie die Noten heißen und wie sie klingen, möchten Sie weiter Klavier spielen oder lieber

Geige lernen?« Er wartete auf meine Antwort, und ich sagte aufs Geratewohl: »Lieber Geige.«

So begann ich mit dem Geigespielen, nachdem ich auf dem Klavier die Tonleitern gelernt hatte, den Klang der Noten kannte, wusste, was Halbtöne waren, und noch das eine oder andere mehr. Beiläufig erwähnte Senyor Karl die Geige, die ich seinerzeit in den Müll geworfen hatte. Die habe er aus seinem eingemauerten Land mitgebracht. Sie sei ein Erbstück seines Vaters gewesen, und der habe sie an einem Ort namens Salz…, weiter weiß ich nicht mehr, gekauft, in einer Stadt jedenfalls, die von weißen Bergen umgeben sein soll.

»Weiße Berge und Geigen.« Seine Augen glänzten. »Ich durfte sie mitnehmen, denn ein so wertvolles Instrument ließen sie einen mit den Westen nehmen, um Eindruck zu schinden.«

Ich war entsetzt, weil mir mit einem Mal aufging, dass ihm das Instrument, das ich in den Müll geworfen hatte, viel wichtiger gewesen sein musste, als ich angenommen hatte.

»Ach was, das ist schon so lange her, das ist Schnee von gestern.« Bei diesen Worten klopfte er mir so fest auf die Schulter, dass ich aufschrie. Das war ungewöhnlich, er berührte mich sonst nie, doch an diesem Tag tat er es, und zwar mit all seiner Kraft, und dann sagte er: »Wie sieht's aus, trinken wir eine Schokolade?«

Und schon saßen wir wieder bei Schokolade mit Sahne in der Küche, und Senyor Karl lachte erneut so ansteckend über dies und das, dass ich trotz meines Liebeskummers einfach mitlachen musste. Ich konnte mir keinen Reim auf sein merkwürdiges Verhalten machen, denn immer wenn er in die Küche kam, lachte er, doch sobald er hinausging, wurde er wieder bierernst und steif wie ein Stock und hatte nichts anderes mehr im Kopf als nur noch Klavier zu spielen, zu singen, mit geschlossenen Augen die Fliegen zu dirigieren, Beethoven zu grüßen und Geige zu spielen – eine andere, die er gekauft hatte, nachdem die Stainer weg war. Außerhalb der Küche war er ein anderer Mensch. Dann tauchte er in eine Welt der Musik ab, in die er niemanden sonst hineinließ.

Doch in den folgenden Tagen war es anders. Zum einen kam er häufig in die Küche, und zum anderen forderte er mich öfter zum Geigespielen auf. Es tat mir zwar an den Fingern weh, die Saiten herunterzudrücken, doch es machte mir Spaß, die Töne zu suchen, die ich vorher auf dem Klavier kennengelernt hatte. Senyor Karl erwähnte meinen Verehrer, der mich verlassen hatte, mit keinem Wort mehr. Er kam auch nicht wieder darauf zu sprechen, dass man bei der Musik bis zum Äußersten gehen müsse, was mich so verwirrt hatte. Er schenkte mir bloß ein paar Tage lang mehr Aufmerksamkeit als sonst und redete öfter mit mir. Als ich ihm vierzehn Tage nach der Trennung von meinem Freund das Abendessen servierte, sagte ich: »Mir geht es jetzt besser. Danke.«

ANNA

Wie kann man nur so dusselig sein? Es ist wie verhext.

»Tut mir leid«, sage ich nur, als Mark das Orchester zum Verstummen bringt.

Ich habe mich an einer Stelle verspielt, die mir noch immer Schwierigkeiten bereitet.

»Machen wir weiter«, sagt mein Mann.

Wir fangen wieder an zu spielen. Ich spüre, dass ich rot geworden bin. Es ist mir unerträglich, wegen eines Fehlers im Mittelpunkt der Aufmerksamkeit zu stehen. Ich mache sonst nie Fehler, aber eben war ich mit meinen Gedanken woanders und habe nicht aufgepasst. Und prompt bin ich auf die Nase gefallen.

Wie damals, aber vielleicht musste ich mir da ja eine blutige Nase holen. Mit der Zeit konnte ich meinem Vater verzeihen, dass er in den letzten vierzehn Jahren von der Bildfläche verschwunden gewesen war, weil er zu mir zog, mich mit Geschenken überhäufte und mir alles gab, was ich wollte. Weil er sein Versprechen hielt, mit mir zu verreisen, und auch weil er mir wirklich eine neue Geige kaufte. Zu meiner und Claras Überraschung hatte er Teresa tatsächlich aufgesucht und aufmerksam angehört, was sie ihm erklärte. Und ich, die ich mich vor meiner Lehrerin sonst so schämte, weil ich keine Eltern hatte, fühlte mich dieses eine Mal pudelwohl, da ich nun doch einen Vater vorweisen konnte. Meine unsichtbare Mutter hatte ich gegen einen Vater eingetauscht, der nicht zu übersehen war.

Wobei es anfangs noch egal war, ob er da war oder nicht. Ich spürte die Abwesenheit meiner Mutter wie Sodbrennen, das einfach nicht weggehen wollte. Ständig hoffte ich, die Frau durch die Tür kommen zu sehen, die nie einen Blick für mich hatte, die mir bloß von ihren High Heels herab Anweisungen erteilte, die sich von mir nicht umarmen, ja nicht einmal berühren ließ. Ich hoffte, ich könnte sie irgendwie wütend machen, damit sie käme, um mich zu schlagen, und ich so wieder dieses wohlige Gefühl verspüren würde, das nichts anderes in mir hervorrufen konnte.

In der ersten Nacht, als sie fort war, schloss ich mich nach meiner Rückkehr aus dem Park in meinem Zimmer ein, nachdem ich den ganzen Nachmittag am Teich verbracht hatte. Ich aß nicht zu Abend, denn mir war, als würde alles, was ich schluckte, durch meine Kehle wie durch ein bodenloses Loch bis hinunter zu den Füßen rutschen, bis die von dem nicht verdauten Essen schließlich ganz dick und unförmig werden würden. Ich legte mich aufs Bett und starrte an die Zimmerdecke, an die das Wasser aus dem Teich wogende Reflexe warf, wenn das Fenster offen stand. Es wurde dunkel, und ich hörte die Grillen zirpen. Ich starrte stundenlang nach oben, einfach so, ausgetrocknet vom Weinen und mit verdorrtem Herzen. Und ohne Seele, denn die hatte ich dem Teich gegeben, wo sie nun bestimmt von den Kaulquappen gefressen wurde. Da kam Clara zur Tür herein und setzte sich neben mich. Sie war zwar ein Dienstmädchen, aber ich hatte nur sie. Ich fiel ihr in die Arme und weinte.

Meinen Vater sollte ich erst viel später umarmen. Ich sollte ihn umarmen und, dumm wie ich war, glauben, von nun an wäre alles gut. Mein Vater sollte für mich Vater und Mutter zugleich werden, und für ein paar Jahre sollte ich vergessen, dass er vierzehn lange Jahre nicht da gewesen war. Ich sollte zum glücklichsten Menschen der Welt werden. Bis alles plötzlich zu Ende war, denn einem, der zu spät kommt, kann man einfach nicht über den Weg trauen. Späte Reu ist selten treu.

Doch ich hatte und habe ja die Musik. Dabei hatte ich die Geige eigentlich schon aufgeben wollen, bis Teresa mir die Augen öffnete. Als meine Mutter gesagt hatte, die Lehrer am Konservatorium seien nichts für mich, irrte sie gewaltig. Gleich am ersten Tag fragte mich Teresa, warum ich die Geige eigentlich so hasste. Dass sie bemerkt hatte, wie unerträglich das Instrument mir war, machte mich sprachlos. Ich zuckte die Schultern.

»Du musst sie anfassen wie einen Geliebten. So.« Bei diesen Worten legte sie mir das Instrument behutsam zwischen Kinn und Schulter. »Und nun musst du deinen Geliebten berühren.«

Ich riss die Augen auf.

»Nicht, was du denkst«, scherzte sie. »Du musst sein Gesicht, seine Augen und seinen Mund berühren, um zu wissen, wie er aussieht, denn du bist blind. Schließ die Augen, so, sehr gut. Und nun streichst du mit dem Bogen ein A. Nein, nein, nicht so. Berühren sollst du ihn, nicht kratzen, das kommt auch noch, doch im Moment geht es nur darum, ihn zu berühren und kennenzulernen. Ja, so, sehr gut.«

Teresa sprach mit einer samtweichen Stimme, die gut zum Klang ihrer Geige passte. Schon in der allerersten Stunde erschien mir dieser Klang ganz anders als alles, was ich meinem Instrument bei dem Lehrer mit der krummen Nase abgerungen hatte.

»Wenn dir die Finger wehtun, ruh dich eine Weile aus«, sagte sie. »Du sollst beim Spielen nicht leiden.« Sie blickte mir tief in die Augen. »Solange du spielst, musst du Musik machen.«

Wie leicht es ist, Musik zu machen, wurde mir erst bei Teresa klar, nach all den Jahren *en souffrant*. Es gab noch einen anderen Weg, um zum gleichen Ziel zu gelangen.

»Warum bist du so nervös? Beruhige dich erst mal und entspanne dich. So wird das nichts.«

Teresas Worte waren magisch. Sie lehrte mich zu spielen,

meine Fantasie zu benutzen, einfach alles. Als ich später dann meine Mutter gegen meinen Vater eintauschte, musste sie etwas bemerkt haben, denn sie sagte wie nebenbei, mit der Musik könne man die Außenwelt hinter sich lassen, und das hatte mir noch nie jemand gesagt. Es gelang mir zwar nicht, wirklich auf andere Gedanken zu kommen, aber es beruhigte mich sofort, wenn ich mit dem Bogen über das Instrument strich, das von Tag zu Tag mehr mit mir verwuchs und zu einem Teil von mir wurde, mit dem ich zaubern konnte. Nachdem mein Vater mit Teresa gesprochen und mir eine neue Geige gekauft hatte, merkte ich, wie das Leben seine Härte zu verlieren begann.

Mein Vater war immer da, wenn ich von der Schule nach Hause kam. Er erkundigte sich nach meinen Hausaufgaben und half mir, die für den folgenden Tag zu erledigen. Er wollte wissen, ob ich Probleme hätte, und half mir, sie zu lösen. Jedenfalls später, denn anfangs wollte ich nicht mit ihm darüber reden. Als er mich schließlich fragte, ob ich im Sommer eine Rundreise durch Europa machen wolle, stimmte ich zu. Wir waren einen ganzen Monat unterwegs. Es war die schönste Zeit meines Lebens, obwohl ich die Geige zu Hause gelassen hatte. Aber ich vermisste sie kein bisschen. Beim Rückflug überlegte ich, ob ich mich womöglich täuschte und die Kaulquappen im Teich meine Seele am Ende doch nicht gefressen hatten.

Ich war sechzehn Jahre alt, als ich Papa zum ersten Mal in den Arm nahm. Er hatte mich nie dazu gedrängt, sondern gespürt, dass ich immer auf der Hut war und ihm nicht zu nahe kommen wollte, weil ich Angst hatte, mit ihm könnte mir dasselbe passieren wie mit Mama. Denn tief in meinem Inneren war ich davon überzeugt, dass Menschen, die wir umarmen wollen, uns früher oder später wieder entgleiten, und nachdem ich diese Nähe erst einmal zugelassen hatte, hätte ich es nicht ertragen, ihn wieder zu verlieren. Als ich schließlich so weit war, drückte er mich fest an sich. Tränen liefen über sein Gesicht. Dann hörte ich ihn sagen: »Mein Schatz, ich habe dich damals nicht beachtet, wenn ich gekommen bin, weil ich sonst nicht hätte gehen können, ohne dich mitzunehmen. Und das hätte mir deine Mutter nie erlaubt.«

Weinend lagen wir uns in den Armen. Die Welt war freundlich, das Leben zeigte sich von einer neuen Seite. Das Glück hielt Einzug und dauerte an, bis ich achtzehn wurde. Ich hatte die Schule beendet und mit Teresas Hilfe die letzten Jahre des Geigenstudiums mit Auszeichnung erreicht. Mit Ausnahme kleinerer Stolpersteine hier und da war das Leben perfekt. Clara hatte geheiratet, und nun kam tagsüber an ihrer Stelle eine junge Frau, die aber abends nach Hause ging. Nachts waren mein Vater und ich allein, und wir waren glücklich.

Wir waren glücklich, bis wir im Palau de la Música ein Konzert besuchten und Teresa trafen.

MARIA

Als Senyora Teresa ins Haus kam, hielt ich sie im ersten Moment nicht für eine feine Dame. Ich kannte sie nämlich vom Sehen, von früher, aus dem Park. Das war allerdings schon ein paar Jahre her, seinerzeit hatte sie anders ausgesehen als jetzt und auch noch nichts mit Musik zu tun gehabt, sondern im Park Kinder gehütet. Damals war sie ein ganz junges Mädchen, ihre Liebe zur Geige muss sie also erst später als Erwachsene entwickelt haben. Dennoch wusste ich sofort, als sie mit Senyor Karl auftauchte, das ist sie. Auch wenn sich ihre äußere Erscheinung verändert hatte, war das dieselbe Frau, die früher genau wie ich Böden gescheuert und Staub gewischt hatte. In gewisser Weise machte es mir sogar Mut zu sehen, zu was für einer Dame Teresa geworden war. Vielleicht würde die Musik ja auch mich verwandeln, denn so groß war der Unterschied sicher gar nicht. Auch sie wird um die zwanzig gewesen sein, als sie noch Dienstmädchen war, und etwa im gleichen

Alter hatte ich mit den Tonleitern auf dem Klavier angefangen.

Ich ging damals jeden Nachmittag um die gleiche Zeit durch den Park. Teresa fiel mir auf, weil ihr ständig die Kinder wegliefen und sie alle Hände voll zu tun hatte, die beiden wieder einzufangen. Es war ein köstlicher Anblick, doch ich fühlte mich ein bisschen schäbig, weil ich darüber lachen musste. Die Ärmste hatte wirklich keine Ahnung, wie sie die Kinder zur Ordnung rufen sollte. Aber ich hätte um keinen Preis mit ihr tauschen wollen, denn auch ich wäre nicht imstande gewesen, die beiden zugleich im Auge zu behalten. Ich habe es nicht so mit Kindern, daher war es mir mehr als recht gewesen, in einem Haushalt unterzukommen, in dem es nur einen alleinstehenden Herrn gab, der keinerlei Anstalten machte, heiraten zu wollen.

Es war jeden Tag aufs Neue ein Bild für die Götter. Die Kinder trieben Teresa zum Wahnsinn, dabei meinten sie es gar nicht böse. Sie wollten weder etwas anstellen noch taten sie sich weh, wenn sie ihr wegrannten, sie wollten einfach bloß Verstecken spielen. Wenn Teresa versuchte, sie wieder einzufangen, und ich ihre schönen, weißen Hände mit den ungeheuer langen Fingern sah, dachte ich, dass man mit ihnen sicher gut Klavier spielen konnte. Zu der Zeit schaute ich nämlich allen Leuten auf die Hände, weil ich mich selbst am Klavier versuchte. Ich verglich sie mit meinen und fragte mich jedes Mal, ob meine Finger wohl lang genug seien.

Als Teresa, Senyora Teresa, zu uns kam, war Senyor Mark bereits eingezogen. Da er aber ebenfalls angefangen hatte, in der Weltgeschichte umherzureisen, war er nur zeitweilig da. Bevor er Dirigent wurde, war Senyor Mark nämlich Cellist. Als ich ihn zum ersten Mal spielen hörte, war ich ganz aus dem Häuschen. Das Cello war viel dicker als die Geige und sein Klang viel tiefer. Mir kam es so vor, als wäre die Geige das Kind und das Cello der Vater. Zwar konnte man die Geige im ganzen Haus hören, doch der Klang des Cellos füllte es restlos aus.

Aber wer denkt heute noch ans Cello? Wer denkt noch an all das längst Vergangene, an die Duette von Vater und Sohn, die langen Nachmittage, an denen die beiden zusammen musizierten und darüber diskutierten, wie man ein bestimmtes Stück interpretieren sollte. Und wer denkt noch an die vielen Frauen?

Ich sage das wirklich nicht gern, aber wie Senyor Karl mir erklärt hatte, musste man bei der Musik anscheinend tatsächlich bis zum Äußersten gehen. Und das hieß, man landete auf dem Sofa. Wann immer eine Frau kam, um mit ihm zu spielen, wusste ich, wo das enden würde. Wenn nicht am ersten Tag, dann am zweiten. Sie probten irgendetwas, spielten manchmal stundenlang, dann unterhielten sie sich lachend, und anschließend kam das Sofa. Und ich musste einfach immer durchs Schlüsselloch lugen. Ich konnte nicht anders. Ich gab jedes Mal vor, ich würde Beethoven abstauben und mich leise mit ihm unterhalten. Fast alle Frauen, die mit Senyor Karl Musik machten, landeten auf seinem Sofa. Jedenfalls wenn sie allein kamen. Die eine oder andere blieb standhaft, aber es waren die wenigsten, die ihn auslachten und nie wiederkamen. Die meisten waren wie er. Wenn sie Musik machten, wollten sie bis zum Äußersten gehen.

Wie angenehm, hier in diesem Sessel zu sitzen und der Musik zuzuhören. Ich könnte glatt einschlafen. Senyora Teresa zerreißt einem mit ihrer Geige das Herz. Senyora Anna nicht. Aber dass sie keine Seele hat, das hat ihr ja Senyor Karl schon gesagt.

Irgendwann hörte ich damit auf, durchs Schlüsselloch zu linsen, sobald drinnen Schluss war mit der eigentlichen Musik. Die Gespräche, die Senyor Karl mit seinen Musikerinnen und Musikern führte, belauschte ich allerdings nach wie vor gern. Ich sog die Worte auf wie ein Schwamm. Vielleicht würde ich ja eines Tages auch so spielen können wie sie. Nachdem ich Senyora Teresa kennengelernt und spielen gehört hatte, war ich überzeugt, nur etwas Zeit zu brauchen, bis ich bei solchen Gesprächen würde mithalten können, denn mit Begriffen wie Violin- und Bassschlüssel, Zweiunddreißigstelnoten oder Auftakt konnte ich mittlerweile etwas anfangen, weil Senyor Karl sie immer verwendete, um bestimmte Stellen auf dem Notenblatt zu bezeichnen.

Als ich bereits ein paar Melodien spielen konnte, schenkte mir Senyor Karl ein Buch mit Liedern aus seiner Heimat. »Sie sind nicht schwer, aber wirklich schön. Sie gefallen Ihnen sicher, Sie werden schon sehen.« Als ich das Buch in Händen hielt, war ich vor Rührung ganz überwältigt. Es war voller Noten, und das Beste daran war, ich wusste, was sie bedeuteten. Ich konnte sie lesen und traute mir zu, sie zu spielen.

»Darf ich üben, wenn ich ein bisschen Zeit habe und Sie nicht da sind?«, fragte ich und deutete mit dem Kopf auf die Geige. Bis zu diesem Tag hatte ich nie gewagt, sie zu nehmen, wenn er außer Haus war.

Er lächelte. »Genau das erwarte ich von Ihnen, Maria.«

Also begann ich, die Lieder zu üben, wenn keiner da und es im ganzen Haus still war. Es waren traurige Lieder, die einen zum Weinen brachten. Ein bisschen erinnerten sie mich an meine Lieder, wie das von dem Täubchen, die mich auch zu Tränen rührten. Als ich ein paar davon auswendig konnte, spielte ich sie mit geschlossenen Augen und stellte mir vor, ich stünde vor einem Publikum im Scheinwerferlicht, so wie morgen die beiden Senyoras, Senyor Mark und das Orchester. Ich malte mir aus, es würde donnernden Applaus geben. Aber die Reaktion von Senyor Karl, als er mich das erste Mal hörte, war noch besser. Sobald ich mein Pensum gelernt hatte, trug ich es ihm vor, und noch bevor er mich an der einen oder anderen Stelle verbesserte, rief er aus vollem Herzen: »Sie treffen wunderbar den Ton. Und wie feinfühlig Sie spielen, Maria!«

So wie er mich dabei ansah, hatte ich für einen Augenblick das Gefühl, er wollte nun auch mit mir zum Äußersten gehen. Doch zum Glück war das gleich wieder vorbei. Er korrigierte mich und sagte mir, wie ich bestimmte Teile besser spielen konnte, und schon hatte ich für die kommende Woche wieder neue Aufgaben, neben dem Kehren, Putzen, Abwaschen und Staubwischen wohlgemerkt. Über Mangel an Arbeit konnte ich mich wirklich nie beklagen.

Und dann kam das Beste. Eines Tages rief er nach mir, als er gerade mit einem Sänger und einer Pianistin probte, und ich ging zu ihnen ins Musikzimmer.

»Ja, bitte?«

Er zeigte auf das Sofa, auf dem sich die Szenen abspielten, die ich durchs Schlüsselloch zu beobachten pflegte. »Nehmen Sie Platz, Maria, und hören Sie zu. Hinterher sagen Sie ehrlich, was Sie davon halten.«

Der Sänger und die Pianistin sahen mich überrascht an. Sie hatten gewiss nicht erwartet, dass ein Hausmädchen mit Schürze seine Meinung zu ihrer Musik kundtun sollte. Aber ich musste meinem Arbeitgeber ja schließlich gehorchen. Seine Bitte machte mich ungeheuer stolz, aber zugleich auch sehr verlegen. Ich setzte mich also an ein Ende des Sofas, weil es mir nicht richtig erschien, wie eine feine Dame darauf Platz zu nehmen, und faltete die Hände im Schoß. Vor einiger Zeit hatte ich mir Gummihandschuhe besorgt und benutzte Handcremes, wie sie feine Damen in der Parfümerie kauften, weil ich nicht mehr wollte, dass meine Hände fleckig und rissig von Putzlauge und Feuchtigkeit waren, wenn Senyor Karl mich unterrichtete. Somit konnten sich die Hände, die auf der Schürze lagen, sehen lassen. Im Übrigen sah ich aus wie immer, mit zurückgestecktem Haar und den Ohrringen, die ich mir gekauft hatte, als mein Erspartes dafür ausreichte.

Senyor Karl schloss die Augen und nahm beim Dirigieren eine Haltung ein, als stünde er vor einem großen Orchester. Nachdem die beiden Musiker mir einen ungläubigen Blick zugeworfen hatten, fingen sie an. Die Pianistin spielte mit einer beneidenswerten Fingerfertigkeit. Mit ihrem Körper machte sie jedoch so ausholende Bewegungen, dass ihr ständig die langen Haare ins Gesicht fielen. Der Sänger vermochte ihr gerade so zu folgen. Eigentlich war seine hohe Stimme schön, doch irgendwie klang es nicht, wie es klingen sollte, sondern fast ein bisschen unangenehm. Obwohl ich das gleich bemerkte, hielt ich mich zurück, als wäre ich bloß ein Zaungast, bis Senyor Karl sie unterbrach, sich zu mir umdrehte und mich um meine Meinung bat. »Sehr gut«, antwortete ich zögernd. Mehr traute ich mich nicht zu sagen.

Ungeduldig schaute er mich an. »Na los, Maria, Sie sollen keine Komplimente verteilen, sondern sagen, was Sie davon halten.«

Nun war ich in einer Zwickmühle, ich musste mit der Sprache heraus. »Tja, der Senyor singt wirklich sehr, sehr gut, aber mir scheint, er kommt nicht so hoch wie die Noten.«

Ich wusste genau, was ich damit meinte, und auch Senyor Karl verstand mich, doch der Sänger wurde fuchsteufelswild. »Was soll das heißen? Was redet die denn da? Und was soll das überhaupt …?«

Senyor Karl schnitt ihm das Wort ab, dann drehte er sich zu mir um und zwinkerte mir zu. »Danke, Maria. Sie können wieder gehen.«

Ich gehorchte sofort, blieb aber natürlich hinter der Tür stehen und schaute durchs Schlüsselloch, weil ich wissen wollte, wie es weiterging. Der Sänger erklärte Senyor Karl, es könne doch nicht angehen, dass er etwas auf die Meinung eines Dienstmädchens gebe, und außerdem verstehe er auch gar nicht, was ich gemeint hätte. Da erwiderte Senyor Karl in aller Seelenruhe: »Sie sagt, du triffst die Töne nicht, du liegst eine Idee darunter, ganz wenig, nur eine Spur, und ich wollte mich einfach vergewissern, weil ich mir schon selbst nicht mehr sicher war, was ich höre. Lass uns weitermachen.«

Der Sänger gab keine Antwort. Er fing von Neuem an zu singen. Der Pianistin mit der fliegenden Mähne schien es nichts auszumachen, wieder und wieder dieselben Takte zu spielen. Sie probten die Stelle unzählige Male, doch es half nichts, es klang immer gleich.

»Hörst du denn nicht, dass du zu tief bist?«, fragte Senyor Karl, doch der andere widersprach heftig und behauptete, den Ton genau getroffen zu haben. Am Ende wurden beide böse und vertagten die Probe.

Am Abend kam Senyor Karl zu mir, bedankte sich und bat mich um Entschuldigung für das, was er mir zugemutet hatte. »Sie waren mir wirklich eine große Hilfe, ich danke Ihnen.«

»Meinen Sie, der Sänger wird die Töne jetzt besser treffen?«

»Nein, bestimmt nicht, das ist unmöglich«, sagte er. »Er ist mir empfohlen worden, doch so wird das nichts. Ich werde mir einen anderen suchen müssen. Danke, Maria.«

Dieses »Danke, Maria« hieß, ich konnte mich zurückziehen. Ich sah Senyor Karl an, dass er schlecht gelaunt war und seine Ruhe haben wollte. Doch von da an rief er mich gelegentlich zur Probe dazu. Die Musiker erstarrten jedes Mal, wenn ein Dienstmädchen mit Schürze in der Sofaecke kauerte und ihnen zuhörte. Allerdings sagte ich am Ende meistens: »Sie haben wunderbar gespielt.«

Weil es stimmte.

TERESA

Anna, dieselbe Anna, die jetzt hier mit mir spielt, und der ein unbändiger Hass aus den Augen sprüht, sooft sie mich ansieht, ein Hass, der in der Luft knistert und sich jetzt, da wir gemeinsam auf der Bühne stehen, auf ihre Musik überträgt, eben diese Anna war die beste Schülerin, die ich je hatte. Sie war ausgesprochen talentiert, wie ich feststellen konnte, auch wenn es ihrem Spiel an Herzblut fehlte, oder an Seele, wie Karl gesagt hätte. Auch er hat ihre Seele nicht finden können. Mittlerweile habe ich schon Zweifel, ob sie überhaupt eine hat. Am Anfang zumindest schien es mir so. Da war ich überzeugt, sie hätte das Zeug zu einer Spitzengeigerin, denn sie hatte außerordentlich bewegliche Finger, und das ist für eine Violinistin äußerst wichtig. Nach gerade mal vier Jahren Unterricht war sie bereits in der Lage, sehr schnelle Stücke zu spielen, bei denen sich selbst mancher Profi schwertut.

Eines Tages erschien Anna in Begleitung ihres Vaters,

Maties. Sie war damals noch sehr jung und bis zu diesem Zeitpunkt immer mit dem Dienstmädchen gekommen. Als ihre Mutter fort war, tauchte mit einem Mal ein Vater auf, der sich vorher anscheinend nie für das Kind interessiert hatte und der nun von mir wissen wollte, welches das beste Instrument für seine Tochter wäre und worauf er beim Kauf zu achten hätte. Und Anna schaute die ganze Zeit entweder auf den Boden oder zum Fenster hinaus.

»Am besten spielst du wohl mit einem Instrument für Erwachsene, Anna. Deine Geige ist inzwischen wirklich zu klein für dich«, sprach ich sie an, damit sie uns ansah, doch vor lauter Hemmungen tat sie es nicht. Ihre Geige war tatsächlich zu klein geworden, doch ihre Mutter hatte sich nicht dazu bewegen lassen, eine neue zu kaufen.

»Meine Frau interessiert sich überhaupt nicht für Musik«, erklärte Maties und fügte leise hinzu: »Aber es war Teil der Abmachung. Wenn sie das Kind behalten wollte, hatte sie dafür zu sorgen, dass die Kleine Geigenunterricht bekam. Das war nämlich immer ein Herzenswunsch von mir gewesen, aber meine Eltern hatten nicht die Mittel für Musikstunden. Es fiel ihnen schon schwer genug, für meine reguläre Schulbildung aufzukommen, Sie wissen schon.«

Natürlich. Ich wusste genau, wovon er sprach. Meine Mutter hatte nie genug Geld, sie hatte sogar putzen gehen müssen, wie ich selbst auch. Ich hätte zu gern gewusst, ob dieser Mann auch Böden gescheuert hätte für seinen Geigenunterricht, ob auch er sich immer nur abgehetzt und auf seinen Schlaf verzichtet hätte, bloß um alles unter einen Hut zu bekommen und stundenlang üben zu können, immer mehr Stunden jeden Tag, um den Anforderungen des Instruments und der Karriere Genüge zu tun. Und doch war es mir erst nach Jahren möglich gewesen, die Geige reparieren zu lassen. Nicht einmal für eine solche Lappalie hatte ich das Geld. Ich war ständig pleite, und meiner Mutter ging es immer schlechter. Irgendwann war sie ausgelaugt, die Arbeit ging ihr nur noch langsam von der Hand, und am Ende wurde sie hinausgeworfen. Zum Glück blieb ihr noch die Näherei, die sie nie ganz aufgegeben hatte. Sie nähte, ich spielte, und wir schlugen uns durch. Zumindest brauchte ich nicht mehr an den Strand zu gehen, sondern konnte vormittags zu Hause üben, da ich die Nachbarn nicht mehr mit falschen Tönen in den Wahnsinn trieb, höchstens noch mit endlosen Wiederholungen derselben Takte, bis ich diese endlich perfekt hinbekam. Auch meine Mutter, die mit ihrer Nähmaschine neben mir saß, sah nicht so aus, als ob es sie störte, wenn ich tagein, tagaus dasselbe spielte. An den Strand ging ich nur noch, wenn es spät geworden war und ich abends unbedingt noch etwas für den nächsten Tag üben musste.

Erst als ich mit meinem Studium fertig und tatsächlich Berufsmusikerin geworden war, konnten wir die Wohnung, den Stadtteil und die ärmlichen Verhältnisse hinter uns lassen. Doch bis dahin hatte ich neben der Geige auch Harmonielehre, Komposition und eine ganze Reihe anderer

Sachen studieren müssen, die seinerzeit von einem verlangt wurden, ein Riesenpensum, das heutzutage noch erheblich größer geworden ist.

An dem Tag, an dem ich endlich meinen Abschluss in der Tasche hatte, gingen meine Mutter und ich aus, um das gebührend zu feiern. Ausnahmsweise schauten wir nicht aufs Geld. Wir waren nie zuvor in einem Restaurant gewesen, doch an diesem Tag wollten wir uns einmal bedienen lassen, wie es sonst immer unsere Aufgabe war. Immerhin würde ich nun nicht mehr Stipendien für meine Ausbildung hinterherlaufen müssen. Jetzt galt es, jemanden zu finden, der mich bezahlte.

Im ersten Satz hat Anna hat alles darangesetzt, mich auszustechen, aber jetzt habe ich die Nase vorn. Wir haben den zweiten Satz begonnen, und in das langsame, getragene *Largo ma non tanto* muss man Seele legen. Nun wage ich es, ihrem Blick standzuhalten, doch sie schließt die Augen. Zwischen ihren Brauen bildet sich die Falte, die ich schon seit jeher an ihr kenne und an deren Entstehung ich nicht unschuldig bin. Und dabei hatte ich sie wirklich ins Herz geschlossen. Ich hatte Mitleid mit diesem unglücklichen Kind, das nie geliebt worden war, auch wenn der Vater allem Anschein nach einen neuen Kurs einschlagen wollte. Anna war das genaue Gegenteil von mir – sie auf Rosen gebettet, aber ungeliebt, und ich reich an Liebe, aber ohne einen Pfennig in der Tasche –, doch wenn ich vor der Wahl stünde, würde ich nicht mit ihr tauschen wollen.

Ich fand rasch Arbeit, das Konservatorium suchte neue Lehrer. Es war die Zeit nach dem Ende der Franco-Diktatur, und alles befand sich im Umbruch, jeder protestierte gegen alles, und ich wollte bloß Arbeit. Ich bekam die Stelle und blieb dort, bis ich mich beurlauben ließ, um mit Karl auf Tournee zu gehen. Danach bekam ich andere Engagements und spielte mit verschiedenen Dirigenten. Um die Jahrtausendwende veränderte sich mein Leben dann erneut. Alles ist in stetem Wandel, wie in Karls Berlin, das auch nach all dieser Zeit immer noch von Narben durchzogen ist, den Resten einer Mauer, die Menschen voneinander trennte, bloß weil die einen auf der einen Seite und die anderen auf der anderen Seite wohnten. Mark kennt das noch, auch in seinen Augen kann man diese Narbe sehen. Und in Karls Blick gab es sie ebenfalls.

Im Blick meiner Mutter lag Großzügigkeit, als ich sie zum letzten Mal sah. »Ausgerechnet jetzt, wo wir ein gutes Leben führen«, waren ihre letzten, resignierten Worte. Ich arbeitete damals bereits seit Jahren als Lehrerin, und wir lebten längst in der neuen Wohnung. Zwei Tage erschien ich nicht zum Unterricht, und als ich meinen Schülern hinterher erklärte, was passiert war, sprachen mir alle ihr Beileid aus. Alle außer Anna, die zu dem Zeitpunkt schon seit gut einem Jahr meine Schülerin war. Anna sagte keinen Ton, aber in ihrem Blick entdeckte ich Feindseligkeit. Offenbar machte sie mir Vorwürfe, dass ich ihren Unterricht hatte ausfallen lassen. Im ersten Moment war ich irritiert, doch als unser Lehrerin-Schülerin-Verhältnis später wieder in gewohnten Bahnen verlief, maß ich der Sache keine Bedeutung mehr bei und vergaß sie schließlich.

Doch als Maties und ich ein Paar wurden, war dieser Blick auf einmal wieder da. Wir drei hatten uns zufällig im Palau de la Música getroffen und waren ins Gespräch gekommen. Anna hatte in den letzten Jahren enorme Fortschritte gemacht. An der Seite ihres Vaters hatte sie nach und nach Freude und Empfindsamkeit kennengelernt, was sie nicht nur persönlich sehr verändert hatte. Sie hatte sich auch musikalisch weiterentwickelt und konnte nun endlich all das in ihr Geigenspiel legen, was es braucht, wenn man wirklich Musik machen will.

Doch lange währte es nicht, denn bald darauf war alles zu Ende. Wir gingen zu dritt essen, und sie wirkte glücklich, aber als Maties und ich anschließend unsere Telefonnummern austauschten, schien ihr das nicht recht zu sein. Sobald ihr klar wurde, dass sich zwischen uns etwas anbahnte, veränderte sie sich erneut. Mit einem Mal hatte ich wieder das Mädchen vor mir, das mir am Tag nach der Beerdigung meiner Mutter so feindselig begegnet war. Seinerzeit hatte sie Angst gehabt, den einzigen Menschen zu verlieren, der für sie da war. Und nun hatte sie offenbar das Gefühl, als wollte ich ihr ihren Vater abspenstig machen.

»Vielleicht sollten wir es besser sein lassen«, sagte ich einmal bekümmert zu Maties, als die Situation für mich unerträglich geworden war.

»Kommt gar nicht in Frage, sie wird es verstehen, sie muss es einfach verstehen.«

Letztlich hatte er ja recht. Es konnte nicht angehen, dass ein Mädchen, das immerhin schon volljährig war, so über das Leben seines Vaters bestimmte. Aber mir setzte die Sache zu. Mit einem Mal spielte Anna nicht mehr mit der gleichen Inbrunst wie zuvor. Es war, als ob ihre Persönlichkeit, ihre Gemütsverfassung und ihr ausdrucksvolles Geigenspiel untrennbar miteinander verbunden wären. Plötzlich war ihr das Herzblut wieder abhandengekommen, und egal, was ich sagte, sie wurde einfach nicht mehr zu der Anna, die sie gewesen war, der Anna der vergangenen vier Jahre. Ich versuchte, mit ihr zu reden, fragte sie, ob es sie störte, dass ihr Vater und ich uns trafen, doch sie erklärte nur, es sei unser Leben, da mische sie sich nicht ein, konnte mir dabei aber nicht in die Augen sehen. Dann forderte sie mich auf, mit der Musik weiterzumachen. Sie hatte immer wenig Zeit, war immer in Eile, immer auf dem Sprung.

Je enger meine Beziehung mit Maties wurde, desto brüchiger wurde mein Verhältnis zu Anna. Wenn ich zu ihnen nach Hause kam, war sie entweder nicht da oder sie verschwand, sobald sie mich hörte. Sie war unsichtbar geworden. Und dann wurde mir im Konservatorium mitgeteilt, sie hätte um einen anderen Lehrer gebeten. Ich war tief getroffen.

Da tat ich etwas, das ich nie hätte tun dürfen. Es war der letzte Versuch, sie auf meine Seite zu ziehen, ihr wenigstens ein Mindestmaß an Sympathie abzuringen, und ich tat es für uns alle drei. Ich schenkte ihr meine Stainer. Sie hatte sie schon oft bei mir gesehen, und ich wusste, wie sehr sie mich darum beneidete. Normalerweise spielte ich im Unterricht auf einer anderen Geige und brachte die Stainer nur gelegentlich mit, hatte jedoch nie darüber gesprochen, woher ich sie hatte. Und nun schenkte ich sie ihr. Ich hoffte, das würde alles wieder in Ordnung bringen, und dachte, es sei die Sache wert, einen solchen Schatz aus der Hand zu geben, wenn ich damit einen Menschen für mich gewinnen könnte, an dem mir sehr viel lag. Auch dachte ich, mit Maties ginge es weiter und wenn wir ohnehin bald zusammenleben würden, bliebe die Geige gewissermaßen in der Familie. Ich weiß nicht, was ich mir dabei gedacht habe, jedenfalls habe ich sie ihr geschenkt.

An dem Tag muss ich den Verstand verloren haben, und zugleich verlor ich das, was mir im Alter von sieben Jahren das Leben gerettet hatte. Allerdings hatte ich gar nichts davon, denn sie bedankte sich lediglich mit einem spöttischen Grinsen, als ich ihr das Instrument in der letzten Unterrichtsstunde behutsam in die Hände legte. Ich hatte gedacht, Anna würde mit dieser magischen Geige zur Seele der Musik finden. Doch so war es nicht. In ihren Händen wurde die Stainer zu einem simplen Gebrauchsgegenstand, der keine magische Musik mehr hervorbrachte und den zauberischen Nimbus einbüßte, den ich auf der Müllkippe entdeckt hatte. Natürlich wies Anna sie nicht zurück, im Gegenteil, sie nahm sie gleich mit. Und ich hatte keine Anna, keine Geige und wenig später auch keinen Maties mehr.

Jetzt hält sie mir die Stainer unter die Nase, wann immer sie kann. Eine solche Geige werde ich nie wieder finden. Es war eine Dummheit, sie ihr zu schenken, eine Riesendummheit. Doch ob mit Stainer oder ohne, ein Gespür für die Musik hat Anna nicht. Im Gegensatz zu mir.

ANNA

Dieser zweite Satz ist etwas für sentimentale Mimosen wie Teresa. Mir ist er viel zu einfach. Es stimmt schon, er ist schön, aber sie ist ja förmlich von Sinnen. Man braucht sie sich nur anzuschauen, sie fängt gleich an zu heulen. Doch ich sehe nicht zu ihr hinüber, das spare ich mir für später auf, wenn ich bei den *Presti* im nächsten Satz wieder fliegen darf und sie sich auf kleine Sprünge beschränken und zusehen muss, wie sie mich einholt. Ich verstehe einfach nicht, was Karl an ihr finden konnte, was so viele Dirigenten an ihr finden. Seit Vivaldi hat Geigespielen etwas von einem Wettlauf, und wer das nicht einsieht, der taugt einfach nicht für dieses Instrument.

So wie Teresa nicht für meinen Vater taugte, und mein Vater nicht für Teresa. Deshalb fand ihre Beziehung ein so jähes Ende. Etwas, das nicht funktioniert, ist irgendwann vorbei, das ist doch klar. Manchmal enden ja sogar Dinge, die gut laufen, denn wenn eins mit Sicherheit funktioniert hat, dann die Beziehung zwischen meinem Vater und mir. Ein paar Jahre lang war es, als wäre ich nicht ich. Es war eine Zeit der Unschuld, eine kurze Phase in meinem Leben, in der ich auf einer Wolke lebte. Nachdem ich so lange allein gewesen war, keine Mutter hatte, nichts, keinen Menschen auf der Welt außer Clara, war es, als hätte sich für mich, und nur für mich, der Himmel aufgetan.

Mit Tränen in den Augen hatte mein Vater mir erzählt, er hätte sich nicht früher um mich kümmern können, weil meine Mutter ihm die Pistole auf die Brust gesetzt hatte. Du oder ich, hatte sie gesagt und nicht gewollt, dass er mich überhaupt zu sehen bekam. Und ihm war es so lieber gewesen, das hatte er mir schon mehrfach zu erklären versucht, denn er hätte es andernfalls nicht ertragen können, mich bei ihr zu lassen. Er hatte so oft darüber gesprochen und mich so viele Male um Verzeihung gebeten, bis eines Tages in meinem Inneren ein Damm brach, ein Schluchzen aus meiner Kehle stieg, und mir das Wasser unaufhaltsam aus den Augen floss. Tränenüberströmt fiel ich ihm um den Hals und sagte, das hätte ich bei meiner Mutter nie tun dürfen.

»Ich weiß nicht, wie ich mich in sie verlieben konnte«, antwortete er, »sie war wirklich nicht ganz bei Trost. Sie flatterte nur von einer Party zur anderen und von einem Liebhaber zum nächsten. Ich war bloß einer unter vielen, doch ich wollte es eine Zeit lang nicht wahrhaben.« Er blickte mich mit feuchten Augen an und bat: »Bitte, verzeih mir.«

Das Gefühl der Freude, das mich von da an begleitete, war wie die Musik im ersten Satz dieses Konzerts. Jeden Morgen beim Aufstehen weckte es meine Lebensgeister und zauberte mir auf dem Weg zur Schule, zur Geigenstunde und zur Harmonielehre ein Lächeln auf die Lippen, wie ich es bis dahin nie gekannt hatte. »Donnerwetter!«, sagte Teresa. »Du hast wirklich ein schönes Lächeln. Ein ganz bezauberndes Lächeln.«

Morgen muss ich unbedingt an die Spree. Vielleicht hat es meine Seele ja hierher verschlagen. Vor zehn Jahren meinte ich, sie kurz in diesem Fluss gesehen zu haben, bevor sie wieder entwischte. Mark hat keine Zeit, wie er sagt, er probt ständig, das ist bei Dirigenten halt so. Doch ich kann nicht anders, nichts auf der Welt übt einen so unwiderstehlichen Sog auf mich aus wie Wasser, gar nichts, allenfalls das Schwindelgefühl, das mich bei schnellen Barockstücken überkommt. Überall, wo ich bin, muss ich zum Wasser. Es ist, als würde ich meiner eigenen Seele eine Art Höflichkeitsbesuch abstatten, denn ich spüre sie, ich weiß, sie ist da, und habe immer die Hoffnung, dass sie diesmal vielleicht zu mir zurückkehrt.

Ich muss sie unbedingt finden, denn ohne Seele kann man nicht leben.

An dem Tag, an dem ich merkte, dass zwischen Teresa und meinem Vater etwas lief, brach für mich eine Welt zusammen. Am liebsten wäre ich zu ihr gerannt und hätte sie angeschrien, Papa gehöre mir und sie solle samt ihrer

Stainer verschwinden und nie mehr wiederkommen. Ich konnte ihren Blick nicht ertragen, diese Mischung aus Zärtlichkeit und Mitleid, die darin lag. Ein paar Jahre lang war sie für mich tatsächlich so etwas wie ein rettender Engel gewesen, das will ich gar nicht bestreiten. Teresa war nicht nur meine Lehrerin, sie war mir eine Stütze, und obwohl wir nie länger über Dinge sprachen, die nichts mit der Geige zu tun hatten, wusste ich, dass ich ihre Lieblingsschülerin war. Ich dachte sogar, sie hätte mich gern.

Doch als sie mir meinen Vater wegnahm, zeigte sie ihr wahres Gesicht. Sie fingen an, sich zu verabreden, und trafen sich mal zu Hause, mal gingen sie miteinander aus. Ich wollte es gar nicht so genau wissen, und da ich jederzeit auf dem Laufenden war, wann sie zu uns kommen würde, sorgte ich dafür, dass ich das Haus rechtzeitig verlassen hatte. Mit einem Mal war mein Vater nicht mehr so für mich da wie vorher, er verschwand für ganze Wochenenden, und wenn er zurückkam, wartete er sehnsüchtig auf die nächste Verabredung und das Klingeln des Telefons. Zum Glück gab es zu der Zeit noch keine sozialen Netzwerke, denn sonst hätte er womöglich nächtelang gechattet wie die Jugendlichen heutzutage. Und wenn er mit mir allein war, wirkte er, als wäre er mit den Gedanken ganz woanders. Manchmal verlor er mitten im Gespräch den Faden, und ich merkte, dass er mir nicht zuhörte.

Ja, für mich brach eine Welt zusammen. Ich hatte ihm gegeben, was ich noch nie zuvor einem Menschen gegeben hatte, und er hatte es genommen und mich glauben lassen, auch er würde alles für mich geben. Und wie sich dann herausstellte, stimmte das gar nicht, er hatte mich nur für dumm verkauft. Ich fühlte mich, als hätte man mir das Herz herausgerissen. Solange mein Vater niemanden gehabt hatte, war er für mich da gewesen, aber jetzt, da er Teresa gefunden hatte, bedeutete ich ihm nichts mehr. Ich war für ihn bloß noch eine lästige Pflicht, das war mehr als deutlich.

Tagelang spielte ich nur Geige oder saß am Teich und starrte stundenlang ins Wasser. Im Konservatorium bat ich um einen Lehrerwechsel, denn ich konnte es nicht ertragen, in Teresas Nähe zu sein. Ich hielt ihre Verbesserungen und Belehrungen nicht mehr aus, vielmehr ließ ich sie nur zu gern abblitzen, wann immer sie Interesse an mir bekundete und dieses Mitleid heischende Gesicht aufsetzte, als könnte sie ohne mein Lächeln nicht leben. Es machte mir Spaß, sie zappeln zu lassen. Es befriedigte mich ungemein zu sehen, wie sie sich quälte, und die Vorstellung, sie könnte in Tränen ausbrechen, sobald sie allein war, war mir ein Fest. Ich trieb sie so sehr zur Verzweiflung, dass sie mir an unserem letzten gemeinsamen Unterrichtstag sogar ihre Stainer schenkte, die ich ihr seither, sooft es irgend geht, unter die Nase halte. Das war der endgültige Beweis für meinen Sieg. Außer einem höflichen »Danke« sagte ich kein Wort. Nun hatte ich sie kleingekriegt, nun blieb ihr nichts mehr, außer meinem Vater natürlich, doch ihr den wieder zu entreißen, hatte ich nicht die geringste Chance. »Warum verlässt du ihn nicht einfach, wenn dir so viel an mir liegt?«, dachte ich. »Merkst du nicht, dass du mir das Einzige weggenommen hast, das ich habe?« Aber sie begriff es nicht, sie gab mir alles, nur nicht das, was ich wirklich wollte, meinen Papa.

Einige Zeit später, als ich längst keinen Kontakt mehr zu Teresa hatte, reagierte er. Als das erste Feuer mit dieser Frau erloschen war, fiel ich ihm offenbar wieder ein. Er bat mich um ein Gespräch, in dem er mir sagte, ich sei so seltsam, er habe den Eindruck, seine Beziehung mit Teresa passe mir nicht, und er wolle wissen, warum, denn meine ehemalige Lehrerin und ich hätten uns doch so gut verstanden. Zuerst antwortete ich ausweichend und versuchte, mich so gut wie möglich aus der Affäre zu ziehen. Da er jedoch nicht lockerließ, platzte mir irgendwann der Kragen. Ich schrie ihn an, er würde mich nicht mehr beachten, mir nicht zuhören, sich nicht um mich kümmern, sondern spreche andauernd nur von ihr und wolle sowieso immer nur bei ihr sein.

Mein atemloser Ausbruch kam für ihn anscheinend überraschend. Das hatte er wohl nicht erwartet. Er trat zu mir, sagte etwas in der Art, dass das Eine nichts mit dem Anderen zu tun habe und dass er mich liebe, und wollte mich in den Arm nehmen wie früher. Und obwohl ich mich für mein Leben gern von ihm hätte umarmen lassen, wehrte ich ihn ab, denn sonst wäre ich in seinen Armen in Tränen ausgebrochen, und er hätte mich zwar getröstet, doch am nächsten Tag wäre er trotzdem zu Teresa zurückgekehrt, und dann wären wir wieder am gleichen Punkt gelandet, wo wir waren, und das hätte mir wehgetan. Denn so etwas tut sehr weh, auch wenn sich das anscheinend keiner klarmacht. Also sagte ich, er solle mich in Ruhe lassen, und ließ ihn kurzerhand stehen.

Jedes Mal, wenn ich da unten im Parkett dieses Dienstmädchen sitzen sehe, kommt es mir vor, als könnte sie in meinen Kopf hineinschauen. Sie ist zwar bloß eine Putzfrau und noch dazu steinalt, aber irgendwie macht mich ihr Blick nervös.

Zwei Tage lang blieb mein Vater auf Abstand. Am dritten Tag schließlich kam er und hielt mir mit leuchtenden Augen zwei Flugtickets hin. »Da, schau mal«, sagte er, »wir verreisen für eine Woche, nur wir beide. Wie findest du das?«

Diesmal war ich die Überraschte, denn damit hatte ich gewiss nicht gerechnet. Der Vorschlag klang verlockend, auf die Art würde ich meinen Vater eine ganze Woche lang nur für mich haben. Doch wenn wir anschließend wieder zu Hause wären, würde es mir dreckig gehen, und wir würden von vorn anfangen. Ich hatte kein Vertrauen mehr, weder zu ihm noch zu sonst jemandem. »Wohin?«, fragte ich, um Zeit zum Nachdenken zu gewinnen.

»Nach Monte-Carlo. Hier sind die Tickets. Und wenn wir da sind, mieten wir uns ein Auto, was meinst du?«

Wir fuhren. In mir tobten so widersprüchliche Gefühle wie Hass und verzweifelte Liebe für diesen Mann, der mein Ein und Alles war. Es war nicht ganz so wie früher, aber das hätte es mit der Zeit noch werden können. Er war mir gegenüber liebevoll und herzlich, und ich sah ihn kein einziges Mal mit Teresa telefonieren.

Aber ich traute dem Braten nicht. Ich wusste genau, dass es vorbei wäre, sobald wir zurück in Barcelona waren. Mit Sicherheit wollte mein Vater bloß reinen Tisch mit mir machen, um sein Gewissen zu beruhigen. Und hinterher stünde ich wieder allein da. Doch das würde ich nicht mehr ertragen können. Das Leben hatte für mich keinen Sinn mehr, nichts machte mir mehr Freude, nicht einmal die Geige und die schwindelerregenden Passagen von Vivaldi, Bach und Veracini. Es war alles nur noch leer.

An einem Abend trank ich im Casino absichtlich mehr, als mir guttat. Meinem Vater fiel es nicht auf, er amüsierte sich beim Spiel. Als wir uns auf den Heimweg machten, setzte ich eine gleichmütige Miene auf und bat, er solle mich zum Hotel zurückfahren lassen. Da ich gerade den Führerschein gemacht hatte und ihm ständig damit in den Ohren lag, üben zu wollen, fand er nichts dabei. Er nahm neben mir auf dem Beifahrersitz Platz und fing an, darüber zu plaudern, wie das Spiel gelaufen war. Ich trat das Gaspedal durch. Ich weiß noch, dass er mich warnte, auf der kurvenreichen Küstenstraße nicht zu schnell zu fahren. Ich erinnere mich auch, dass ich vorhatte, uns den Abhang hinunterzustürzen. Dann würden wir beide im Meer ertrinken, und Papa würde nie mehr Teresa gehören. An mehr erinnere ich mich nicht.

MARK

Der dritte Satz. Ich blicke zum Orchester und zu meinen Violinistinnen. Mit Anna stehe ich in vollkommenem Einklang. Teresa erging es, meines Wissens, mit meinem Vater genauso. Er blieb immer distanziert, es sei denn, es ging um Musik. Ich glaube, jedes Konzert, jede Oper war für ihn so etwas wie eine Liebesgeschichte mit seiner Solistin oder der Sängerin der Hauptrolle. Er arbeitete gern mit Frauen, es war verblüffend zu erleben, wie viel schöner er ein Werk zum Klingen brachte, wenn er mit Frauen musizierte.

Manchmal frage ich mich, ob er etwas mit Maria hatte. Ich glaube eigentlich nicht, dass mein Vater so war, und inzwischen kann man es sich ohnehin nur noch schwerlich vorstellen, jetzt, da er tot ist und sie so alt, dass ich mir Gedanken mache, ob sie wohl den Rückflug verkraftet, den sie ja unbedingt allein antreten will. Anscheinend hat sie Verwandte hier. Vorgestellt hat sie sie uns allerdings nicht. Vermutlich schämt sie sich ihretwegen, weil sie einer anderen Schicht angehören.

Als ich ins Haus kam, lebten Maria und mein Vater schon viele Jahre dort allein zusammen. Vielleicht war ja doch etwas zwischen ihnen, ich weiß es nicht. Jedenfalls war es für mich, als ich nach Barcelona kam, ein Glück, dass ich Maria hatte, die sich um die Alltagsdinge kümmerte, denn wäre ich auf meinen ständig geistesabwesenden Vater angewiesen gewesen, hätte ich sicher allerhand einstecken müssen in dieser fremden, kosmopolitischen Stadt, die für einen Mann wie mich voller Gefahren war. Schließlich war mein bisheriges Leben von einem Gefühl der Sicherheit und dem beruhigenden Wissen geprägt gewesen, dass alles seine Ordnung hatte. Denn auf unserer Seite der Mauer brauchte man sich um nichts zu sorgen, es gab keine schwierigen oder ungewöhnlichen Situationen, alles war immer gleich wie bei einer All-inclusive-Reise. Ich hatte immer etwas zu essen, immer etwas zum Anziehen, erst wenn ich mir mein Essen oder meine Kleidung aussuchen wollte, wurde es schwierig. Ein Cousin meiner Mutter, der in Westberlin lebte, brachte uns gelegentlich ein paar Sachen mit, wie wir sie aus dem Fernsehen kannten. Mir war es einerlei, was ich anhatte, aber meine Mutter machte es glücklich. Auch der Fernseher – ein Farbfernseher, der unsere Nachbarn grün vor Neid werden ließ – war ein Geschenk dieses Cousins zu einem der letzten Weihnachtsfeste, die ich dort verbracht hatte.

Es ist eigenartig. Ich bin zwar in Berlin, doch wenn ich an die Stadt meiner Jugend denke, habe ich das Bild einer anderen Stadt vor Augen, dabei ist sie genau hier, jenseits einer Mauer, die nicht mehr da ist. Ich bin drüben in der Staatsoper, die jetzt restauriert wird, bei Nachwuchskonzerten aufgetreten und erinnere mich, dass in den ersten Reihen des Parketts lauter Uniformträger saßen. Aber es ist heute nicht mehr dieselbe Stadt.

»Wo wollen Sie denn damit hin, Senyor Mark?«, schimpfte Maria mit mir, weil ich einen Kassettenrekorder in der Hand trug. »Ist Ihnen nicht klar, dass Sie überfallen und ausgeraubt werden, wenn Sie mit so was in den fragwürdigsten Stadtteilen unterwegs sind?« Ich blieb überrascht stehen, und sie holte mir rasch eine Tasche für das Gerät. Als dann der Bus nicht kam und ich spät dran war für die Probe, wusste ich nicht, was tun. Wenn so etwas im Osten passierte, kam einfach jeder überallhin zu spät, doch in Barcelona machte man mir Vorwürfe, weil ich nicht auf die Idee gekommen war, ein Taxi zu nehmen. Einmal wurde ich überfallen und ein anderes Mal mitten auf den Ramblas beraubt, während ich ein paar Jongleuren zuschaute.

»Sie sind ein bisschen zu arglos, Senyor Mark«, lachte Maria, »naiv wie ein Kind, das nicht weiß, wo's langgeht.«

»Sagen Sie bitte nicht ›Senyor Mark‹ zu mir.«

»Ach, natürlich«, sagte sie und klopfte sich auf den Kopf. »Verzeihen Sie, Mark, das ist die Macht der Gewohnheit.«

Ich hatte sie schon x-mal darum gebeten, auf diese förmliche Anrede zu verzichten, denn ich mochte es nicht, wenn sie »Senyor Mark« zu mir sagte. Jedes Mal, wenn sie sich vertat, nannte ich sie deshalb scherzhaft »Senyora Maria«, damit ihr auffiel, dass sie wieder einmal den »Senyor« davorgesetzt hatte. Doch bis heute ist es mir nicht gelungen, es ihr endgültig abzugewöhnen.

Maria sorgte im Haus für Ordnung und Sauberkeit, ganz nach ihrem Gusto freilich, denn mit meinem Vater war in diesen Dingen nichts anzufangen. Aber Maria war mehr als eine Haushälterin. Sie besaß eine besondere Empfindsamkeit, von der ich nie genau hätte sagen können, worin sie bestand. Doch diese Empfindsamkeit muss auch der Grund sein, warum sie nun hier im Parkett sitzt und beinahe andächtig der Musik lauscht. Maria ist wirklich ein besonderer Mensch.

TERESA

Jedes Mal, wenn ich Anna in die Augen sehe, muss ich an ihren Blick und ihre letzten Worte im Krankenhaus denken. Sie trafen mich so tief, dass ich lange brauchte, um mich davon zu erholen.

Wenn man von etwas wirklich verletzt wird, braucht es immer eine Weile, bis man sich davon erholt. Und ich war nicht im Mindesten darauf vorbereitet gewesen. Als ich den Anruf erhielt, hatte ich das Gefühl, als würde mir der Boden unter den Füßen weggezogen. »Es tut uns leid, aber wir haben schlechte Nachrichten« – offenbar hatte Maties meine Telefonnummer an einer gut sichtbaren Stelle notiert – »der jungen Frau geht es sehr schlecht, und für ihn kam jede Hilfe zu spät.« Wenn du so etwas hörst, weißt du auf einmal nicht mehr, wo oben und unten ist. Du fragst, was passiert sei, und es heißt, ein Unfall, sie seien wie durch ein Wunder nicht ins Meer gestürzt, weil es unten noch ein Stück Strand gegeben habe, und die junge Frau hätte überlebt, vorerst jedenfalls, sagen sie. Sie hüten sich natürlich, endgültige Aussagen zu treffen, nicht dass das Mädchen am Ende doch noch stirbt, obwohl sie dir bereits versichert haben, sie käme durch. Sie habe am Steuer gesessen, heißt es weiter, und zwar betrunken. Das arme Ding, schießt es dir durch den Kopf, kein Wunder, bei ihren ständigen inneren Kämpfen. Deine Gedanken überschlagen sich, während du nach deiner Jacke greifst, aus dem Haus eilst und ins Krankenhaus fährst. »Hat sie eine Mutter?«, wollen sie dort von dir wissen. »Ja, aber sie hat sie verlassen, sie ist schon lange weg«, erklärst du, unsicher, ob du nicht vielleicht zu viel redest, und denkst, jetzt fällt die Mutterrolle dir zu.

Außer mir vor Schmerz, weil ich auf so tragische Weise meinen Liebsten verloren hatte, fand ich mich im Krankenhaus ein. Die Intensivstation, erklärte man mir, habe feste Besuchszeiten, und ich gehörte nicht zur Familie.

»Sie hat sonst niemanden«, erwiderte ich unwirsch, »außer Dienstmädchen. Und ihr Vater und ich waren ein Paar.«

»Oh, na dann.« Mit gesenkter Stimme sprachen sie mir ihr Beileid aus, und ich spürte, wie ich schwach wurde und in einem Meer von Tränen versank. Ich wurde zu dem Bett geführt, in dem Anna lag, bewusstlos, von Monitoren überwacht, umgeben von Krankenschwestern und Sicherheitsmaßnahmen, damit im Fall eines Herz- oder Organversagens schnell eingegriffen werden konnte. »Aber nur zehn Minuten.«

Ich nahm ihre Hand, ihre Augen blieben geschlossen. Erst nach Tagen öffnete sie sie, konnte jedoch nicht sprechen, denn sie hatte überall Schläuche, auch im Mund. Nur ihre Tränen flossen, denn dagegen haben sie im Krankenhaus noch nichts erfunden.

»Nicht weinen«, sagte ich und reichte ihr meine Hand.

Als sie sie drückte, dachte ich, nun würden sich die Dinge zwischen uns ändern, wenn auch leider erst durch den Tod des Mannes, den wir beide am meisten geliebt hatten.

Die Reise der beiden war meine Idee gewesen. »Ich glaube, sie hat das Gefühl, du kümmerst dich nicht genug um sie«, hatte ich, besorgt über das Verhalten seiner Tochter, zu Maties gesagt. »Vielleicht wäre es gut, wenn ihr für ein paar Tage irgendwohin fahrt. Dann sieht sie, dass sich nichts geändert hat und du sie immer noch genauso liebst.« Maties fand den Vorschlag gut, und die beiden fuhren los. Wie es unterwegs zwischen ihnen lief, weiß ich nicht. Ich hatte ihm gesagt, er brauche nicht anzurufen, es sei besser, wenn sie nicht mitbekäme, dass wir miteinander sprachen, stattdessen solle er lieber ganz für sie da sein. Zuversichtlich, dass alles wieder in Ordnung käme, blieb ich zu Hause und wartete.

Wir Menschen sind einfach zu blauäugig. Das alles ist lange her, doch sie hat sich seither nicht verändert. Ich mich glücklicherweise schon. Anna ist jetzt erwachsen, sie hat Mark und braucht nichts weiter. Vielleicht hat sie am Ende ja gefunden, wonach sie immer gesucht hat.

Auf der Intensivstation tupfte ich ihre Tränen mit der letzten noch trockenen Spitze desselben Taschentuchs ab, mit dem ich meine eigenen Tränen abgewischt hatte. Vor Maties hatte ich mit dem einen oder anderen Lehrerkollegen geflirtet, aber es war nie darüber hinausgegangen. Und kaum hatte ich in ihm die Liebe meines Lebens gefunden, verlor ich ihn wieder. Während ich auf dem Krankenhausflur die Zeit totschlug und auf den Beginn der Besuchszeit wartete, um sofort zu Anna hineinzugehen, weil ich sie nicht alleinlassen und keine Gelegenheit versäumen wollte, an ihrer Seite zu sein, fragte ich mich, wie ich ihr beibringen sollte, dass sie keinen Vater mehr hatte. Ich will es ihr selbst sagen, hatte ich erklärt, doch die Krankenschwestern hatten mir geraten, damit zu warten, bis sie auf der Station lag, bei ihrem Zustand sei es vorerst nicht angebracht. Ich gehorchte. Im Krankenhaus gehorcht man den Schwestern immer, sie geben einem das Gefühl, da ist jemand, der weiß, wo es langgeht, jemand, der sich um einen kümmert, wenn es einem schlecht geht. Und wenn man wieder draußen ist, vermisst man diese Freundlichkeit, dank derer man sich fühlt wie in Watte gepackt und die einem, ob man will oder nicht, genauso zur Gewohnheit wird wie der ständige Arzneimittelgeruch, den man nicht mehr aus der Nase bekommt und den man in den ersten Tagen draußen aus unerfindlichen Gründen ebenfalls vermisst.

Ich wartete also, bis Anna auf der Station war. Wenn man im Krankenhaus auf die Station verlegt wird, ist das, wie wenn man in der Schule versetzt wird oder die Mittlere Reife besteht und das Abitur in Angriff nehmen kann. Zwar hat man die Schule noch nicht ganz hinter sich, aber man hat schon mal den ersten Abschluss in der Tasche, mit dem man eine Arbeit bekommen oder zumindest seine Tauglichkeit nachweisen kann.

Als man mir endlich sagte, Anna sei jetzt auf der Station, eilte ich hocherfreut die Treppe hinauf. Das war eine großartige Nachricht, auch wenn jetzt der schlimmste Teil kam: Ich musste ihr mitteilen, dass ihr Vater tot war. Anna lag in einem weißen Bett in einem Zweibettzimmer. Sie hatte mehrere Brüche. Eines ihrer Beine hing in der Luft, und ein Arm war eingegipst, doch die Gefahr einer inneren Blutung, wegen der sie so lange auf der Intensivstation gelegen hatte, war gebannt. Die Schläuche waren verschwunden, sie hatte lediglich noch eine Kanüle im Handrücken, durch die ihr eine Infusion verabreicht wurde. In dem anderen Bett lag ein Mädchen, das ebenfalls ein Gipsbein hatte, und blätterte in einer Zeitschrift.

Ich trat an Annas Bett und wandte dem anderen Mädchen den Rücken zu, um auf diese Weise ein wenig Intimsphäre zu schaffen. Anna sah mich an, als sei ich eine Fremde. In ihrem Blick lag eine Mischung aus Ungläubigkeit und Hass.

»Was willst du hier?«, fragte sie.

Im ersten Moment war ich wie vor den Kopf geschlagen, doch schließlich antwortete ich: »Auf der Intensivstation war ich die ganze Zeit bei dir, weißt du das nicht mehr?«

»Nein«, erwiderte sie barsch.

Zuerst fand ich das eigenartig, doch dann fiel mir ein, dass man sich nach einer Behandlung auf der Intensivstation nie an irgendetwas erinnert. Weiß der Himmel, was sie einem ins Blut träufeln, damit man alles vergisst. Dann nahm ich all meinen Mut zusammen, schluckte die Tränen hinunter, die mir in die Augen schießen wollten, und sagte ihr so sanft ich es vermochte: »Dein Vater hat den Unfall nicht überlebt, Anna.«

Ich werde nie vergessen, wie sie mich angesehen hat, wenn auch nicht gleich. Im ersten Moment war ihr Blick nichtssagend und leer. Dann drehte sie den Kopf weg, als hätte sie genug von den schlechten Nachrichten. Sacht berührte ich ihre Schulter und murmelte ihren Namen. Da fuhr sie herum, so blitzartig, wie ihre kaputten Gliedmaßen es zuließen, und spuckte Gift und Galle

»Hau bloß ab, du Miststück. Ich will dich nie wiedersehen«, zischte sie und starrte mich mit diesem hasserfüllten Blick an. Diesem Blick, den ich nie vergessen werde, denn er war der Ursprung des feindselig-spöttischen Ausdrucks, der heute nie aus Annas Augen weicht.

Ich stand auf und verließ mit wackligen Knien das Zimmer. Mir war, als hätte mir jemand mitten ins Herz geschossen. Ich bekam keine Luft.

Am folgenden Tag wollte ich noch einmal zu ihr, doch

mir wurde gesagt, der Arzt hätte jegliche Besuche verboten. Für mich stand damit eindeutig fest, dass sie mich wirklich nicht mehr sehen wollte. Es war vorbei, und ich musste zusehen, wie ich darüber hinwegkam. Nicht nur über Annas endgültige Worte, die so abfällig, traurig und verletzend gewesen waren, sondern auch über Maties' Tod.

Die erste Zeit war grauenhaft. Ich hatte überall und ständig das Gefühl, ihn zu sehen, dabei war mir sehr wohl bewusst, dass er tot war. Immerhin war ich ja diejenige, die seine Beerdigung hatte organisieren müssen, denn Anna lag noch auf der Intensivstation, und ansonsten gab es niemanden, der sich darum hätte kümmern können. Wenn man von einem Menschen Abschied nehmen muss, der allgegenwärtig war, dann stellt einen das vor eine harte Probe. In der letzten Zeit war Maties ständig an meiner Seite gewesen, und wenn er einmal nicht da war, telefonierten wir und tauschten uns über unsere Sorgen und Nöte aus. Ein Jahr hatten wir miteinander gehabt, und wenn Anna nicht gewesen wäre, hätten wir sicher schon zusammengelebt. Jedes Mal, wenn ich Maties vor meinem inneren Auge sah, war da auch Anna, die mich mit diesem Blick anstarrte und sagte: »Hau bloß ab, du Miststück.« In den ersten Tagen schmerzte das mehr als meine Trauer um Maties. Sie hatte sehr genau gewusst, wohin sie hatte zielen müssen, um mich dauerhaft und tief zu verletzen.

Das alles zu vergessen war ein langer, harter Prozess. Um die Wahrheit zu sagen, ich habe nichts davon vergessen, doch zumindest konnte ich, als das erste Jahr vorüber war, wieder nach vorn schauen und mich an den Gedanken gewöhnen, dass ich allein weiterleben musste. Am Anfang trug ich allerdings eine äußert schmerzhafte Wunde mit mir herum, die sich nicht schließen wollte, sondern bei jeder noch so kleinen Bewegung wieder aufriss. Maties' Bild verschmolz mit dem von Anna. Ich nahm mir vor, irgendwann erneut mit ihr zu reden, denn der Gedanke, dass damit tatsächlich alles zu Ende sein sollte, war mir unerträglich. Manchmal ließ ich meine Schüler mitten im Unterricht allein und ging, unter dem Vorwand, zur Toilette zu müssen, aus dem Raum, weil ich es nicht mehr aushielt und den Tränen freien Lauf lassen musste. Wenn ich anschließend wieder zurückkehrte, warf mir der Schüler oder die Schülerin einen mitfühlenden Blick zu, denn sie wussten genau, dass ich hinausging, um in einem Meer von Tränen zu versinken.

Also beschloss ich, einen Schlussstrich unter die Sache mit Anna zu ziehen. Ich konnte ja doch nichts tun, es war vergebliche Liebesmüh. Es war vorbei, damit musste ich mich abfinden. Und ich glaube, das gelang mir auch. Die Wunden begannen zu verheilen. Es dauerte noch sehr lange, bis es mir wieder gut ging, doch ich lernte, nach vorn zu blicken, nach links und rechts zu schauen, den Gesang der Vögel und den Duft der Blumen wahrzunehmen und wieder Musik zu machen, echte Musik. Als mir angeboten wurde, gemeinsam mit Kollegen aus dem Konservatorium ein Quartett zu bilden, sagte ich zu. Am Anfang traten wir nur in Katalonien auf, später jedoch gelegentlich auch im Ausland. Es waren schöne Jahre, und wir hatten eine Menge Spaß. Alles in allem war es eine recht wirksame Medizin gegen mein Leiden. Mit meinem Quartett und meinem Unterricht wurde ich wieder ich. Anna sah ich nicht wieder. Ich denke, sie ging mir aus dem Weg und legte ihren Unterricht absichtlich auf Zeiten, zu denen sie sicher sein konnte, dass ich nicht da war. Sie stand ja sowieso kurz vor ihrem Abschluss, sofern sie ihr Studium nach dem Unfall überhaupt fortgesetzt hatte.

Ein paar Jahre später meldete sich Karl bei mir. Er rief eines Tages im Konservatorium an und wollte mich sprechen. Ich rief ihn zurück, und er erklärte mir in seinem Katalanisch mit diesem typisch deutschen Akzent, er habe mich bei ein paar Konzerten gehört und meine Art zu spielen gefalle ihm. Falls ich Interesse hätte, könnten wir zur Probe einige Stücke spielen, die er mit seinem Orchester im Rahmen einer Konzertreihe aufführen werde. Das war damals noch nicht die Tournee mit Bachs Doppelkonzert, aber natürlich sagte ich, ich käme mit dem größten Vergnügen, und erzählte meinen Kollegen aus dem Quartett davon.

»Pass ja auf«, warnte mich die Cellistin schmunzelnd, »dieser Mann probt ganzheitlich.«

»Was willst du damit sagen?«

»Nichts weiter. Nur hat er sämtlichen Musikerinnen, die mit ihm gespielt haben, das Herz gebrochen.«

»Ach was, so schlimm wird er schon nicht sein.«

»Du wirst schon sehen«, erwiderte sie geheimnisvoll.

Die Bemerkung meiner Kollegin hatte meine Neugier geweckt. Aber es war mehr als das. Ich war ungeheuer stolz, dass Karl T. mich angerufen hatte. Er war Deutscher und hatte in Zeiten des Eisernen Vorhangs um politisches Asyl gebeten. Mit der Zeit war er hierzulande zur Stimme der musikalischen Wahrheit geworden. Ich hatte das immer mit einem gewissen Argwohn beobachtet, denn ich gebe nicht viel auf solche Etiketten, und wenn ein Name zu laut gepriesen wird, denke ich in der Regel, dahinter müssten private oder politische Interessen stecken. Doch als ich sein Orchester zum ersten Mal hörte, wurde ich ganz still. Soviel ich wusste, mühten sich seine Mitglieder sonst redlich in lausigen Ensembles ab, Karl aber hatte aus ihnen eine Einheit geformt und vermochte sie so zu lenken, dass die Barockstücke und insbesondere solche von Bach klangen, wie sie sich in früheren Zeiten unter dem Taktstock ihres Schöpfers angehört haben mussten. Seit diesem Konzert war Karl T. für mich ein Inbegriff für Qualität. Deshalb war ich Feuer und Flamme, als er mich anrief.

Wir gaben im ganzen Land Konzerte, und da Karl nicht gern zu lange von zu Hause fort war, reisten wir viel hin und her. Doch zuvor machte er mit mir eine Probe, die Probe der Seele. »Sie müssen Ihre Finger mehr einsetzen und Ihre Seele ein Stück beiseitelassen«, versuchte er, sich verständlich zu machen. Also spielte ich anders, strenger, mehr so, wie Anna gespielt hätte. Es gefiel ihm. »Sie sind engagiert«, erklärte er mit einem Lächeln, das für mich war wie ein plötzlicher Regenschauer in der Sommerdürre. Ich musste an die Müllkippe denken, an die Stainer, an Maties, an Anna und sagte mir, dass all das von diesem Moment an ein für alle Mal hinter mir lag.

Karl machte nicht viele Worte, aber er verlangte eine Probe nach der anderen, zuerst nur er und ich und später dann zusammen mit dem Orchester. Wir probten in seiner Wohnung, in der er allein mit seiner Haushälterin Maria und seinem Sohn Mark lebte. Laut meinen Kollegen vom Konservatorium, die immer über alles ganz genau Bescheid wussten, war der Sohn allerdings nie da, da er ständig auswärts studierte oder Konzerte gab.

Als wir mit den Proben begannen, erwies sich Karl als überaus strenger Perfektionist. Wir wiederholten jedes Stück unzählige Male, immer aufs Neue, auch wenn ich selbst es schon längst für gut befunden hätte. Doch seine Art der Interpretation erforderte von mir höchste Präzision. Wir arbeiteten stundenlang zusammen und harmonierten immer besser. Wenn Karl mich ansah, war mir, als könnte er meine Gedanken lesen, und mit der Zeit hatte ich das Gefühl, dass zwischen uns ein wunderbares Einvernehmen herrschte und ich genau wusste, was er wollte. Ich fühlte mich von seinen Blicken regelrecht aufgesogen und strebte im gleichen Moment nach der wahren Musik, einer Musik, an die Mark, möge er es mir nachsehen, nicht im Entferntesten heranreicht.

Mit Karl war ich zu allem bereit. Ich hatte sowohl Maties als auch Annas verletzende Worte aus meinem Gedächtnis verbannt. Es gab nur noch Karl und die Musik. Bis eines Tages noch etwas dazukam. Nachdem die Probe zu Ende war, stand er auf und fragte mich, ob er mich duzen dürfe. »Selbstverständlich«, antwortete ich. Da kam er auf mich zu, immer näher, und ich stand da wie hypnotisiert, unfähig, mich zu bewegen. Er küsste mich, erst behutsam, dann stürmisch, und ich erwiderte seinen Kuss mit derselben Leidenschaft. Schließlich landeten wir auf dem Sofa, wie zwei Teenager, die kein Bett haben, um miteinander zu schlafen.

MARIA

Als ich Senyora Teresa spielen hörte, dachte ich, diese Frau hätte wirklich so eine besondere Geige verdient wie die, die ich in den Müll geworfen hatte. Sie könnte damit wahre Wunder vollbringen, denn sie besaß Seele. Bei Proben allerdings, bei denen es absehbar war, dass sie auf dem Sofa endeten, rief Senyor Karl mich nicht zum Zuhören, dafür brauchte er offenbar kein Publikum.

Einmal kam Senyor Mark zu mir in die Küche. Es muss an Weihnachten oder an einem anderen Feiertag gewesen sein, denn er war zu Hause. Sein Vater war nicht da, und er hatte anscheinend das Bedürfnis, mit jemandem zu reden. Um ehrlich zu sein, verstand ich ihn kaum, er sprach kein Wort Katalanisch, sondern ein geschraubtes Spanisch, wie man es ihm wohl in der Schule beigebracht hatte, durchsetzt mit deutschen Wörtern, genau wie anfangs Senyor Karl. Senyor Mark setzte sich, und ohne dass ich ihn darum gebeten hätte, erzählte er mir sein ganzes Leben.

»Ach, Maria, wenn Sie wüssten, wie es früher war. Es hat sich alles dermaßen verändert. Ich kann es gar nicht glauben, dabei bin ich oft genug dort. Denken Sie nur, wenn man damals in den anderen Teil der Stadt wollte, konnte man erschossen werden.«

Ich machte große Augen, fragte aber nicht, warum, denn ich wusste ja bereits, dass Leute getötet wurden, weil sie von der einen Seite zur anderen wollten. Aber Senyor Mark erzählte mir eine ganze Reihe trauriger, nicht enden wollender Geschichten über Nachbarn, Freunde und Bekannte, die versucht hatten, die Mauer zu überwinden.

»Sie müssen sich das so vorstellen: Es war eine Mauer aus Beton, und auf der einen Seite war nichts, nur Brachland. Die Häuser, die vorher da standen, hatte man abgerissen oder zumindest die Fenster zugemauert, damit niemand fliehen konnte. Manchmal sah man jenseits der Mauer die Leute an ihren Fenstern stehen und zu uns herüberschauen. Sie waren weit weg und für uns wie ein Symbol der Freiheit, verstehen Sie?« Er sah mich an, und als ob ihm mit einem Mal bewusst würde, mit wem er sprach, fragte er: »Verzeihen Sie, Sie wissen nicht, wovon ich rede, oder?«

»Doch, doch, Senyor Mark.«

»Dann ist es ja gut, Senyora Maria«, erwiderte er mit einem Lächeln.

»Entschuldigen Sie, ich meine natürlich Mark.«

Senyor Mark machte es sich auf einem der vier Küchenstühle bequem und legte die Füße auf einen anderen. »Ich habe meinen Vater jetzt erst kennengelernt, denn meine Eltern haben sich vor meiner Geburt getrennt. Meine Mutter wollte ihm nichts von mir sagen. Sie hat nie auch nur ein Wort darüber verloren, sondern ihm nur diesen Brief hinterlassen.«

Er meinte den Brief, den er seinem Vater mitgebracht hatte, als er nach Barcelona kam.

»Ich weiß nicht, ob sie keine Unterstützung von ihm wollte oder ob sie Angst hatte, er könnte Himmel und Hölle in Bewegung setzen, um mich zu sehen. Das wäre schlimmer gewesen, denn die Staatssicherheit ging davon aus, dass mein Vater im Osten keine Familie hatte, und konnte daher nach seiner Flucht gegen niemanden Repressalien ergreifen.«

Er gähnte. Es war schon spät, und wir waren beide müde. Ich dachte bei mir, es wäre besser, wenn er zu Bett gehen und mich meine Arbeit machen lassen würde. Anscheinend hatte er meine Gedanken gelesen, denn er stand auf.

»Meine Mutter hat immer auf ihn geschimpft und behauptet, er wäre hinter jedem Rock her. Sie hatte überhaupt kein Verständnis für ihn.« Bei diesen Worten schaute Senyor Mark mich an, und ohne recht zu wissen, warum, wurde ich plötzlich rot. Zum Glück achtete er nicht darauf. Bevor er ging, sagte er noch: »Sie kennen ihn besser als sie, Maria. Mein Vater ist ein eingefleischter Junggeselle, er ist gewissermaßen ein Mönch der Musik.«

»Bei der Musik geht Ihr Vater bis zum Äußersten«, platzte ich heraus.

An der Tür drehte er sich noch einmal um.

»Genau das meine ich. Gute Nacht.«

Ich sah ihm sprachlos hinterher, als er in sein Zimmer ging. Wie konnte ein Mensch nur so blind sein. Manchmal denken wir, wir wüssten alles über einen anderen, aber in Wirklichkeit wissen wir nichts oder nur sehr wenig. Über seinen Vater wusste Senyor Mark nichts, und er hat auch nicht die leiseste Ahnung, was für ein Mensch seine Frau ist, Senyora Anna. Vielleicht ist es ja gut so, vielleicht ist ein Leben in aller Arglosigkeit besser, es bringt weniger Probleme mit sich.

Das war's, gerade haben sie die letzte Note des Bach-Konzerts gespielt. Senyor Mark macht ein paar Anmerkungen. Senyora Anna hört ihm zu, Senyora Teresa auch. Anschließend gehen sie jede auf eine Seite, ohne einander anzusehen. Senyor Mark dreht sich zum Saal und blickt sich suchend nach mir um.

»Gehen wir, Maria.«

Gehen wir, gehen wir … Mühsam stehe ich auf. Die Beine tun mir weh, und mir brennt der Magen. Senyora Teresa kommt, um mir zu helfen.

»Kommen Sie, Maria, das war's für heute. Morgen beim Konzert müssen Sie das schöne Kleid anziehen, das Sie mir gezeigt haben …«

Ich muss lachen. Senyor Mark und sie behandeln mich wie ein kleines Kind. Senyora Anna wie einen Fußabtreter.

Senyor Karl ging mit Senyora Teresa jedenfalls sehr behutsam um. Er bettete sie aufs Sofa und liebkoste sie am ganzen Körper. Sie war wie in Ekstase. Sie war anders als die übrigen Frauen, anders als diese Opernsängerin, die bloß kicherte und wie verrückt kreischte. Dabei war Senyora Teresa noch sehr jung, gut und gern fünfzehn Jahre jünger als Senyor Karl, aber sie war zweifellos hingerissen von ihrem Dirigenten, und sie tat mir leid, weil ich wusste, wie bald es enden würde, denn lange hielt es ja nie. Darum war ich baff, als er bei ihrer ersten Probe zu ihr sagte, sie hätte zu viel Seele. Denn in etwa dasselbe hatte er zu mir gesagt.

Außerdem hatte er mir einmal erklärt, nicht nur Menschen, sondern auch Geigen hätten eine Seele. Er ließ mich einen Blick durch das längliche Loch ins Gehäuse des Instruments werfen, den Resonanzkörper, wie er es nannte. »Sehen Sie den kleinen Holzstift?«, wollte er wissen.

»Ja.« Das kleine Stück Holz klemmte unterhalb des Stegs zwischen Boden und Decke.

»Das ist die Seele der Geige.«

Ich sah Senyor Karl an und dachte, er wolle mich auf den Arm nehmen. Er war jedoch ganz ernst.

»Aha«, sagte ich einfältig.

Doch ich sollte dieses Bild nie mehr vergessen. Wer hätte gedacht, dass eine Seele aussieht wie ein kleiner Holzstift, selbst wenn es sich nur um die eines Instruments handelt. Wenn das der Pfarrer aus meinem Dorf wüsste.

Wir übten deutsche Lieder ein. Eines fand ich besonders

ergreifend. Auf dem Notenblatt stand zwar der Text, aber ich verstand ihn natürlich nicht.

»Worum geht es darin?«, fragte ich Senyor Karl daher eines Tages.

»Um die Liebe eines Hirten zu einer Bäuerin und um seine Schafherde, die genauso weiß ist wie ihre Haut.«

Ich bedankte mich, denn es war viel leichter für mich, nachdem ich nun wusste, an wen sich das Lied richtete und wovon es handelte. Ich schloss die Augen und spielte es wie nie zuvor, dabei hatte mich Senyor Karl ausgerechnet bei diesem Stück oft verbessert und es mich etliche Male wiederholen lassen. Als ich fertig war, schlug ich die Augen auf und sah zu meiner großen Überraschung, dass Senyor Karl geweint hatte.

»Sehr gut, Maria. Danke«, sagte er.

Ich wusste, ich sollte gehen, wie immer, wenn er »Danke« sagte. Ich legte die Geige behutsam auf einen Stuhl und zog mich zurück. Während ich so leise wie möglich an Beethoven vorbei und durch die Küche zu meinem Zimmer ging, fragte ich mich, warum ihm die Tränen gekommen waren. Vielleicht, weil es ihm nach all den Jahren nicht gelungen war, mir das beizubringen, was er sich vorgenommen hatte? Und wenn schon, mich hatte das Lied tief bewegt, und das war es, was zählte.

Danach gab er mir ziemlich lange keinen Unterricht. Ich vermisste die Geige, und wenn er nicht da war, nutzte ich die Gelegenheit, um ein Weilchen zu spielen. Mal die deutschen Lieder, mal versuchte ich mich an den Noten, die er auf ein Blatt gekritzelt und auf dem Klavier liegen gelassen hatte, und manchmal suchte ich mir etwas ganz anderes aus, denn an Partituren mangelte es in diesem Haus gewiss nicht. Darunter gab es Stücke, die waren das reinste Wettrennen, Noten über Noten, die nur so dahinflitzten und die Fingerfertigkeit auf eine harte Probe stellten, sodass es mir partout nicht gelingen wollte, den Rhythmus bis zum Schluss durchzuhalten. Ich übte heimlich, während er auf Reisen war, aber ich bekam es nicht hin. Als mir klar wurde, dass es mir nicht gelang und nie gelingen würde, vergoss ich bittere Tränen. Mein Spiel mochte Seele und Gefühl haben, doch es fehlte mir an der nötigen Schnelligkeit. Die erreichte man nicht einfach so im Handumdrehen, dafür hätte ich ein ganzes Leben lang üben müssen wie Senyor Karl und all die anderen Geiger, die zu uns kamen. Senyor Karl erzählte mir einmal, er spiele die schnellen Stücke nicht mehr, weil er aus der Übung sei, zu einem *Presto* sei er nicht in der Lage. Genau das sagte er, *Presto*, und ich wusste zwar noch nicht, was ein *Presto* war, sagte aber ja, weil es für mich nach »Express« klang. Als ich später erfuhr, dass es sich dabei tatsächlich um ein Stück handelt, das sehr schnell gespielt werden muss, klopfte ich mir selbst auf die Schulter: »Na, sieh mal einer an, richtig geraten. Bravo, Maria!«

Dieser Saal mit seinen Polstersesseln ist so ganz anders als meine winzige Wohnung oder das Haus, in dem ich so viele Jahre lang gewohnt habe. Nicht einmal der Raum, wo

Senyor Karl mir beibrachte, Musik zu machen, lässt sich hiermit vergleichen. Der Saal ist schön, etwas für feingeistige Leute, die herkommen, um der Musik zu lauschen. Morgen werde ich mitten unter ihnen sitzen. Man hat mir gesagt, für mich sei ein Platz in der Mitte der dritten Reihe reserviert, weil die erste Reihe zu nah an der Bühne sei und man nicht so gut sehen könne.

Mit Senyora Teresa ergründete Senyor Karl das Äußerste der Musik ziemlich lange. Eines Tages kam er zu mir in die Küche. Ich wusste, dass er liebend gern eine Schokolade haben wollte, und bereitete sie zu. Die Schokolade trank er nie im Esszimmer, so wie er nie eine Frau mit in sein Bett nahm. Das Esszimmer war für die Mahlzeiten da und das Bett zum Schlafen. Für die angenehmen kleinen Extras gab es ja schließlich das Sofa und die Küche.

An diesem Tag kam er wieder einmal auf Musik und Frauen zu sprechen.

»Ich hoffe, irgendwann werden Sie es verstehen«, sagte er hüstelnd und schaute mich aus dem Augenwinkel an, um zu sehen, welchen Eindruck seine Worte auf mich machten. Schweigend arbeitete ich weiter. Mir war nicht klar, was er von mir hören wollte. Für mich war sein Verhalten inzwischen schon so normal, dass ich nicht mehr hinterfragte, ob ich ihn verstand oder nicht. Man hinterfragt ja auch nicht, ob es gut ist zu atmen, sondern atmet einfach. Und bei Senyor Karl war es dasselbe, er war halt so. Ich fragte mich sogar, ob das generell so war und alle Musiker bis zum

Äußersten gingen, bis ich Senyor Mark kennenlernte und feststellte, dass es offenbar nicht bei allen so war, sondern nur bei Senyor Karl.

Andererseits beschlich mich allmählich das Gefühl, dass das, was ich machte, keine richtige Musik war, denn von mir wollte er nichts. Wenn ich so gespielt hätte wie die Geigerinnen, die zu uns kamen, hätte er es vermutlich auch bei mir versucht. Nachts, wenn ich die Augen schloss, versuchte ich mir vorzustellen, wie ich mit Senyor Karl auf dem Sofa all die Sachen machte, die er jetzt mit Senyora Teresa machte und die er vorher schon mit so vielen anderen gemacht hatte. Wie damals, als ich mich das erste Mal partout nicht vom Schlüsselloch losreißen konnte, malte ich mir immer wieder aus, selbst die Hauptrolle in einer solchen Szene zu spielen, in der Senyor Karl mich küsste und liebkoste, mir die Kleider auszog, mich die Geige, die nicht einmal meine eigene war, zur Seite legen ließ und mich sacht auf das schwarze Ledersofa drückte, um bis zum Äußersten zu gehen. Ich genierte mich kein bisschen, im Gegenteil, ich ließ es mit mir geschehen. Ich steigerte mich so sehr in diese Vorstellung hinein, bis mir schließlich ganz heiß wurde, und ich spürte, wie ein inneres Feuer mir Verstand, Seele und Körper verzehrte. Die Flammen loderten so heftig, dass ich verblüfft und bestürzt erkannte, als ich die Augen wieder aufschlug, wie sehr es mir gefallen hätte, wenn mir das tatsächlich passiert wäre. Aber so weit würde es nie kommen, ich war Dienstmädchen und er der

Hausherr. Manche Dinge kann man nicht außer Acht lassen, ob mit Geige oder ohne.

»Finden Sie, sie spielt gut?«, wechselte er an dem Tag, als er mit seiner Schokolade bei mir in der Küche saß, das Thema.

Ich wusste, er meinte Senyora Teresa, stellte mich aber dumm und fragte: »Wer?«

»Na, sie.«

Nun konnte ich mich nicht mehr herauswinden, denn »sie«, das lag für uns beide auf der Hand, konnte in diesem Moment nur die Frau sein, die sich seit ein paar Monaten aufs Sofa ziehen ließ, länger als jede andere vor ihr, was sicherlich damit zu tun hatte, dass die beiden nicht nur für ein Konzert probten, sondern gleich für mehrere. Und so dauerte die Beziehung natürlich an.

Den Mund voll Schokolade und Sahne erwartete Senyor Karl meine Antwort. Ich zierte mich ein bisschen, denn ich fürchtete immer, ihm auf die Füße zu treten. Auch wenn er es war, der ständig von mir hören wollte, was ich vom Spiel des einen oder der anderen hielt, so konnte ich mir dabei doch gehörig den Mund verbrennen. Deshalb wollte ich nicht gleich mit der Sprache heraus, als er nach Senyora Teresa fragte.

»Ich verstehe nichts davon, Senyor Karl. Ich bin nicht wie Sie und Ihresgleichen, ich bin keine Musikerin. Da müssten Sie jemand anderen …«

Er klopfte mit dem Löffel gegen die Tasse und verschluckte sich beinahe, als er mir ins Wort fiel. »Also wirklich, Maria, wie können Sie so was sagen? Sie haben ein außergewöhnliches Gehör. Ein Jammer, dass Sie nicht in eine Musikerfamilie hineingeboren wurden.«

Da platzte mir der Kragen. »Verzeihen Sie, Senyor, aber ich stamme sehr wohl aus einer Musikerfamilie«, sagte ich würdevoll.

»Ach, wirklich?«

»Ja. Meine Eltern waren Flamencosänger.«

Als er mich erstaunt anschaute, fügte ich hinzu: »Sie machten Flamencomusik, die Volksmusik aus meiner Heimat Andalusien. Meine Mutter war außerdem Tänzerin, und sie hätten es gern gesehen, wenn ich in ihre Fußstapfen getreten wäre, doch ich bin schon als ganz junges Ding dort weg. Ich habe nur bei meiner Erstkommunion gesungen.«

Jetzt war Senyor Karl völlig perplex. »Und Sie haben nicht gelernt, Noten zu lesen?«, fragte er.

»Nein. Das geht dort anders, wir singen und spielen nur nach Gehör.« Damit war das Thema für mich erledigt. Ich wusste nicht einmal, wieso ich ihm das alles überhaupt erzählt hatte.

Wie zu sich selbst sagte er da: »Jetzt verstehe ich, warum Sie am Anfang gesungen haben.«

Ich trug ihm die Sache noch nach, deshalb sagte ich pikiert: »Ja, aber Ihnen hat es ja nicht gefallen, also habe ich es sein lassen.« Er war mit seiner Schokolade fertig, und ich räumte das Geschirr weg, um es abzuspülen. Ich erwartete, dass er nun gehen würde, doch er blieb sitzen.

»Ach, Maria, es tut mir leid, Sie das sagen zu hören. Aber es war mir vollkommen unmöglich zu arbeiten, während Sie die ganze Zeit so gesungen haben.«

Ich machte nicht einmal den Versuch herauszufinden, was dieses »so« heißen mochte. Stattdessen unterbrach ich mich kurz beim Spülen und schaute ihn an. »Sie haben mir beigebracht, echte Musik zu machen, Senyor Karl, und dafür werde ich Ihnen niemals genug danken können.« Die Worte sprudelten nur so aus mir heraus. Wie sonst hätte ich meine tiefe Dankbarkeit zum Ausdruck bringen sollen. Er murmelte etwas und ging hinaus.

Ich erinnere mich, dass es auf Weihnachten zuging, denn in den Straßen hing Lichterschmuck, Vorfreude lag in der Luft. Die Tage waren kurz, und es war schon ziemlich dunkel, obwohl es noch gar nicht so spät war. Ich erinnere mich an das Läuten des Glöckchens, als ich eben in mein Zimmer gehen wollte und dachte: »Was will er denn jetzt noch?« Ich war an dem Tag aus irgendeinem Grund hundemüde und sehnte mich nach meinem Bett.

Er erwartete mich neben dem Klavier.

»Entschuldigen Sie, aber Sie haben mir nicht gesagt, was Sie davon halten, wie sie spielt.« Er sagte nicht »Teresa«, sondern immer nur »sie«.

»Ich will es ganz deutlich sagen, Senyor Karl. Sie ist die Beste von allen, die Sie hergebracht haben.«

Er schwieg einen Moment, dann nickte er leicht. Daraufhin reichte er mir wortlos die Geige. »Sie ist schon gestimmt. Bitte spielen Sie das Lied vom Hirten und der Bäuerin.«

Er bat mich so inständig und machte dabei ein Gesicht, als hinge sein Leben davon ab. Wortlos ergriff ich die Geige, ein einfaches Instrument zum Lernen, das trotz allem, wie ich inzwischen wusste, eine Seele hatte und so traurig klingen konnte, dass jeder Ton wehtat. Als ich anfangen wollte, sagte er: »Einen Moment« und spielte auf dem Klavier eine Einleitung, die ich vorher noch nie gehört hatte. In einem bestimmten Moment hob er das Kinn und gab mir den Einsatz, wie er es sonst mit den anderen Frauen tat. Ich sollte so mit ihm spielen wie sie, und er bot sich an, mich zu begleiten, wie er sie begleitete. Beim ersten Bogenstrich zitterte ich, aber dann ging es. Mit Klavier war es, als hätten sich die Pforten des Paradieses geöffnet. Das Wohnzimmer, das Haus, alles hörte auf zu existieren, es gab nur noch Senyor Karl und mich, die Musik und die Geschichte eines Hirten und einer Bäuerin, die, ihm zufolge, tragisch endete. Die Klänge, die ich erzeugte, beförderten mich in eine andere Welt. Ich verstand nun, warum es heißt, die Musik besänftige wilde Tiere und besitze heilende Kräfte, ich verstand mit einem Mal, warum man der Musik all das nachsagt. Ich verstand es ganz plötzlich an dem Tag, an dem ich mit Senyor Karl ein Lied aus seiner Heimat spielte, das von einer Bäuerin und einem Hirten handelte.

Als das Lied zu Ende war, öffnete ich die Augen. Senyor Karl stand plötzlich auf. Er war wie beseelt und rang nach Luft, als wäre ihm das Stück sehr nahegegangen. Er trat auf mich zu. Ich rührte mich nicht und dachte nur noch: »Jesses Maria, jetzt landen wir auf dem Sofa.«

Er blieb direkt vor mir stehen und wankte zuerst ganz leicht vor und zurück, als wäre ihm schwindlig. Dann schien er einen Entschluss gefasst zu haben. Ich werde nie vergessen, wie er mich ansah, als er sagte: »Legen Sie bitte diese Dienstmädchentracht ab.«

Das ließ ich mir nicht zweimal sagen und begann, mir die Schürze aufzuknoten. Da warf er mir einen letzten Blick zu, einen dieser Blicke, die sich einem für alle Zeiten in die Seele bohren, und verließ das Zimmer. Kurz darauf hörte ich, wie hinter ihm die Haustür ins Schloss fiel.

Das Konzert

MARK

Der Saal ist vollbesetzt. Als ich auf die Bühne gekommen bin, hat sich das Orchester erhoben und das Publikum hat applaudiert. Sämtliche Scheinwerfer sind auf mich gerichtet und blenden mich, als ich mich umwende und ins Parkett blicke. Wie immer vor einem Konzert kribbelt es in meinem Bauch. Der Adrenalinspiegel schwankt, bis er sich irgendwann auf dem Niveau einpendelt, das nötig ist, um diese Mischung aus Hochgefühl und Furcht zu erzeugen, die hinterher von einem Gefühl der Befriedigung abgelöst wird, der Befriedigung, nach der wir letztlich alle streben, wenn wir etwas tun, das von der täglichen Routine abweicht, uns nervös macht und uns aus dem Gleichgewicht bringt, das wir aber trotzdem tun. Das wird es wohl sein.

Ich habe nicht daran gedacht zu fragen, ob es ein Mikrofon gibt. Ich räuspere mich, bevor ich laut zu sprechen beginne, damit mich jeder im Saal hören kann. Sofort herrscht absolute Stille.

»Guten Abend. Wie Sie alle wissen, ist mein Vater vor zehn Jahren auf der Fahrt nach Wien gestorben, nachdem er hier in Berlin das gleiche Konzert gegeben hatte, das wir heute aufführen werden. Mein Vater stammte aus dem Osten und fand nach seiner Flucht eine neue Heimat in Barcelona. Er war zu der Zeit bereits ein bekannter Dirigent, und die Katalanen gaben ihm politisches Asyl, ein Haus und das Umfeld, das er zum Arbeiten brauchte. Doch er hegte immer den Wunsch, hierher zurückzukehren, einen Wunsch, den er sich mit einem Konzert in der Staatsoper verwirklichen konnte, wo er auch in schwierigen Zeiten als Musiker und Dirigent tätig gewesen war. Da das Opernhaus derzeit geschlossen ist, sind wir nun hier im Schillertheater …«

Ich atme tief durch, dann fahre ich fort.

»Wie Sie dem Programm sicherlich bereits entnommen haben, spielen wir im Rahmen dieses Konzerts eine Auswahl von Stücken aus der Barockzeit. Im ersten Teil werden Sie einige *Canzonette* von Monteverdi hören, Arien von Purcell und Händel sowie mehrere kurze Stücke von verschiedenen anderen Komponisten. Der zweite Teil ist ausschließlich Bach gewidmet und endet mit dem *Doppelkonzert für zwei Violinen*, einem Stück, das meinem Vater sehr am Herzen lag und das wir heute mit denselben beiden Solistinnen aufführen wollen, die auch vor zehn Jahren hier mit ihm aufgetreten sind. Ich danke Ihnen für Ihre Unterstützung.«

Wieder brandet Beifall auf, dann wird es still. Diese Stille vor Beginn eines Konzerts ist wie die Ruhe vor dem Sturm, als hielte man den Atem an, bis die Musik einsetzt. Vor ein paar Tagen habe ich überlegt, ob ich dem Publikum etwas über mich und mein Leben in Ostberlin erzählen sollte, bin aber von dem Gedanken wieder abgekommen. Auch für mich ist es ein bewegender Moment, hier zu spielen, obwohl das Konzert der Bauarbeiten wegen nun im Westberliner Schillertheater stattfindet und nicht in der Ostberliner Staatsoper, in der ich früher so viele Konzerte gehört und selbst als Cellist im Orchester gespielt habe. Doch wenn ich davon anfange, verstehen die Leute nicht, warum mein Vater in Barcelona war und ich nicht. Ich müsste zu viele Erklärungen abgeben, und ich möchte kein schlechtes Licht auf ihn werfen. Er wusste ja nichts von mir.

Jedenfalls hoffe ich, dass er wirklich nichts wusste. Ein Restzweifel bleibt immer, ob er nicht möglicherweise doch etwas von der Schwangerschaft meiner Mutter ahnte und ob die beiden mir tatsächlich die Wahrheit gesagt haben. Ich will es hoffen, und ich nehme auch an, dass der ungläubige Ausdruck im Gesicht meines Vaters aufrichtig war, als er damals in Barcelona den Brief meiner Mutter las und mich misstrauisch musterte, als könnte er nicht fassen, seinen Sohn vor sich zu haben.

Ach, Mark, wie kommst du ausgerechnet jetzt auf solch einen Unsinn. Zweifel hat man doch immer. Ich zweifle ja manchmal auch an Anna. Ich weiß, es gibt Dinge, die sie mir nicht erzählt und niemals erzählen wird, und dennoch weicht sie mir nicht von der Seite, als könnte sie keinen Schritt ohne mich tun, und manchmal nimmt mir das die Luft zum Atmen. Ich kann so nicht leben, ich brauche meinen Freiraum, es ist für mich unabdingbar, auch einmal allein zu arbeiten, immerhin bin ich Musiker. Anfangs dachte ich noch, das würde sich legen, aber dann musste ich feststellen, dass es nicht nur eine Phase sein konnte, weil es dafür schon zu lange so ging. Und seit einiger Zeit liegt sie mir nun auch noch damit in den Ohren, dass sie ein Kind will. Aber das kann ich mir beim besten Willen nicht vorstellen, ich habe keine Zeit, mich um Kinder zu kümmern. Und sie eigentlich auch nicht, sie ist doch praktisch verwachsen mit ihrer Stainer. Sie übt jeden Tag stundenlang, was mir im Grunde nur recht sein kann, denn wenn sie probt, habe ich Gelegenheit, mir eine kleine Auszeit zu nehmen. Ich finde es auch ganz in Ordnung, wenn sie für andere Dirigenten arbeitet. Sie bekommt immer häufiger Engagements, weil sie angeblich die Violinistin mit den flinkesten Fingern Europas sein soll. Ob das stimmt, weiß ich nicht, doch ich kann bestätigen, dass sie äußerst beweglich sind. Selbst sehr schnelle Tempi spielt Anna mit bemerkenswerter Virtuosität. Die Barockkomponisten hätten sicher Bauklötze gestaunt. Ich glaube nicht, dass zu der Zeit überhaupt jemand so schnell spielen konnte. Heutzutage haben wir es immerzu und bei allem eilig. Wir müssen immer mehr in immer knapperer Zeit bewältigen, und auch Anna schafft die Vorbereitung auf ihre Konzerte und Tourneen bisweilen gerade noch auf den letzten Drücker.

Wie soll sie sich unter diesen Umständen um ein Kind kümmern können? Unmöglich. Und bevor man es einer Kinderfrau überlässt, ist es wohl besser, man lässt die Finger ganz davon, denn meiner Meinung nach sollte ein Kind bei seinen Eltern sein. Außerdem habe ich den Verdacht, sie will bloß deshalb ein Kind, weil sie mich damit dauerhaft an sich bindet. Und da sie nicht mehr jung ist, fürchtet sie, die Zeit könnte ihr davonlaufen. Womit sie ja recht hat, lange kann sie es nicht mehr aufschieben. Aber nicht mit mir. Ganz bestimmt nicht.

ANNA

Heute früh habe ich den Schwangerschaftstest gemacht. Er war positiv. Vor einem Auftritt bin ich immer nervös, aber heute erst recht. Wir bekommen ein Kind. Ich weiß, dass Mark es nicht will, aber das ist mir egal. Sobald ich zurück in Barcelona bin, gehe ich zum Arzt, damit er mir sagt, was ich tun soll, denn in meinem Alter sollte eine Schwangere besonders gut auf sich achtgeben. Ach, ich könnte schreien vor Freude, heute ist ein wunderbarer Tag, weil ich ein Kind haben werde und Mark mich nicht verlassen wird.

Während ich auf meinen Auftritt warte, bin ich immer ein Nervenbündel, und am schlimmsten ist es, wenn ich das Doppelkonzert von Bach zu spielen habe, Karls großes Werk, das er so gut kannte, als hätte er es selbst komponiert. Ich bin in der Garderobe geblieben, denn in Teresas Nähe hätte ich es das ganze Konzert über nicht ausgehalten. Es ist besser so, für uns beide. Außerdem kann ich jetzt meinen Part noch einmal durchgehen, wenngleich sie das viel nötiger hätte. Stattdessen steht sie in aller Seelenruhe neben der Bühne.

Wie alt mag sie wohl sein? Um die sechzig, schätze ich, denn sie ist ein ganzes Stück älter als ich, immerhin war sie früher meine Lehrerin. Lange wird sie nicht mehr spielen können. Und mir kann sie ohnehin nicht das Wasser reichen, dafür ist sie einfach nicht schnell genug. Aber Mark wollte ja nicht auf mich hören und hat sie trotzdem kommen lassen. Er meinte, sein Vater hätte es sicher nicht ohne Grund so gewollt. Dabei sind wir einander so ähnlich wie ein Ei einer Kastanie, und zwar in allem, auch musikalisch. Teresa und ich passen nicht zueinander.

Das Kleine in meinem Bauch bewegt sich sicher schon, auch wenn es noch nicht größer ist als eine Erbse oder vielleicht sogar noch kleiner. Ich verstehe nicht viel von diesen Dingen, aber mein Kind ist hier drin, und vielleicht wird es eines Tages Geige lernen oder Cello wie sein Vater oder Klavier, oder es wird einmal Opernsänger. Vielleicht wird es aber auch gar kein Musiker, ich weiß nicht, was es wird, aber es wird mein Kind sein, und ich werde für immer bei ihm bleiben. Mark wird auch bleiben, bei uns, bei mir. Wir werden Eltern sein und eine wahre Bilderbuchfamilie haben. Eine Familie, wie ich sie nie gehabt habe, eine, die mit meiner Mutter, meinem Vater oder Teresa nichts gemein hat.

Das miese Weibsstück hat mich nicht einmal besucht, als ich aus dem Krankenhaus kam. Ich hatte den Arzt gebeten, sämtliche Besuche bei mir zu unterbinden, damit sie mich erst recht sehen wollte, damit sie mich umso dringender brauchte und nach meiner Entlassung aus dem Krankenhaus für mich da wäre. Doch das war wohl nichts. Als ich niemanden auf der Welt mehr hatte und sie gebraucht hätte, kam sie nicht. Ich hasste sie und hasse sie noch heute. Sie wandte sich von mir ab, sie ließ mich ebenso im Stich wie alle anderen. Und deshalb geschieht es ihr recht, wenn ich ihre heißgeliebte Stainer für immer behalte und sie ihr nun ständig unter die Nase reibe.

Dass ihr Maties nicht mehr bei ihr ist, geschieht ihr ebenfalls recht. Aber mir nicht, ich habe das nicht verdient. Ich habe gedacht, die Welt geht unter, als sie mir gesagt hat, mein Vater sei tot. Welchen Sinn sollte sein Tod haben, wenn ich noch am Leben war? Ich wollte doch mit ihm zusammen sterben, damit wir für alle Ewigkeit vereint wären. Und damit sie die Nachricht bekäme, dass wir beide bei einem Unfall ums Leben gekommen waren und sie ganz allein auf der Welt war. Und meine Mutter hätte sicher auch irgendwann davon erfahren, sofern sie nicht selbst schon tot war. Damals wusste ich nicht, ob sie noch lebte, ich wusste lediglich, dass sie sich viele Jahre zuvor urplötzlich aufgemacht hatte in ein Paradies, in dem es keine Kinder gab, die ihr die Kleider mit Rotz verschmierten, dafür aber vermutlich jede Menge Männer, die darauf brannten, mit ihr auszugehen, und eine wie Clara, die sich ergeben um alles kümmerte.

Das ganze Elend hätte ein Ende gehabt. Ich hätte nicht mehr in einer Welt ausharren müssen, die für jemanden wie mich ganz offensichtlich nicht geschaffen war. Ich hätte nicht mehr leiden müssen, weil ich keine Mutter hatte und weil mein Vater, der nach so langer Abwesenheit gerade erst für mich da gewesen war, mich nun für eine Opportunistin verlassen hatte, die sich als meine Freundin ausgegeben und mir dennoch das Einzige genommen hatte, was mein Leben lebenswert gemacht hatte. Eine Opportunistin, die, wenn sie wirklich meine Freundin gewesen wäre, nach mir geschaut hätte, als ich aus dem Krankenhaus entlassen wurde. Stattdessen war ich allein mit den Hausangestellten, die mich zwar rund um die Uhr versorgten, aber natürlich nur, weil ich ihnen zugesagt hatte, die Überstunden extra zu bezahlen. Plötzlich musste ich mich mit der Verwaltung von Papas Geld beschäftigen, einer Menge Geld. Das war vom Krankenbett aus nicht leicht zu bewerkstelligen, und ich war hin- und hergerissen zwischen meiner Trauer um ihn und der Aufgabe, die finanziellen Angelegenheiten zu regeln. Das alles auf einmal war zu viel für mich.

Ich war allein. Lange bekam ich keine Menschenseele zu Gesicht außer den drei Frauen, die sich um den Haushalt und meine Pflege kümmerten, zwei tagsüber und eine in der Nacht. Ich lag in meinem Zimmer und sah durchs Fenster auf den still daliegenden Teich, der meine Seele festhielt und sie nicht mehr hergeben würde.

Gestern ist es mir im Anschluss an die Probe gelungen, Mark zu einem gemeinsamen Spaziergang an der Spree zu überreden. Es war klamm und stockdunkel. Doch ich konnte meine gefangene Seele auf den ersten Blick erkennen, als ich auf den Fluss hinabsah.

»Was gibt es zu lächeln?« Mark war irritiert. Er wollte schon weitergehen, doch ich hielt ihn zurück.

»Nichts weiter. Du weißt doch, wie sehr ich Wasser mag.« Das sage ich immer, denn sonst verstehen die Leute nicht, warum ich an jedem Ufer stehenbleiben muss. Das Rauschen eines Flusses ist für mich Musik, deren Rhythmus in meinem Kopf die Stelle zum Schwingen bringt, wo das Andenken an die Toten verwahrt ist und auch die Erinnerung an diejenigen, die zwar noch am Leben sind, aber schon der Vergangenheit angehören.

Ich habe meine Passagen oft genug wiederholt. Ich lege die Stainer zur Seite und setze mich für einen Moment hier in der Garderobe in den Sessel. In der Pause werde ich zur Bühne gehen und warten, bis das Bach-Konzert an der Reihe ist, um dann endlich zu tun, was ich am liebsten auf der Welt tue, nämlich Teresa vorführen, was flinke Finger sind. Sie ist auf dem absteigenden Ast, als Geigerin, aber auch als Frau. Der Zahn der Zeit nagt an ihr, sosehr sie sich auch zurechtmacht und schminkt. Ein paar Jahre noch, und ich begegne ihr nirgendwo mehr, weil sie dann gar nicht mehr spielen kann, weder langsam noch schnell. Du musst nur Geduld haben, Anna.

MARIA

Am liebsten wäre ich im Bett geblieben. Ausgerechnet heute. Nun sitze ich hier und weiß nicht, wie ich das ganze Konzert durchhalten soll. Es wird immer schlimmer. Sobald ich zurück in Barcelona bin, muss ich gleich zum Arzt gehen. Aber jetzt kann ich mir keine Schwäche leisten. Ich muss zu Ende bringen, weshalb ich hergekommen bin.

Senyora Anna kam zum ersten Mal ein halbes Jahr vor Senyor Karls Tod zu uns. Nicht dass mit Senyora Teresa Schluss gewesen wäre, ganz im Gegenteil, denn von da an lagen sie abwechselnd auf dem Sofa, zumindest so lange, bis sie anfingen, zusammenzuspielen. Parallel zu Senyora Teresa und vor Senyora Anna gab es sonst keine andere, und dabei rede ich hier über einen Zeitraum von mindestens zwei oder drei Jahren. Offenbar wurde Senyor Karl langsam alt, und als er mich aufforderte, meine Dienstmädchentracht abzulegen, markierte dies gewissermaßen einen Wendepunkt in seiner Lebenshaltung.

Nur zu gern zog ich diese Uniform aus und hängte sie in den Schrank. Doch dann stand ich vor der schwierigen Aufgabe, mir neue Kleider kaufen zu müssen, denn irgendetwas brauchte ich schließlich zum Anziehen, wenn ich zu Hause nicht mehr im schwarzen Kleid mit Schürze herumlaufen sollte. Ansonsten hatte ich nur die Sachen, die ich donnerstags und sonntagmorgens trug, wenn ich das Haus verließ, ich brauchte ja nichts weiter. Ich probierte das Kleid an, in dem ich damals mit meinem Verehrer ausgegangen war, der mir an die Wäsche gewollt hatte, doch es passte mir nicht mehr. Da wurde mir mit einem Mal klar, dass auch ich allmählich alt wurde. Ich betrachtete mich im Spiegel und entdeckte in meinem Gesicht deutliche Linien, die mit der Zeit zu tiefen Falten geworden sind, mehreren markanten und vielen kleinen. Meine Haare waren grau. Ich trug sie immer zu einem Knoten gesteckt, damit sie mir nicht ins Gesicht fielen, und nicht mehr als Zopf wie damals, als ich mich mit dem jungen Mann aus der Kirche traf. Plötzlich fragte ich mich, ob mein Leben anders verlaufen wäre, wenn ich ihm erlaubt hätte, mich anzufassen. Gut möglich. Vielleicht hätte ich einen Ehemann und Kinder gehabt und am anderen Ende der Stadt in einem Haus gelebt, das zwar kleiner war, aber mir gehörte, so wie meine Wohnung jetzt.

Doch ganz sicher hätte ich dann nicht Geige spielen gelernt und gewiss nicht Senyor Karl als Lehrer gehabt. Und wer weiß, ob ich mich so wohl gefühlt hätte wie in Senyor Karls Haus, wo ich nach Belieben schalten und walten durfte. Und bestimmt hätte ich keinen Beethoven gehabt, dem ich beim Abstauben »Gut'n Tag« sagen konnte.

»Ohne Tracht ist es besser, finden Sie nicht auch?«, fragte er mich, als er sah, dass ich sie nicht mehr trug.

Ich schaute verlegen an mir herunter, auf so etwas achtete ich normalerweise nicht. »Vermutlich ja.«

»Spielen Sie«, bat er dann und schloss die Augen.

Ich wunderte mich, dass ich spielen sollte, während Senyora Teresa aktuell war, das heißt, jedes Mal, wenn sie kam, auf dem Sofa landete. Normalerweise vergaß er meinen Unterricht, solange eine Frau aktuell war. Aber nach der Sache mit der Uniform und seiner Begegnung mit Senyora Teresa wurde alles anders, und Senyor Karl ließ die Stunden mit mir nicht ausfallen. Ich spielte und lernte also weiter. Er weinte nicht mehr, sondern war distanziert und so ernsthaft, dass ich mich manchmal fragte, ob er böse auf mich war. Ich spielte immer wieder die herzzerreißenden deutschen Lieder, von denen Senyor Karl mir eine Platte geschenkt hatte, damit ich auch den Gesang dazu hören konnte.

»Und genau das müssen Sie jetzt mit der Geige machen.«

Ich wollte schon widersprechen: »Aber, Senyor Karl, die Geige kann doch nicht singen«, biss mir jedoch gerade noch rechtzeitig auf die Lippen, weil mir plötzlich aufging, dass das ja überhaupt nicht stimmte. Natürlich konnte die Geige singen, und ob, sie konnte allein sogar noch viel melancholischer klingen, als wenn der Text dazu gesungen wurde. Das war es, was er mir hatte sagen wollen.

Wenn er nicht da war, spielte ich noch häufiger, jeden Tag, so oft und so lange ich nur konnte. Ich ließ mich von den Liedern davontragen, die zwar von einem fernen Land handelten, in denen aber eine Traurigkeit war, die die Menschen überall auf der Welt empfinden und verstehen. Beim Spielen vergaß ich die Zeit. Wenn ich erst einmal angefangen hatte, konnte ich nicht wieder aufhören, sodass ich mich manchmal regelrecht abhetzen musste, um noch den Haushalt zu erledigen, der bei mir immer tipptopp in Ordnung war.

Ich konnte sämtliche Lieder auswendig, und wenn Senyor Karl mir zuhörte, lobte er mich jedes Mal und sagte, ich würde das inzwischen so gut spielen, er müsse mir unbedingt andere Noten mitbringen. Dann lächelte er und sagte in dem distanzierten Ton, den er sich in der letzten Zeit zugelegt hatte: »Danke.« Und ich zog mich mit einem kurzen Kopfnicken, einer Art angedeuteten Verbeugung zurück, wie ich es immer tat, seit ich zum ersten Mal einen Fuß in sein Haus gesetzt hatte, und wie meine Mutter es mir beigebracht hatte, weil man das im Umgang mit den Herrschaften, die mehr Geld besaßen als unsereins, so machte. Und dass Senyor Karl erheblich mehr Geld hatte als ich, das war mir gleich vom ersten Tag an klar gewesen.

Ach, es ist herrlich. Diese Musik geht mitten ins Herz, und die Sänger sind ganz anders als damals die erste auf dem Sofa. Sie sind viel zurückhaltender. Wenn sie singen, klingt es eher wie ein Gespräch und nicht, als würden von ihrem Geschrei gleich die Gläser zerspringen. Es ist beinahe, als ob sie die Geige spielten und die Geige die menschliche Stimme wäre.

Senyora Anna spielte auch Geige. Vor ihrem ersten Besuch hatte Senyor Karl sie als große Offenbarung angekündigt.

»Heute kommt eine der besten Violinistinnen dieses Landes«, sagte er frühmorgens zu mir, »hören Sie gut hin, Maria.«

»Ja«, sagte ich ergeben.

Ich wusste bereits von der geplanten Europatournee, bei der Senyor Karl mit seinem Orchester, einem Sänger und zwei Solistinnen das Bach-Konzert aufführen würde, das er immer am Sonntagvormittag hörte. Eine der beiden sollte Senyora Teresa sein. Ich freute mich darüber, denn sie war offensichtlich ein guter Mensch, auch wenn sie mit Senyor Karl aufs Sofa ging. Sie war freundlich und hatte immer ein Lächeln für mich, nicht wie andere, die mich geflissentlich übersahen und, ohne meine Erlaubnis abzuwarten, gleich ins Wohnzimmer stürmten, obwohl es doch meine Aufgabe war, ihnen, je nach Senyor Karls Anweisung, den Zutritt zu gestatten oder zu verwehren.

Zu dieser Sorte gehörte Senyora Anna. Nach der ersten, noch rein musikalischen Probe mit ihr kam Senyor Karl zu mir in die Küche und fragte mich, was ich von ihr hielte. Ich wusste nicht, was ich sagen sollte, denn er selbst hatte mir ja am Morgen noch erklärt, sie sei eine der Besten, und diesen Eindruck hatte ich gar nicht, doch schließlich fasste ich mir ein Herz und sagte: »Sie spielt Noten.«

Er ließ den Kopf hängen. »Ja, da haben Sie wohl recht. Sie spielt Noten, sehr viele und sehr schnell, aber mehr ist da nicht. Ihr fehlt es an Seele. Sie ist das genaue Gegenteil von Teresa, und nun muss ich die beiden für diese Konzertreise zusammenbringen. Ich glaube, diese Frau war ein Fehlgriff.«

An diesem Tag trank er keine heiße Schokolade, sondern nur ein Glas Wasser. »Ich muss nachdenken«, murmelte er im Hinausgehen. Seine schlechte Laune war nicht zu übersehen. Ich hörte, wie er Beethoven im Vorübergehen, statt ihn zu grüßen, einen Klaps versetzte, als wäre die Gipsfigur schuld an allem, was auf der Welt schiefging.

Am Ende nahm Senyor Karl doch beide mit. Ich glaube, er war entschlossen, die goldene Mitte zu finden und die beiden irgendwie zusammenzubringen. Zumindest entnahm ich das seinen Kommentaren während der Proben. Senyora Anna hatte nur dieses eine Mal vorgespielt, aber er gab ihr eine zweite Chance und sagte, sie solle ein bisschen mehr von sich selbst in die Musik legen. Das tat sie dann auch, soweit ich mich erinnere, und Senyor Karl war recht zufrieden. Heute allerdings denke ich, dass sie bloß geschauspielert hat. In musikalischer Hinsicht verstand sie es, eine Empfindsamkeit vorzutäuschen, die sie in Wahrheit gar nicht besaß. Mit dieser Heuchelei hat sie es ganz nach oben geschafft. Und in Senyor Marks Arme, der ohne sie anscheinend gar nicht mehr leben kann.

Senyora Anna machte mit dem Sofa Bekanntschaft, als sie genau die Violinistin zu sein schien, die Senyor Karl brauchte. Es war an dem Tag, an dem sie die Stainer mitbrachte. Auch ich hatte an diesem Tag den Eindruck, sie hätte ihre Sache sehr gut gemacht, obwohl ich sie ansonsten überhaupt nicht mochte. Und zwar nicht nur, weil ich Luft für sie war, sondern wegen dieses Gehabes, das sie ständig an den Tag legte, egal was sie tat. Sie war schlank und hochgewachsen und sah mit ihrer dunklen Haut und dem fast schwarzen Haar eher nach einer Andalusierin als nach einer Katalanin aus, und dazu bewegte sie sich mit einer unerhörten Sicherheit auf hohen Pfennigabsätzen, mit denen ich mich unweigerlich auf die Nase gelegt hätte.

Es wurde ganz still, als Senyor Karl sagte, sie sei engagiert. Da linste ich durchs Schlüsselloch und sah, dass geschah, was geschehen musste. Ich weiß noch, wie ich dachte, jetzt bändelt er mit einer anderen an, obwohl er mit Senyora Teresa noch gar nicht Schluss gemacht hat. Und das hatte er offenkundig auch nicht vor. Er gab ein Konzert mit zwei Solistinnen, und somit mussten auch beide Frauen einen wichtigen Platz in seinem Leben einnehmen. Das war neu, das hatte es bis dahin noch nicht gegeben, und ich fragte mich, wie Senyor Karl sich das vorstellte. Ich hoffte nur, die beiden würden sich nie über den Weg laufen.

Aber das war natürlich ein frommer Wunsch. Selbstverständlich trafen sie aufeinander. Diese Begegnung werde ich mein Lebtag nicht vergessen. Offensichtlich hatte

Senyor Karl mit keiner der beiden über die andere gesprochen, als er sie irgendwann zusammen zur Probe einbestellte. Und, Jesses Maria, sie kannten sich und konnten sich auf den Tod nicht ausstehen, das sah man auf den ersten Blick. Ich erinnere mich noch, wie ich Senyora Anna die Tür zum Wohnzimmer aufhielt, in dem Senyora Teresa bereits wartete. Senyora Annas Gesicht konnte ich nicht sehen, wohl aber das von Senyora Teresa. Eine Mischung aus ungläubigem Staunen und grenzenloser Erbitterung zeichnete sich darin ab. Ihr Lächeln erstarb. Ich weiß noch, wie Senyor Karl sagte: »Das ist sie«, und Senyora Anna daraufhin meinte: »Wir kennen uns bereits.« Sie gaben sich nicht einmal die Hand, und Senyora Teresa sagte bloß: »Es ist Jahre her, seit wir uns das letzte Mal gesehen haben.« Senyor Karl, der nicht auf den Kopf gefallen war und merkte, dass etwas nicht stimmte, lenkte ihre Aufmerksamkeit sofort auf die Musik, und sie fingen an zu spielen. Ich war verblüfft, wie gut sie waren. Senyor Karl hatte es wirklich geschafft, die beiden und ihre grundverschiedenen Arten, Musik zu machen – die eine mit Inbrunst und Seele, die andere mit einem Höchstmaß an Virtuosität und Technik –, miteinander zu verschmelzen.

Zuvor allerdings, etwa einen Monat vor diesem denkwürdigen Zusammentreffen, war die Sache mit der Stainer passiert. Senyora Anna hatte sie mitgebracht, vermutlich, um Senyor Karl zu beeindrucken. Und das war ihr auch gelungen, allerdings ganz anders, als sie erwartet hatte. Er bat sie, ihm die Geige für einen Moment zu überlassen, und kam damit aus dem Zimmer. Ich tat, als staubte ich Beethoven ab, und hätte mich um ein Haar der Länge nach hingelegt, als ich überstürzt versuchte, die Flucht zu ergreifen.

»Maria«, rief er leise. Entweder fiel ihm gar nicht auf, wo ich mich herumdrückte, oder er fand nichts dabei, denn für ihn zählte nur die Geige. Er schaute mich mit glänzenden Augen an.

»Ist das unsere?«, wollte er flüsternd wissen und hielt mir eins der länglichen Löcher unter die Nase, durch die man im Instrument Buchstaben entziffern konnte, irgendetwas mit Stainer. Nach so vielen Jahren ging mir da endlich ein Licht auf, und ich verstand, warum er die Geige immer die Stainer nannte.

»Aber sehen Sie mal hier.« Senyor Karl zeigte mir eine Stelle, an der ein Riss ausgebessert worden war.

Ich nickte.

»Vielleicht hat sie was abgekriegt, als sie auf den Müllwagen gefallen ist oder als der auf der Deponie ausgekippt wurde«, mutmaßte ich und wurde rot. »Aber ich weiß es nicht, es ist viele Jahre her.«

»Ja.« Er begutachtete die Geige. »Es ist viele Jahre her.«

Immer noch verwundert, dass er »unsere« gesagt hatte, betrachtete ich das Instrument mit der gebotenen Professionalität. Doch, ehrlich gesagt, hatte ich es mir damals, abgesehen von dem Tag, an dem ich es wegwarf, nie angeschaut.

»Ich bin mir nicht sicher.«

»Aber ich«, entgegnete er. »Es ist unsere, die aus Salzburg.« Er wandte sich wieder dem Wohnzimmer zu und murmelte vor sich hin: »Da hat also jemand mit seinem Fund von der Müllkippe ein Geschäft gemacht.«

Ich war mucksmäuschenstill, weil ich hören wollte, was er zu Senyora Anna sagen würde, aber er fragte sie nicht, woher sie die Geige hatte. Vielleicht wollte er sie nicht in Verlegenheit bringen, weil sie eine Geige aus dem Müll geklaubt hatte. Aber vielleicht hatte sie sie ja auch einem Lumpenhändler abgekauft, obwohl sie eigentlich aussah, als hätte sie Geld wie Heu. Wie dem auch sei, ich kannte Senyor Karl. Sicher wollte er ihr nicht zu nahe treten, indem er sich erkundigte, woher sie die Stainer hatte. So war er. Doch sie hatte anscheinend das Gefühl, ihm eine Erklärung zu schulden.

»Oh, ich habe sie schon seit etlichen Jahren. Sie ist ein Geschenk meines Vaters«, sagte sie laut genug, dass ich sie hören konnte.

»Hat er sie hier gekauft?«, wollte Senyor Karl wissen.

»Ich weiß es nicht, und ich kann ihn leider nicht fragen. Er ist schon tot.«

Das war alles. Mehr hörte ich nicht. Sie sprachen leise und sehr schnell, und obendrein klingelte das Telefon, und ich musste rangehen. Nachdem ich aufgelegt hatte, bekam ich gerade noch den Anfang einer neuen Sofaszene mit. Über die Geige hörte ich kein Wort mehr. Später überließ ihm Senyora Anna das Instrument jedoch im Tausch gegen eine andere Sache, von der ich zu diesem Zeitpunkt nicht wusste, was es war. Und so kehrte die Stainer, diese ungeheuer wertvolle Geige, die irrtümlich im Müll gelandet war und nun einen Riss hatte, nach langen Jahren endlich zu uns zurück.

Eines Tages rief mich Senyor Karl ins Musikzimmer und sagte: »Spielen Sie eins der Lieder.« Er drückte mir die Stainer in die Hand. Es war ein bewegender Augenblick. Damals, als ich sie in den Müll warf, hatte ich nicht die leiseste Ahnung gehabt, wie herrlich sie klingen konnte, und nun durfte ich darauf spielen.

Mit zitternden Händen nahm ich die Geige und legte sie an. Ich wusste, mit »eins der Lieder« meinte er die Lieder aus seiner Heimat und, wenn möglich, das von der Bäuerin und dem Hirten, das ich nun zu spielen begann. Hingerissen stellte ich fest, dass von dieser Geige etwas Magisches ausging. Es war, als hätte sie die Sonne in sich.

»Du meine Güte!«, rief ich und hielt nach ein paar Takten inne.

»Bitte, spielen Sie weiter«, brummte er gereizt, als hätte man ihn rüde aus der Ekstase geholt, in die er versunken schien.

»Ja«, flüsterte ich andächtig und spielte weiter, allein, ohne Klavierbegleitung. Ich schloss die Augen und überließ alles der Stainer. Als ich am Ende des Liedes ankam, war mir, als hätte ich eine Reise auf einem Zauberschiff hinter mir. Ich schlug die Augen auf.

»Senyor Karl, das ist eine magische Geige.«

Er nickte zustimmend, hatte aber nicht einen Blick für mich, und ich fühlte eine leichte Beklemmung, weil er in letzter Zeit so sonderbar war.

Ich hielt es für angebracht, mich zurückzuziehen, als mir auf einmal ein Gedanke kam, der noch viel eigenartiger war: Wenn Senyora Anna auf der Stainer spielte, hatte die Geige nichts Magisches, dann klang sie wie ein ganz normales Instrument. Offensichtlich verlor sie ihren Zauber, je nachdem, wer auf ihr spielte. Mir drehte sich der Kopf. Im Musikzimmer herrschte Grabesstille. Senyor Karl starrte auf das Klavier und wünschte mir nicht einmal »Gute Nacht«, als ich den Raum verließ und in die Küche ging.

Von da an konnte ich manchmal auf der Stainer spielen. Allerdings nur, wenn er außer Haus war, denn wenn er da war, erlaubte er es mir nicht. »Nein, nehmen Sie die Übungsgeige, dafür ist sie da«, sagte er und gab mir die andere. Ich spielte wie immer und gab mein Bestes, um die Lektionen zu lernen, die er mir aufgab, aber mir fiel natürlich auf, dass es einen gewaltigen Unterschied gab zum Klang der Stainer. Zwischen den beiden Instrumenten lagen Welten.

Es war eine sonderbare Zeit. Senyor Karl war nicht er selbst. Zwar hatte er seine Stainer wieder, doch ich kam allmählich zu der Überzeugung, dass sie trotz ihrer magischen Kräfte besser geblieben wäre, wo sie war, statt hierher zurückzukehren. Es war, als hätte uns die Geige mit einem

Fluch belegt, so wie die Zigeunerinnen in meiner Heimat dich verwünschten, weil sie dich nicht leiden konnten oder von jemandem dazu beauftragt wurden, der dir Böses wollte. Auf einmal war alles farblos, und wir beide, Senyor Karl und ich, waren alt geworden. Mich bedrückte der Gedanke, er könnte vielleicht mehr von mir erwartet haben, als er mich auf der Stainer spielen ließ, und wäre jetzt enttäuscht von mir, denn am Ende war ich doch nur ein Dienstmädchen, und Dienstmädchen, ob mit oder ohne Tracht, sind nun mal keine Violinistinnen.

Dann kam der Tag, an dem Senyora Anna und Senyora Teresa einander begegneten und sie mit den Proben begannen. Mit den Sofageschichten hatte es sich vorerst erledigt. Ich weiß zwar nicht, ob er vorgehabt hatte, sich mit beiden gleichzeitig hinzulegen, doch sollte er in dieser Hinsicht Pläne gehabt haben, würde daraus nichts werden, denn es war offensichtlich, dass die beiden sich absolut nicht ausstehen konnten. Und für gewisse Dinge muss man schon ziemlich gut miteinander können.

Von da an hörte ich also ständig das Doppelkonzert von Bach, und zwar nicht nur am Sonntagvormittag von der Schallplatte, sondern live, gespielt von den beiden Frauen, die heute am Schluss dieses Konzerts auftreten werden. Den Anfang machte Senyora Teresa, mit Gefühl, aber entschieden, getragen von einer inneren Kraft, die in dieser Frau zu schlummern schien. Wenn dann wenig später Senyora Anna einfiel, legte die sich ins Zeug, als gälte es, Senyora Teresa zu übertrumpfen, obwohl sie, wie ich ja wusste, beide gleichzeitig enden würden. Sie spielten das Stück immer wieder aufs Neue, und Senyor Karl, sehr ernst und sehr streng, unterbrach sie gelegentlich und ließ sie einzelne Takte oder ganze Passagen wiederholen. Und wenn sie mit der Probe fertig waren, ging jede ihrer Wege, und Senyor Karl blieb im Musikzimmer sitzen und starrte aufs Klavier. Irgendetwas stimmte nicht mit dem Mann.

Und dann sagte er zu mir: »Nächste Woche geht es los. Ich werde vierzehn Tage weg sein.«

TERESA

Ich kann hören, wie Anna in ihrer Garderobe Tonleitern spielt. Sie macht es andersherum. Ich wärme mir die Finger immer erst im letzten Moment auf, und sie geht dann eine Runde spazieren. Das hat sie bei der Tournee vor zehn Jahren auch schon so gehalten. Was sie heute tun wird, weiß ich allerdings nicht, denn draußen regnet es, und der Laubteppich hat sich in eine wahre Rutschbahn verwandelt. Sehen kann man auch nichts mehr. Es ist dermaßen dunkel in diesem Land ... Ich bin mir nicht sicher, ob dieses Konzert eine gute Idee war. Was hat mich bloß dazu getrieben, an alte Wunden zu rühren, die so schwer verheilt sind? Meine jedenfalls. Jedes Mal, wenn ich Anna sah, kam die leidige, schmerzvolle Geschichte wieder in mir hoch, jedes Mal musste ich mich zusammenreißen, damit ich nicht irgendeinen Unsinn von mir gab.

Die erste Begegnung war jedoch die schlimmste. Karl hatte ein großes Geheimnis darum gemacht, wer die andere

Geige spielen würde. Er hatte mir nicht einmal gesagt, ob es ein Mann oder eine Frau sein würde. Das Einzige, was ich ihm entlocken konnte, war: »Es wird dir gefallen.« Anfangs wollte er nicht mit der Sprache heraus, weil er, wie er sagte, noch zwischen zwei oder drei Optionen schwankte, doch als er sich schließlich entschieden hatte, schwieg er immer noch und sagte stattdessen: »Morgen mache ich dich mit deiner Konkurrenz im Doppelkonzert bekannt.« Konkurrenz oder Ergänzung, kommt ganz darauf an, denn einerseits fließen die beiden Melodien ineinander und ergänzen sich, andererseits versucht jede von ihnen die Oberhand zu gewinnen, bis sie dann exakt zur gleichen Zeit enden. Mit Anna zu spielen bedeutete allerdings pure Rivalität, an ein Miteinander war nicht zu denken.

Als ich sie in Marias Begleitung das Wohnzimmer betreten sah, dachte ich nur: »Oh mein Gott, halt die Welt an, ich will aussteigen.« Aber Gott hielt die Welt nicht an. Mir war, als würde sich der Boden unter meinen Füßen auftun, als bekäme ich mit voller Wucht einen Schlag ins Gesicht. Ich verwünschte mich, weil ich meine Teilnahme an der Konzertreise nicht davon abhängig gemacht hatte, wer die andere Geige übernahm, doch bis zu dem Zeitpunkt, als ich Anna sah, war mir das vollkommen egal gewesen. Ich zweifelte nicht, dass Karl die richtige Wahl treffen, den perfekten Klang erreichen und unsere beiden Geigen an Bach heranführen würde wie kein anderer. Aber ich wäre nicht im Traum auf Anna gekommen. Sicher, sie hatte sich in den letzten Jahren als erstklassige Violinistin einen Namen gemacht und galt dank ihrer schwindelerregenden Virtuosität schon beinahe als Star. Doch ich hatte mir nicht vorstellen können, dass sie der Typ Musikerin war, nach dem Karl suchte. Trotzdem war es so.

Sie war genauso überrascht wie ich, mehr noch, ich hatte den Eindruck, sie war geradezu fassungslos. Keine von uns wusste, was sie sagen oder wie sie sich verhalten sollte, zumindest das hatten wir gemeinsam, denn hier wurde nichtsahnend versucht, Öl und Wasser zu mischen. Anna murmelte schließlich, wir würden uns bereits kennen, und um das Eis zu brechen, sagte ich so etwas wie »lange nicht gesehen«. Maria witterte sofort, dass etwas nicht stimmte, denn Maria ist sehr scharfsinnig, auch wenn sie sich das nicht anmerken lässt. Karl jedoch, sofern er überhaupt etwas mitbekam, war es anscheinend gleich.

»Also schön, fangen wir an«, forderte er uns auf, und wir begannen wortlos mit der Probe. Doch ich war nicht mit den Gedanken dabei. Es war ein merkwürdiges und äußerst unangenehmes Gefühl, mit Anna zu spielen, und das lenkte mich ab. Ich überlegte, ob ich das ganze Projekt womöglich besser aufgeben sollte, aber so kurz vor Beginn der Tournee ging das selbstverständlich nicht. Das wäre ein ziemlich mieser Zug von mir gewesen.

Es wunderte mich, dass Anna nie die Stainer dabeihatte, weder an diesem Tag noch auf der Konzertreise. Ich fand das wirklich ungewöhnlich. Wo kam es sonst darauf an, sich ins rechte Licht zu setzen, wenn nicht bei einer Tournee wie dieser, die uns zuerst nach Berlin und anschließend nach Wien, Rom, Madrid und Paris führen sollte? Wo wollte sie denn auf der Stainer spielen, wenn nicht in den Hauptstädten Europas? Vielleicht hatte sie sie ja gar nicht mehr, obwohl sie bestimmt nicht so dumm wäre, sie wegzugeben, so dumm, wie ich damals gewesen war.

Außerdem schwante mir, dass Karl und sie etwas miteinander hatten, was mich, ehrlich gesagt, nicht wunderte. Eigentlich rechnete ich sogar damit. Karl war nun einmal ein ausgemachter Schürzenjäger und musste mit jedem weiblichen Wesen, mit dem er gerade zusammenarbeitete, etwas anfangen, auch wenn die Frau so viel jünger war als er wie Anna. Seit ich zum ersten Mal auf dem schwarzen Sofa in seinen Armen lag, war das für mich sonnenklar, und gerade deshalb hatte ich mich ja auf das Spiel der Bedürfnisse eingelassen. Mir genügte es, mit Karl Musik zu machen, mehr verlangte ich gar nicht von ihm, ich wollte bloß mithilfe seines Genies lernen, den Himmel zu berühren. Allerdings hätte ich zu gern gewusst, ob Anna sich über Karls Affären im Klaren war, denn sie hatte immer nach Menschen gesucht, die sie für sich allein haben konnte. Und auf Exklusivität durfte man bei Karl nicht hoffen.

Als ich nach diesem ersten Wiedersehen mit Anna heimging, dachte ich, dass das Schicksal einen weiß Gott nicht immer mit Samthandschuhen anfasste. Doch diesmal hatte es einen mächtigen Volltreffer gelandet.

ANNA

Pause. Die Zuhörer sind begeistert und applaudieren frenetisch. Das ist bemerkenswert, immerhin sind wir hier nicht in Barcelona, wo das Publikum seinen Gefühlen freien Lauf lässt. Am Anfang irritiert es dich, wie unterschiedlich die Reaktion des Publikums von einem Ort zum anderen ausfallen kann, obwohl du in beiden Fällen praktisch gleich gespielt hast. Dann stellst du fest, dass die Leute im Süden emotionaler sind als im Norden. Vermutlich ist es eine Frage des Temperaments, wir sind heißblütiger und lassen uns schneller hinreißen, werden aber auch eher ungnädig und lassen es nicht so leicht durchgehen, wenn uns jemand für dumm verkaufen will. Hier dagegen wird ein bisschen geklatscht, und das war's, komme, was da wolle. Jedenfalls ist es sonst so, denn wie ich höre, ist der Applaus heute ausgesprochen stürmisch.

So waren auch die Proben mit Teresa und Karl. Zum Glück waren es nur zwei, bevor das ganze Orchester dazustieß. Und dieses Mal hatten wir sogar nur eine, kurz vor der ersten Orchesterprobe.

Ich nehme die Geige und verlasse die Garderobe. Von Weitem sehe ich Teresa. Sie ist wirklich nicht mehr das, was sie mal war. Ich weiß noch, wie ich sie vor ein paar Jahren um ihre beeindruckende Erscheinung beneidet habe. Dagegen sah ich aus wie ein Strich in der Landschaft. Doch jetzt haben die Jahre ihre Spuren hinterlassen. Und für Kinder ist es bei ihr definitiv zu spät. Vielleicht hatte sie ja darauf spekuliert, von meinem Vater eins zu bekommen, dann hätte ich noch ein Geschwisterchen gehabt. Aber von dieser Frau? Niemals, was für eine grauenhafte Vorstellung.

Mark kommt von der Bühne und wischt sich mit einem seiner weißen Taschentücher, die er ständig dabeihaben muss, den Schweiß von der Stirn. Er ist davon förmlich besessen, andauernd fragt er nach, ob sie schon gewaschen sind. Ich habe der Putzfrau sogar sagen müssen, dass Marks Taschentücher oberste Priorität haben, noch vor seinen Hemden.

Lächelnd frage ich ihn, ob es gut gelaufen ist. Anstelle einer Antwort nickt er bloß. Ich eile ihm nach, um ihn in seine Garderobe zu begleiten. Er muss müde sein, denn er beachtet mich kaum.

»Soll ich dir irgendetwas bringen?«, frage ich im letzten Moment, als er schon die Tür hinter sich zumachen will.

»Nein, danke.« Mit einem müden Lächeln schiebt er mich sanft von sich. »Bis gleich.«

Die Tür schließt sich vor meiner Nase. Es fühlt sich an, als griffe eine kalte Hand nach meiner Lunge, und plötzlich ringe ich nach Luft. Ich kenne das. Nach meiner Entlassung aus dem Krankenhaus litt ich auch an Atemnot, und weil ich Angst hatte, allein zu sein, musste mich die Haushälterin auf Schritt und Tritt begleiten. Irgendwann war es weg, doch jetzt ist es wieder da. Und nicht zum ersten Mal, Mark legt öfter mal ein Benehmen an den Tag, das mir den Atem verschlägt.

Ich drehe mich langsam um und vergewissere mich, dass uns niemand beobachtet hat. Dann lege ich die Geige auf einen Stuhl, gut geschützt, damit ihr nichts passieren kann, und gehe, kaum fähig, einen Fuß vor den anderen zu setzen, hinaus. Vor der Tür stehen Musiker, die in der Pause zum Rauchen nach draußen gegangen sind, obwohl es regnet. Ja, es nieselt, unaufhörlich fallen kleine, geräuschlose Tropfen, die langsam alles aufweichen und den Blättern auf der Erde einen feuchten Glanz verleihen. In Wahrheit ist es meine Seele, die in tausend winzige Stücke zerspringt. Ich sehe zu, wie sie sich in feine Fasern auflöst, sobald sie den Boden berührt und sich unter die bunten Blätter mischt, die jetzt im Dunkeln nur noch braun aussehen.

Gestern an der Spree ist meine Seele blitzschnell abgetaucht. Doch jetzt ist sie zerbrochen.

Dass Karl in meiner Nähe wohnte, gefiel mir. Vermutlich warf der Teich bei ihm jedoch keine Reflexe an die Zimmerdecke, dafür war sein Haus zu weit entfernt. Mit

Sicherheit weiß ich es allerdings nicht, denn sein Schlafzimmer hat er mir nie gezeigt. Er wollte immer im Musikzimmer bleiben. Nach der Probe verschlang Karl mich jedes Mal förmlich mit seinen Blicken, er stand in Flammen, und ich ließ mich anstecken. Es war ganz anders als bei Mark, der nicht weiß und niemals wissen wird, was es heißt, sich mit einer anderen Person wirklich verbunden zu fühlen. Ich war eins mit Karl, und er war eins mit mir, wir brauchten niemanden sonst auf der Welt. Es spielte keine Rolle, dass er ein ganzes Stück älter war als ich. Ich fürchtete nur, das Dienstmädchen könnte plötzlich auftauchen, doch sie war zwar ein Drachen, aber diskret. Sie platzte nie herein, nicht mal aus Versehen, und man hörte keinen Mucks von ihr.

Dann passierte die Sache mit der Geige. Ich hatte meine Stainer mitgebracht, um Karl zu imponieren, und das schien auch geklappt zu haben, aber irgendwie anders, als ich es mir vorgestellt hatte. Er nahm mir das Instrument aus der Hand, taxierte es eingehend und fragte mich, ob er es einen Moment mitnehmen dürfe. Ich stimmte zu, und er verließ das Musikzimmer. Vermutlich wollte er allein etwas nachschauen, denn abgesehen von Maria war niemand da. Ich habe nie erfahren, was genau er geprüft hatte, doch als er zurückkehrte, sah er mich mit einem seltsamen Blick an, in dem so etwas wie ein Vorwurf lag. Ich wurde rot und redete mich, ohne nachzudenken, mit dem Erstbesten heraus, das mir einfiel. Mein Vater hätte sie mir geschenkt, sagte ich, und woher er sie hatte, wüsste ich nicht.

»Wie viel willst du für diese Geige haben?«

Ich war wie vom Donner gerührt. Dann sagte ich: »Nichts. Sie ist nicht zu verkaufen.«

Er ließ sich nicht beirren und nannte eine Summe.

»Nein, nein. Sie ist unverkäuflich.«

Ich schüttelte den Kopf und dachte, der gute Mann könne ja nicht wissen, dass Geld das Einzige war, von dem ich mehr als genug besaß, dass ich zwar keine Eltern mehr hatte, dafür aber im Überfluss lebte. Er schien das Interesse an dem Thema zu verlieren, und wir fingen an zu spielen. Danach trat er auf mich zu und küsste mich. Ich war noch nie von einem Mann geküsst worden, weil ich nicht zuließ, dass mir jemand zu nahe kam. Ich wollte nicht angefasst werden, ich wollte niemandem gestatten, die Einsamkeit meines Körpers zu entweihen, dabei war ich schon fast dreißig Jahre alt. Aber bei ihm war es etwas anderes, ich konnte nicht nein sagen, er hypnotisierte mich. Wir waren noch ganz im Bann dieses rauschhaften Gefühls, das nur die Musik auslösen kann, und so hielt ich still und erfuhr zum ersten Mal, was es hieß, von einem Mann geküsst zu werden. Und zwar nicht von irgendeinem Mann, sondern von ihm. Er könnte mein Vater sein, schoss es mir durch den Kopf, und nach seinem Tod erfuhr ich, dass er sogar mein Großvater hätte sein können. Aber das war in diesem Augenblick ohne Bedeutung: Karl küsste mich leidenschaftlich. Dieser große, stattliche Mann war im Begriff, mich mit Haut und Haaren zu verschlingen. Er warf mich aufs Sofa. Zuerst wehrte ich mich ein bisschen, doch er schob sanft meine Hände beiseite, bis ich mich schließlich fügte. Ich ergab mich und genoss es. Ich genoss es an diesem ersten Tag und an allen, die folgen sollten, bis die, die immer alles kaputtmachen musste, kam und es kaputtmachte. Teresa.

Aber noch war es nicht so weit. Vorerst gehörte Karl mir, auch wenn er manchmal zu vergessen schien, dass ich da war, und er mich entweder gar nicht beachtete oder ich es war, die ihn nach dem Musizieren verführen musste. Und dann kam mir die rettende Idee, denn auf einmal wusste ich, wie ich es anstellen musste, damit er für immer mir allein gehörte. Und so sagte ich eines Tages zu ihm: »Wenn du mich heiratest, schenke ich dir die Stainer.«

MARK

Meinem Vater war wegen seiner Herzbeschwerden von der Reise abgeraten worden. Ein paar Tage vor seiner Abreise nach Berlin hatte er uns einen gehörigen Schrecken eingejagt. Zum Glück war ich zu Hause, denn Maria geriet vor Entsetzen völlig aus der Fassung, als er vor lauter Schmerzen in der Brust nicht sprechen konnte. Ich stürzte zum Telefon, rief den Krankenwagen, und wir brachten ihn in die Klinik. Schon zwei Tage später war mein Vater wieder zu Hause, mit strikten Anweisungen des Arztes, die er natürlich nicht befolgte, weil sie die Absage der Konzertreise bedeutet hätten.

»Wenn es stressig wird, können Sie ruhig ein paar Schlucke Whisky trinken. Das wird Ihnen guttun«, riet der Doktor.

»Ich mag keinen Whisky«, erklärte mein Vater mit angewiderter Miene.

Der Arzt wurde ungehalten. »Bitte, ganz wie Sie wollen. Wenn Sie sagen, Sie machen auf jeden Fall die Tournee, und Whisky wollen Sie auch nicht trinken, soll mir das recht sein. Nur kann ich dann nichts mehr für Sie tun.«

Mein Vater presste die Lippen zusammen und schwieg. Mit diesen Worten schien ihn der Arzt geradewegs in den Sarg geschickt zu haben, als hätte er nur noch hinzufügen müssen: »Lassen Sie sich die Kiste maßschreinern, sonst passen Sie nicht hinein.« Und das hätte er mal lieber tun sollen, denn wir bekamen hinterher tatsächlich Probleme, weil er so groß war.

Er war schon tagelang beunruhigt gewesen, doch da er sich nach außen gab wie immer, hatten weder Maria noch ich weiter darauf geachtet. Als er dann jedoch die Angina pectoris bekam, fragte sie mich unter Tränen: »Was sollen wir tun, Mark? Wie können wir ihn davon abhalten, auf diese Tournee zu gehen?«

»Gar nicht. Das schaffen wir nicht, Maria.«

Resigniert schüttelte ich den Kopf. Maria begann zu weinen. Diese Frau war eine so treue Seele, deshalb wollte ich sie auch unbedingt bei unserem Konzert hier in Berlin dabeihaben. Es ist sehr wichtig, dass sie da ist und an der Gedenkveranstaltung für das Konzert von vor zehn Jahren teilnimmt. Damals hatte das Konzert im Ostteil der Stadt stattgefunden, die bis heute mit ihren alten Wunden zu kämpfen hat. Es stellte gewissermaßen das Leitmotiv der gesamten Konzertreise dar. Karl T. war in Ostberlin aufgewachsen, und dass er einige Jahre nach dem Mauerfall dort wieder ein Konzert geben konnte, hatte ihm sehr viel bedeutet.

Das alles versuchte ich Maria damals zu erklären. »Diese Tournee ist ihm sehr wichtig, doch das Konzert in Berlin ganz besonders. Wenn er nicht fährt, stirbt er vor Kummer.«

Wir schauten uns an und verstanden uns ohne Worte. Maria trocknete ihre Tränen. Wenn er schon sterben musste, dann lieber bei einer Sache, die ihm am Herzen lag.

Und genauso kam es. Mein Vater gab das Konzert in Berlin, und als er anschließend nach Wien flog, allein, weil die Orchestermusiker, die Sänger und Solistinnen mit einem anderen Flugzeug nachkommen sollten, starb er. Es ging ganz schnell, und er brauchte nicht lange zu leiden. Niemand hätte etwas tun können. Als die Stewardessen es bemerkten, war es bereits zu spät.

Nach seinem Tod fühlte ich mich verloren. Und das meine ich ganz wörtlich, denn seit ich meinen Vater kennengelernt hatte, war er mein Wegweiser gewesen, die Leuchtspur, der ich folgte, mit oder ohne Musik, wohin auch immer. Ich hätte auch gern ein so asketisches Leben geführt wie er, durchdrungen vom Mystizismus seiner Berufung, der seine gesamte Existenz beherrschte, denn mein Vater lebte nur für und durch die Musik.

Aber ich bin anders, ich muss auch außerhalb dieser Welt leben, ich brauche Freunde, ich brauche eine Frau. Eine andere, nicht meine, die mir die Luft zum Atmen nimmt. Ich glaube, heute, wenn das Konzert zu Ende und ihr Auftritt vorbei ist, werde ich die Sache beenden. Ich bin es leid.

Maria hörte meinen Aufschrei, kaum dass ich das Telefon abgenommen hatte, und kam herbeigerannt. Sie sah mich weinen und bekam mit, wie ich nach Einzelheiten fragte und wissen wollte, wie es geschehen war. Mit Tränen in den Augen hielt ich kurz den Hörer zur Seite, um ihr zu sagen, dass er tot war. Sie tat nichts. Einen Augenblick lang stand sie reglos da, ohne eine Miene zu verziehen, während der Manager des Orchesters mir am anderen Ende der Telefonleitung erklärte, was passiert war. Dann machte sie auf dem Absatz kehrt und verschwand.

MARIA

Als Senyor Mark mir sagte, dass sein Vater gestorben war, hatte ich das Gefühl, als wäre es auf einen Schlag eiskalt geworden. Der Pfarrer hatte gerade erst in der letzten Sonntagsmesse über den Weltuntergang in der Offenbarung des Johannes gesprochen, bei dem der Himmel herabstürzen und die Erde sich auftun würde, und sollte dann noch jemand am Leben sein, dann würden die Engel herabsteigen und ihm den Kopf abschneiden, damit am Ende auch wirklich alle tot seien, denn darum gehe es bei der Apokalypse ja. Bei der Nachricht von Senyor Karls Tod war mir, als seien die Prophezeiungen Wirklichkeit geworden, als würde mir der Himmel auf den Kopf fallen und der Boden sich unter meinen Füßen auftun. Bevor die Engel herabsteigen konnten, schloss ich mich in meinem Zimmer ein, drückte die Stainer und den Brief an mich und warf mich aufs Bett, wo ich regungslos liegen blieb und an die Decke starrte. Ich hätte gern geweint, konnte aber nicht, weil mir ein dicker, kalter Stein die Brust ausfüllte, ein eisiger Stein, der mich innerlich stumpf machte. Jedoch gelang es ihm nicht, alle meine Empfindungen abzutöten, denn irgendwo in mir war noch eine kleine, heiße Träne, die das Eis zum Schmelzen brachte. Sie vervielfachte sich und bildete eine Flut von Tränen, die schließlich hervorbrach. Zu Anfang war es mir schwergefallen zu weinen, doch dann konnte ich stundenlang nicht mehr aufhören. All die Jahre gingen mir durch den Kopf, so viele Erinnerungen an Vergangenes, Senyor Karl am Klavier, Senyor Karl auf dem Sofa, die weggeworfene Geige, ich, wie ich Schokolade für ihn kochte, wie ich überhaupt alles für ihn machte. So verbrachte ich zuerst erstarrt, dann in Tränen aufgelöst die ganze Nacht, bis es mit der Stille, die stets in diesem Haus geherrscht hatte, vorbei war und im Park nebenan, der sich vom Morgen zum Nachmittag, vom Abend zur Nacht immer so stark veränderte, das Leben erwachte.

Ein neuer Tag brach an, doch Senyor Karl war nicht mehr da.

Nach einer Weile klopfte Senyor Mark an meine Zimmertür. Ich wischte mir die Tränen ab, versteckte rasch die Stainer im Schrank und öffnete ihm pflichtschuldig die Tür. Vor mir stand ein Junge, der ebenfalls weinte, ein Junge, der seinen Vater verloren hatte, doch ich hatte nicht den Mut, ihn in den Arm zu nehmen. Ich war zu verunsichert, dabei hätte ich es ebenso nötig gebraucht wie er. Schließlich machte er den ersten Schritt, und wir lagen uns lange schluchzend in den Armen. Es war Ewigkeiten her, dass ich einem anderen Menschen so nah gekommen war; ich hatte ganz vergessen, wie warm Umarmungen sein können, und musste daran denken, wie meine Mutter mich als Kind immer in den Arm genommen und mir das Gefühl vermittelt hatte, dass mir nichts auf der Welt etwas anhaben konnte.

»Ich muss gehen, um alles in die Wege zu leiten«, sagte er, als er sich wieder gefasst hatte. »Ich rufe Sie später an, und Sie helfen mir, ja? Wir müssen uns um die Beerdigung kümmern.« Ich nickte und schluckte meine Tränen hinunter. Wenn er sich zusammenreißen konnte, musste auch ich das tun.

Sobald Senyor Mark fort war, ging ich in die Kirche, um mit Gott zu sprechen.

»Gott«, fragte ich ihn, »wie kannst du mir nur alles schenken und mir alles wieder wegnehmen?«

Gott schaute von seinem Kreuz hinter dem Altar herab und sagte: »Meine Tochter, das vollkommene Glück gibt es nicht.«

Na ja, ganz genau weiß ich nicht mehr, ob es wirklich Gott war, der das sagte. Vielleicht habe ich auch einfach nur Selbstgespräche geführt, doch auf alle Fälle hatte ich auf einmal diese Worte im Ohr und fing so hemmungslos an zu schluchzen, dass es durch das ganze Haus Gottes hallte.

Dann ging ich nach Hause in mein Zimmer und öffnete den Schrank. Ich nahm die Stainer heraus und schaute sie an. Anschließend nahm ich den Brief, den ich so viele Male gelesen hatte, und schaute auch ihn an. Ich war nicht in der Verfassung, ihn noch einmal zu lesen, wie ich es mindestens hundert-, ach was, tausendmal getan hatte, seit er ihn mir gegeben hatte. Und nun war er tot.

Ich sah ihn noch vor mir, wie er vor seiner Abreise nach Berlin zu mir gekommen war. Mit einem eigenartigen Ausdruck in den Augen hatte er mich gebeten, ihm eine Schokolade mit Sahne zuzubereiten. Es war lange her, seit er diesen Wunsch das letzte Mal geäußert hatte. Ich machte auch ein bisschen für mich, und während wir uns die Schokolade in der Küche schmecken ließen, sprach er über das bevorstehende Konzert. Er freue sich sehr darauf, sagte er, das Stück zur Aufführung zu bringen, das er jeden Sonntagvormittag hörte, denn er habe es vor langer Zeit in seiner Heimat dirigiert, danach aber nie wieder.

Schließlich wischte er sich den Mund ab und sagte mir, ich solle mich nicht von der Stelle rühren. Als er nach einer Weile zurückkehrte, war er bereits reisefertig. In der linken Hand trug er die Stainer, in der rechten den Bogen und einen Umschlag. Er schaute mich merkwürdig an, so, wie wenn ich das Lied von der Bäuerin und dem Hirten spielte, und legte mir behutsam die Geige in die Hände.

»Die habe ich für Sie zurückgeholt.«

Ich traute meinen Ohren nicht und war im ersten Moment sprachlos. Doch dann platzte ich heraus: »Sie sind verrückt …«

»Der hier ist auch für Sie«, fiel er mir ins Wort und hielt mir den verschlossenen Umschlag hin. Ich nahm den Brief und machte Anstalten, ihn zu öffnen, doch er hielt mich davon ab.

»Nein, lesen Sie ihn bitte erst, wenn ich weg bin. Es gibt Dinge, die muss man schriftlich sagen.«

Ich blickte ihn an. Zum ersten Mal, seit ich ihn kannte, kam es mir so vor, als wäre Senyor Karl verlegen.

Das Letzte, was ich von ihm sah, war seine Gestalt im Türrahmen, als er mit dem Koffer in der Hand aus dem Haus und auf das wartende Taxi zuging. Ich wäre ihm am liebsten nachgelaufen und ihm um den Hals gefallen, denn ich konnte es nicht fassen, dass die Stainer, die ich in der Hand hielt, mir gehören sollte. Ich hatte keine Ahnung, was in diesem mysteriösen Brief stehen mochte, doch bestimmt war es etwas Wichtiges, denn Senyor Karl schrieb niemals etwas außer Noten auf Notenpapier.

»Vielleicht hat er mir ja eine Partitur geschrieben«, dachte ich. Die Geige in der einen, den weißen Umschlag in der anderen Hand, verzog ich mich vor Aufregung zitternd in mein Zimmer, um dem Geheimnis auf den Grund zu gehen.

TERESA

Der erste Teil lief ziemlich gut, sie haben eine Menge Applaus bekommen. Mark wischt sich den Schweiß von der Stirn und geht, Anna im Schlepptau, auf seine Garderobe zu. Ich habe den Eindruck, ihm wäre es lieber, wenn sie ihm nicht ständig im Nacken säße. Ich weiß, warum sie das macht, ich weiß, dass Anna im Grunde ihres Herzens zutiefst unglücklich ist und jemanden sucht, der für sie da ist, weil sie keine Mutter und ihrer Ansicht nach auch keinen Vater hatte. Aber das stimmt nicht, einen Vater hatte sie sehr wohl gehabt. Anna war die normale Vater-Tochter-Beziehung jedoch nicht genug, sie musste ihn ganz für sich allein haben, so wie sie jeden für sich allein haben will. Und im Moment ist die Stainer das Einzige, was nur ihr gehört. Am Ende muss ich mein Geschenk noch als Akt der Wohltätigkeit betrachten. Ich weiß wirklich nicht, was ich von ihr halten soll.

Mark hat mich zu diesem Konzert überredet. »Es ist

eine Hommage anlässlich seines zehnten Todestages. Nach Möglichkeit sollen alle mitmachen, die damals dabei waren«, sagte er am Telefon.

»Anna auch?«

»Ja«, antwortete er leise.

»Aha«, erwiderte ich distanziert, während ich fieberhaft nachdachte. Schließlich fragte ich ihn, ob es ihr denn recht sei, wenn ich käme. Ohne zu zögern, antwortete Mark: »Anna will, was ich und alle anderen auch wollen, ein gutes Konzert.«

»Mit anderen Worten, sie will nicht, dass ich komme«, dachte ich. Nun waren wir aber ausdrücklich gebeten worden, beide bei dieser Hommage für Karl aufzutreten, und meine Absage würde Mark in eine missliche Lage bringen. Und letztlich war das alles ja nicht seine Schuld. Ich gab nach.

»Also gut, ich bin dabei.«

Am anderen Ende der Leitung waren ein Seufzer der Erleichterung und ein »Danke« zu hören, bei dem ich lächeln musste. Dann würde ich Anna halt ertragen, ich musste sie ja nicht heiraten. Es ging schließlich nur um ein einziges Konzert.

Die Proben vor zehn Jahren hatten sich zunehmend zu regelrechten Schachpartien entwickelt. Da Anna und ich nicht miteinander redeten, war es in Karls Musikzimmer die ganze Zeit über totenstill. Hochkonzentriert hörten wir zu, was er uns zu sagen hatte, und fingen dann an zu spielen. Nervös nahm Anna den Bogen zur Hand, die Stirn in Falten gelegt, genau wie damals als Kind. Sie spielte angespannt, als wollte sie ein Wettrennen gewinnen. Dabei brauchte sie sich nun wirklich keine Sorgen zu machen, ich würde nie so schnell spielen können wie sie. Ich besaß andere Stärken, diese nicht. Daran hat sich bis heute nichts geändert, und das weiß sie genau. Vor dem Beginn des ersten und des dritten Satzes wirft sie mir jedes Mal einen herausfordernden Blick zu, doch ich kümmere mich nicht darum. Wieso auch, im zweiten Satz kann sie mir nicht das Wasser reichen, denn der braucht Seele, und damit kann Anna nicht dienen, sie hat nämlich keine.

Beim Anblick des schwarzen Sofas im Klavierzimmer musste ich daran denken, wie Karl und ich uns früher dort in den Armen gelegen, uns geküsst und so getan hatten, als liebten wir einander. Als Karl mir zum ersten Mal den Kopf verdrehte, fand ich, das sei eine gute Lösung. Ich wusste, auch er hatte niemanden, sondern wanderte von einer zur anderen, und es gab eine ganze Reihe von Frauen, die behaupteten, von ihm verlassen worden zu sein. Karl gab nichts darauf. Ich glaube, er war unfähig zu verstehen, wie sehr die Frauen darunter litten, wenn er sie verließ. Er maß den Abenteuern auf seinem Sofa ja nicht die geringste Bedeutung bei, wieso sollte er also vom einen auf den anderen Tag damit aufhören?

Als mir schwante, dass auch Anna Bekanntschaft mit dem Sofa gemacht hatte, sagte ich mir: »Teresa, das war's dann wohl für dich.« Es versetzte mir einen kleinen Stich, doch nur einen kleinen, denn ich dachte, ich würde es schon verwinden, da es lediglich um eine gegenseitige Befriedigung von Bedürfnissen gegangen war. Aber Anna würde es nicht so auffassen, das war abzusehen. An dem Tag, an dem er mit ihr Schluss machte, würde es ein Riesentheater geben. An diesem Tag würde ich mich hüten, in der Nähe zu sein. Karl war ihr Eigentum, das konnte man in Annas Augen lesen, dieses Gefühl verlieh ihnen einen besonderen Glanz, sie war in diesem Moment ganz davon durchdrungen und auf ihre Weise glücklich, auf die grausame Weise, die sie das Leben und die Umstände gelehrt hatten. Anna glaubt nicht an die Menschen, bis heute nicht.

Ich wünschte, an dem, was während der Konzertreise geschah, wäre ich vollkommen unschuldig, doch so ganz kann ich meine Verantwortung nicht von der Hand weisen.

Alle Musiker reisten mit demselben Flugzeug an. Nur Karl war schon zwei Tage früher in Berlin eingetroffen, wo er sich in seinem Hotelzimmer einschloss, um sich vorzubereiten. Während des Fluges setzten Anna und ich uns verständlicherweise so weit auseinander, wie wir nur konnten. Mark war damals nicht dabei. Er war zu der Zeit noch nicht bekannt, seine Karriere begann erst, als sein Vater tot war. Wie das Leben manchmal so spielt, wir suchen uns ein Idol, und wenn es uns abhandenkommt, schauen wir auf die Warteschlange und rufen: »Das nächste, bitte!«

Bei unserer Ankunft in Berlin war von Karl nichts zu

sehen. Wir wussten nicht einmal, ob er im selben Hotel wohnte wie wir, nur, dass wir ihn vierundzwanzig Stunden vor dem Konzert im Saal für eine Tonprobe treffen sollten. Die dauerte nicht einmal eine halbe Stunde, und danach zogen sich alle zurück, um auszuruhen. Als ich eben meinen Geigenkasten schließen wollte, trat Karl auf mich zu und bat mich, mit ihm zu kommen. Ich hob den Kopf, und der drängende Ausdruck in seinen Augen gefiel mir gar nicht. Es war nicht das Drängen, das ich von früher kannte, vielmehr hatte ich den Eindruck, er fühlte sich nicht wohl, und begleitete ihn sofort auf sein Zimmer. Ich wusste nichts von seiner Krankheit. Er hatte keinem der Musiker etwas davon sagen wollen und bis zu diesem Moment das Schweigegelübde auch mir gegenüber eingehalten. Wie es aussah, hatte er vor seiner Abreise Herzprobleme gehabt und zwei Tage im Krankenhaus gelegen. Plötzlich trank er vor jeder körperlichen Anstrengung Whisky, also jedes Mal, wenn er dirigieren musste. Ich wusste dieses Gesicht nicht richtig zu deuten. Erst im Nachhinein verstand ich, dass so ein Mensch aussieht, dem es schlecht geht und der dringend Medizin braucht, um sich zu erholen und mehr schlecht als recht weitermachen zu können. Doch in diesem Moment war ich über seinen Anblick zwar sehr erschrocken, wusste aber nicht, warum.

Ich folgte ihm auf sein Zimmer. In den vielen Jahren unserer Zusammenarbeit war zwischen uns ein unzerreißbares Band entstanden, das anders war als alles, was ihn mit den übrigen Frauen verband. Zwischen uns gab es so etwas wie Nähe. Wir verstanden uns ohne Worte. Ich wusste, trotz seiner Affäre mit Anna war ich auf dieser Reise diejenige, zu der er das größte Vertrauen hatte, soweit Karl T. überhaupt einem anderen Menschen Vertrauen schenken konnte.

Er schloss hinter uns die Tür.

»Was ist mit dir?«, fragte ich sofort.

»Nichts.« Er wankte auf das Bett zu.

»Dafür siehst du aber ganz schön mitgenommen aus.«

Ich half ihm, sich hinzulegen. Karl atmete langsam ein und aus, als hätte er Angst, nicht genug Luft zu bekommen. Er wandte den Kopf und schaute mich an.

»Ich möchte nur in deinem Arm liegen, wenn es dir nichts ausmacht.«

Er sah aus, als bettelte er um ein Bonbon. Ich fragte mich, ob der große Karl T. etwa Lampenfieber hatte und einfach nur bemuttert werden wollte. Mir schoss alles Mögliche durch den Kopf, während ich mich zu ihm legte und ihn in den Arm nahm, wie er es sich gewünscht hatte. Als sein Kopf an meiner Schulter ruhte, hörte ich ihn sagen: »Dieses Konzert ist ungeheuer wichtig. Wenn mir etwas passiert, muss er dirigieren.«

Ich war bestürzt, als ich ihn so reden hörte, doch Karl drückte mir einen Zettel in die Hand, auf dem er den Namen und die Telefonnummer eines renommierten Berliner Dirigenten notiert hatte, den ich gut kannte.

»Was soll das heißen? Bist du krank, sollen wir das Konzert verschieben?«, fragte ich erschrocken.

»Nein, nein, gar nichts sollt ihr.« Er hob abwehrend die Hand. »Ich will bloß, dass das Konzert stattfindet. Bitte, versprich mir das.«

Er sah mich so flehend an, als ginge es um sein Leben. Ich gab ihm mein Wort, doch dann wollte ich wissen, was los sei, ob er sich nicht gut fühle.

»Mir geht es nicht besonders, und ich bin ja nicht mehr der Jüngste«, scherzte er mit einem leisen Lächeln.

Ich schaute ihn an, und in diesem Moment wurde mir bewusst, dass Karl T. alt geworden war. Und nicht nur das, er sah sterbenskrank aus. Ich hakte nicht weiter nach, er war offensichtlich sehr müde.

Es klopfte.

»Was ist denn nun schon wieder?«, schimpfte Karl, der dachte, es sei jemand vom Hotel.

Er schaute mich bittend an, und ich ging zur Tür und öffnete sie. Doch es war nicht der Zimmerservice. Im Flur stand Anna, und ihr Gesichtsausdruck sprach Bände. »Oh nein«, dachte ich und schloss für einen Moment die Augen. Doch ich konnte mich nicht verstecken. Wie auch?

»Entschuldigung, ich habe mich in der Tür geirrt«, sagte sie nur. Und weg war sie.

Ich seufzte. Dann drückte ich sacht die Tür zu und ging zurück zu Karl. Er sah mich einen Augenblick lang ängstlich an, doch dann fragte er: »Wo waren wir noch gleich?«

Ich nahm ihn wieder in den Arm, fragte mich aber leicht beunruhigt, was dieses verdrehte Weibsstück nun anstellen würde.

Jedenfalls war es ein kurioser Zufall, dass Anna uns ausgerechnet dann erwischen musste, als wir zum ersten Mal allein waren, ohne miteinander zu schlafen. Das ist Ironie des Schicksals. Aus Sorge, Karl könnte über Nacht etwas zustoßen, bot ich ihm an, bei ihm zu bleiben, doch er beteuerte, das sei nicht nötig, er wolle nur noch schlafen. Ich legte einen Zettel neben das Telefon, auf dem ich groß meine Nummer notiert hatte. Dann ging ich.

Am nächsten Tag war unser Dirigent wie neugeboren. Als wäre nichts geschehen. Wir gaben unser Konzert, und am darauffolgenden Tag reiste er in aller Frühe nach Wien, während wir Musiker noch einen Tag länger in der deutschen Hauptstadt blieben.

ANNA

Es regnet. Es regnet, und die Blätter auf der Erde sehen aus wie Teller, in denen sich das Wasser sammelt. Und in diesem Wasser befinden sich weitere Bruchstücke meiner Seele. Hier in der Spree, im Teich in Barcelona, überall sind Stücke meiner Seele, eigenartig, wie etwas so Körperloses in so viele Teile zerfallen kann. Sie lassen sich nicht greifen, ich versuche es, aber ohne Erfolg. Doch das ist nicht die Schuld des Wassers. Es ist die Schuld all derer, die meine Seele zerrissen, sie in den Teich neben meinem Elternhaus geworfen und gesagt haben: »Tja, Anna, jetzt geh sie suchen, und wenn sie kaputt ist, musst du sie halt flicken.« Das ist mir nie mehr gelungen. Anfangs habe ich mich noch darum bemüht, doch als es mir nicht mehr wehtat, gab ich auf. Sollte meine Seele doch weiter als Fetzen im Wasser schwimmen, wenn sie unbedingt wollte. Es war nicht meine Schuld, sondern die der anderen, aller anderen. Auch Mark ist schuld, der mich nicht einmal in seine Garderobe lässt. Alle sind schuld.

Es ist inzwischen dunkel. Hier sind die kurzen, sonnenlosen Tage im Nu vorüber. Es regnet immer noch. Am liebsten würde ich jetzt durch die Pfützen schlurfen und mir nasse Füße holen. Doch ich muss gleich noch auf die Bühne, und da müssen meine Schuhe anständig aussehen. Die anderen sind alle schon wieder hineingegangen, der zweite Teil fängt an. Und dabei handelt es sich in jeder Hinsicht um einen zweiten Teil. Es ist der zweite Akt der Komödie meines Lebens, mit dem lebendigen Wesen in meinem Bauch und dem Wasser, das unaufhörlich vom Himmel fällt, lautlos, als wollte es unbemerkt bleiben. Berliner, die dieses Wetter gewohnt sind, eilen unter bunten Regenschirmen vorüber. Und mir kommt wieder der Tag in den Sinn, als ich erfuhr, dass Teresa und Karl ein Verhältnis hatten.

Ich glaube, damals zerbrach meine Seele endgültig. Damit hatte Teresa, die einmal mein großes Vorbild gewesen war, klar bewiesen, dass sie ausschließlich dafür lebte, um mir wehzutun. Das war vermutlich das Einzige, wonach sie auf dieser Welt trachtete. Als ich die beiden hier in Berlin im Hotel erwischte, musste ich mich unglaublich zusammenreißen. Sie sollten glauben, es wäre mir vollkommen gleichgültig. Aber das stimmte nicht. Teresas um Verzeihung heischender Blick, als wäre sie die Heilige Unschuld und das alles nur ein bedauerliches Missverständnis, schürte meinen Hass nur noch mehr. Als ich, so rasch ich nur konnte, auf dem Hotelflur davoneilte, fragte ich mich, wie ein Mensch so hinterhältig und gemein sein konnte, und wie ich Teresa jemals hatte vertrauen können. Kinder lassen sich halt alles weismachen.

An dem Tag kam ich atemlos an der Spree an. Das Wasser floss ruhig dahin, aber ich japste nach Luft. Als ich mich über das Geländer beugte und in die Fluten hinunterschaute, stieß ich einen Schrei aus. In meine keuchenden Atemzüge mischte sich wildes Schluchzen, der Schmerz eines ganzen Lebens brach aus mir heraus, der Schmerz über die Erkenntnis, dass diese Frau mich um jeden Preis fertigmachen wollte, die Frau, die jetzt gleich mit mir Bachs *Doppelkonzert für zwei Violinen* spielen wird. Sicher hatte dieses Miststück Karl verführt, sicher hatte sie ihn unter irgendeinem Vorwand in das Zimmer gelockt, sicher hatte sie bemerkt, dass zwischen ihm und mir etwas lief, und sich gesagt: »Oh, prima, den schnappe ich mir jetzt auch noch. Soll Anna doch sehen, wo sie bleibt.«

Für manche Menschen ist die Welt ein schwieriger Ort, für mich war sie das definitiv. Mein Lehrer mit der krummen Nase hatte recht gehabt, es war mein Schicksal, ein Leben *en souffrant* zu führen, bis ich vor genau zehn Jahren von dieser Brücke aus in die Spree weinte und beschloss, damit müsse es ab sofort vorbei sein. Ich fragte mich, wie es Teresa gelungen war, die andere Geige beim Bach-Konzert zu werden, wie sie es angestellt hatte, mir schon wieder auf den Leib zu rücken, um herauszufinden, wie sie mir wehtun konnte. Natürlich hatte ich, als ich sie sah, zuerst gedacht, es sei alles Zufall, ein teuflischer Zufall zwar, aber dennoch ein Zufall.

Doch nach dem, was alles passiert ist, glaube ich nicht mehr an Zufälle. Es ist unmöglich, es kann nicht mit rechten Dingen zugehen. Sie steckt dahinter, sie und ihre stetigen Versuche, mich aufs Kreuz zu legen. Damals an der Spree ging mir ein Licht auf. Ich schwor mir, nie wieder so naiv zu sein und mich zum Narren halten zu lassen. Was hätte ich in diesem Moment dafür gegeben, wenn ich die Stainer gehabt hätte, aber die hatte ich erst kurz zuvor Karl gegeben. Dem Mann, der versprochen hatte, mich nach unserer Rückkehr zu heiraten, dem Mann, von dem ich geglaubt hatte, er gehörte mir.

Meine Mutter, Teresa, mein Vater, Karl, von allen hatte ich das geglaubt. Und bei keinem von ihnen stimmte es, sie haben mich alle betrogen. Aber Mark wird jetzt mir gehören, dank dem Kind, das ich in mir trage. Und ich habe die Geige, die ich Teresa genüsslich unter die Nase halte. Sie beachtet sie nicht mal, sondern tut so, als interessierte es sie nicht die Bohne, mich mit dem Instrument zu sehen, das sie angeblich seit ihrer Kindheit besessen hatte. Als ich sie einmal fragte, wer sie ihr geschenkt hätte, weil ich mich darüber wunderte, dass jemand einem kleinen Mädchen eine Stainer geschenkt haben sollte, antwortete Teresa, sie habe sie gefunden.

Ich fuhr hoch. »Was? Und du hast sie nicht zurückgegeben?«

»Das war an einem Ort, wo niemand sie haben wollte«, erwiderte sie und wechselte rasch das Thema.

Ich weiß nicht, was sie damit meinte, aber lange Zeit später, nachdem sie mir das alles angetan und mir am Ende auch noch meinen Karl weggenommen hatte, überlegte ich, dass es möglicherweise eine gute Idee sei, herauszufinden, wo sie die Geige gefunden hatte. Dann würde ich sicher dahinterkommen, wem sie sie gestohlen hatte, denn schließlich vergisst niemand eine Stainer auf einer Parkbank wie einen Pullover. Anfangs mochte ich die Geschichte von der Geige, die keiner haben wollte, ja noch geschluckt haben, doch Jahre später fiel es mir wie Schuppen von den Augen. Ich begriff, dass Teresa die Geige in Wahrheit gestohlen haben musste. Eine Weile grübelte ich, wie ich in Erfahrung bringen sollte, wem die Geige gehörte. Doch dann ließ ich die Sache im Sande verlaufen. Denn nun gehörte die Geige mir, und wenn ihr rechtmäßiger Besitzer aufgetaucht wäre, hätte ich sie womöglich wieder hergeben müssen.

Es war kurz vor dem Konzert, als ich Karl mit der falschen Schlange erwischte, genau einen Tag vorher. Und den Tag brauchte ich auch, um mich am Ufer der Spree davon zu erholen. Beim Konzert sollte man mir die vergossenen Tränen nicht ansehen, ich wollte Haltung bewahren, und das zu erreichen war ein schweres Stück Arbeit. Man kann nicht behaupten, dass ich an diesem Tag sonderlich gut gespielt hätte, ich konnte mich kaum konzentrieren, weil ich permanent das Gefühl hatte, als knisterte zwischen

Teresa und mir so etwas wie elektrischer Strom, eine Spannung, die sich über mir entladen und mich zerstören könnte und die ich deshalb umzulenken versuchte auf Karl, den Mann, der mir die Ehe versprochen hatte. Doch mitten im Konzert, während des zweiten Satzes, sagte ich mir, dass er mich tatsächlich heiraten würde, wie er es versprochen hatte. Das wäre das Einzige, was Teresa verletzen konnte. Eine bessere Rache gab es für mich nicht.

Aber dazu kam es nicht mehr. Karl flog am nächsten Morgen voraus, während wir Musiker noch eine Rundfahrt durch die Stadt machten, in der er zur Welt gekommen war. Wir waren gerade am Brandenburger Tor und hörten den Erläuterungen eines Fremdenführers zu, als das Mobiltelefon des Managers klingelte. Er blieb zurück, während wir anderen weitergingen, doch dann rief er nach uns, und wir wandten uns um. Ich habe das Bild noch vor Augen, wie dieser kleine Mann im Gegenlicht stand, das Telefon in der Hand, und sagte: »Er ist tot.« Keiner fragte, wer. Alle wussten es. Ich weiß nicht, warum, aber allen war klar, dass er von Karl sprach.

Die Stadtrundfahrt war vorbei, die Konzertreise war vorbei und meine Zukunft ebenfalls. Zuerst dachte ich, ich hätte auch die Geige verloren, aber nein, die zumindest hatte ich noch.

MARIA

Zu Senyor Karls Beerdigung kamen eine Menge Leute. Bei der Trauerfeier sprach ein Mann, kein Priester, aber er sagte in seiner Grabrede in etwa dasselbe, als wäre er einer. Es wurde wunderschöne Musik gespielt. Senyora Teresa stand ziemlich weit vorn und weinte. Senyora Anna habe ich nicht gesehen. Senyor Mark, der in der ersten Reihe saß, weinte ebenfalls. Er hatte mich gebeten, mich zu ihm zu setzen. Zuerst wollte ich nicht, doch als er mich unter Tränen anflehte, ihn nicht allein zu lassen, verstand ich, dass er mich brauchte. Also nahm ich an seiner Seite Platz, was mir, offen gestanden, ein bisschen peinlich war.

Ich fühlte mich elend. Mit diesem Todesfall lag mein Leben in Scherben, und ich wusste, es würde mir sehr schwerfallen, darüber hinwegzukommen. Ich hatte mich langsam einen steilen Berg hochgekämpft, und als der Gipfel in Reichweite war, durfte ich nicht bis dorthin. Ich konnte den Anblick des Sarges nicht ertragen und schloss die Augen.

Sofort sah ich die Bilder vor mir, die ich so gut kannte … Senyor Karl, wie er sich seine Schokolade schmecken ließ und herzhaft lachte, wie er mich anschaute, wenn ich das Lied von der Bäuerin und dem Hirten spielte, wie er mir diesen Brief übergab und, nicht zuletzt, wie er sich mit irgendwelchen Frauenzimmern auf dem Sofa amüsierte. Als ich die Augen aufschlug, sah ich diese Holzkiste. Es konnte nicht sein. Der da drin war nicht der Mann meiner Erinnerungen.

Senyora Anna war nicht zur Beerdigung erschienen, doch ein paar Tage später stand sie vor unserer Tür. Sie sieht heute noch genauso aus wie damals, nur zehn Jahre älter. Ihr Gesicht ist noch immer hübsch, aber inzwischen voller Falten, und über die Stirn ziehen sich zwei scharfe Furchen, die von ihrer verkniffenen Miene beim Spielen kommen und nie mehr weggehen. Sie sieht ein bisschen so aus wie die böse Stiefmutter von Schneewittchen aus dem Märchen, das ich manchmal die Kindermädchen im Park erzählen hörte. Doch obwohl sie eine furchteinflößende böse Hexe ist, sieht sie heute in ihrem weit ausgeschnittenen, langen schwarzen Kleid sehr elegant aus, und alle Männer recken die Hälse, um ihre Brüste zu sehen. Es ist schon eigenartig, allein der Gedanke hätte mich vor Jahren schockiert. Heute kann ich nur darüber lachen.

Obwohl ich kein Kleid mit Ausschnitt trage, bin auch ich elegant. Schade, dass ich mich nicht gut fühle und diese Magenschmerzen habe. Denn an einem Tag wie heute sollte ich mit hocherhobenem Kopf gehen und die Bewunderung genießen können, auch wenn meine Beine müde und schwer sind und ich eigentlich zu alt bin für hohe Absätze. Es ist viel angenehmer, wenn man beim Gehen den ganzen Fuß aufsetzen kann, das gibt einem das Gefühl, genau zu wissen, was man tut, und selbst über sein Schicksal bestimmen zu können. Mit dünnen Pfennigabsätzen, selbst wenn sie gar nicht hoch sind, berührt man die Erde dagegen nur an einem Punkt und scheint die Bodenhaftung zu verlieren. Ganz zu schweigen davon, wie unbequem sie sind.

Das braune Kleid jedoch, das ich bei einem Einkaufsbummel erstanden habe, gefällt mir. Es steht mir gut. Sogar Senyor Mark hat gesagt: »Mensch, Maria, Sie sehen aber schick aus.« Ich bin fast geplatzt vor Stolz. Senyora Anna war natürlich nicht in der Nähe, als er mir das Kompliment machte, denn vor ihr kann man so etwas nicht sagen.

»Hallo, ich komme, um eine Geige zu holen, die ich bei der letzten Probe mit Karl hier liegengelassen habe«, hatte Senyora Anna vor zehn Jahren zu mir gesagt. Bei ihrem Anblick lief mir ein kalter Schauer den Rücken hinunter. Als sie anfangs zu uns kam, hatte Senyor Karl einmal zu mir gesagt, diese Frau trage den Teufel im Leib, und damit hatte er weiß Gott recht gehabt.

So, ich stehe jetzt auf und werde das erledigen, wozu ich hergekommen bin.

TERESA

Gerade habe ich da drüben in der Ecke Maria gesehen. Es sah aus, als hätte sie sich rasch davongemacht, als sie meinen Blick bemerkte. Was hat sie hier verloren? Müsste sie nicht im Zuschauerraum sitzen und sich das Konzert anhören? Ach, im Grunde will ich es gar nicht wissen. Vielleicht sucht sie ja jemanden, aber mit Sicherheit nicht mich, denn sonst hätte sie sich wohl nicht aus dem Staub gemacht, als sie mich gesehen hat.

Ich kann nicht anders, bei dieser Musik muss ich an Karl denken. In der letzten Zeit vor seinem Tod war ich für ihn wohl zu einer Art Mutter oder großer Schwester geworden. Auf körperlicher Ebene spielte sich zwischen uns schon lange nichts mehr ab. Ich nehme an, er hatte mit Anna genug zu tun. Trotzdem liebte er mich auf seine Weise, vielleicht, weil ich die einzige Frau war, die ihm keinen Ärger gemacht hatte, nachdem er sie verlassen hatte. So leicht konnte mich nun wirklich nichts mehr umhauen, ich hatte

Maties viel zu sehr geliebt, um noch einmal für einen anderen Mann mit der gleichen Intensität empfinden zu können. Ich versuchte, mein Leben zu genießen. Mehr hatte mir die Geschichte mit Karl von Anfang an nicht bedeutet. Und als Anna uns entdeckte, war es damit längst vorbei. Am nächsten Morgen, bei Tageslicht betrachtet, schien mir Karl vor dem Auftritt in Berlin einfach ein bisschen menschliche Wärme gebraucht zu haben. Später wusste ich natürlich, dass er vor allem einen Arzt gebraucht hätte. Aber wie sollte ich das ahnen? Nur Maria und sein Sohn wussten von seinen Herzproblemen, und die waren beide in Barcelona geblieben. Und für Karl hatte die Musik immer Vorrang, die Gesundheit konnte warten.

Dass er tot war, erfuhr ich erst viel später. Ich hatte das Angebot einer Stadtrundfahrt ausgeschlagen, weil ich keine Lust hatte, Anna über den Weg zu laufen, die vermutlich mit von der Partie sein würde. Ich ging davon aus, dass wir später miteinander reden würden, falls es überhaupt etwas zu bereden gab. Vielleicht würden wir ja auch nie wieder ein Wort miteinander wechseln, weil sie sich ebenso zurückhalten würde wie ich tags zuvor im Hotel, als ich mich gerade noch hatte beherrschen können und ihr nicht nachgelaufen war. Sie sollte mir keine Tür mehr vor der Nase zuschlagen dürfen wie damals im Krankenhaus, nie wieder. Und zugegebenermaßen fand ich allmählich, dass sie es vielleicht nicht anders verdient hatte, vielleicht sollte sie langsam mal einsehen, was immer sie in ihrem Leben hatte durchmachen müssen, dass auch wir anderen unsere Probleme hatten und es nicht verdienten, so behandelt zu werden.

Ich hörte erst davon, als es Zeit für unsere Abreise nach Wien war. Wie alle Nichtsahnenden, die nicht wussten, dass unser Flug storniert worden war und wir am nächsten Morgen nach Barcelona zurückkehren würden, fand ich mich am vereinbarten Treffpunkt im Foyer des Hotels ein.

»Komisch, wir sind so wenige«, wunderte sich eine junge Musikerin aus dem Orchester.

»Genau«, stimmte ein anderer zu.

Niemand begriff, dass wir nur diejenigen waren, die nicht an der Stadtrundfahrt teilgenommen hatten, weil alle anderen schon Bescheid wussten. Ich erinnere mich, als wäre es gestern gewesen, wie mir diese Gedanken durch den Kopf gingen, ehe der Manager herunterkam und uns die Hiobsbotschaft überbrachte. Ich erstarrte. Die anderen auch, Karl war ihr Dirigent gewesen, und sie spielten schon lange in dem Orchester, das er gegründet hatte, aber mir ging es verständlicherweise besonders nahe. Ich brach in Tränen aus, während der Manager uns die Einzelheiten erzählte. Eine junge Frau bekam ebenfalls feuchte Augen. Wir alle waren hilflos, keiner wusste, was er sagen oder tun sollte. Der Manager informierte uns über unsere Abflugzeit am folgenden Tag und verschwand, und ich trug meinen Koffer ins Hotelzimmer zurück. Dort ließ ich meinen Tränen freien Lauf. Doch in der Tiefe meines Herzens flüsterte eine Stimme:

Gut, dass du in ihn nicht so verliebt warst wie in Maties, Teresa. Du würdest es nicht überstehen. Ich nahm mir vor, in Zukunft bei Männern äußerste Vorsicht walten zu lassen, denn die, mit denen ich mich näher einließ, verdammte ich offenbar zu einem tragischen Schicksal.

Die Rückreise verlief traurig und still. Ich hielt mich, so gut es ging, von Anna fern. Ich wollte nichts von ihr hören und sehen. Mir war nicht nach ironischen Spitzen oder spöttischen Blicken zumute. Als wir in Barcelona ankamen, machte mir nur ein Gedanke den Schmerz erträglicher: Ich würde ihr vielleicht noch einmal bei der Beerdigung begegnen, aber danach nie wieder.

Doch ich sah sie nicht einmal auf der Beerdigung. Ich glaube, sie war nicht da. Mit Sicherheit weiß ich es nicht, weil ungeheuer viele Leute gekommen waren, aber ich meine, sie wäre nicht dabei gewesen. Kurioserweise waren, abgesehen von den weiblichen Orchestermitgliedern, überhaupt keine Frauen bei der Trauerfeier. Außer mir. Sonst nur Männer. Vermutlich hatten sich alle im Streit von ihm getrennt. Ich war sehr überrascht, als ich erfuhr, wie alt er gewesen war. »Du hast dich gut gehalten, Karl«, dachte ich, während mir eine Träne sacht die Wange herablief, ich hatte geglaubt, zwischen uns lägen gerade mal acht oder neun Jahre. Dann überschlug ich in Gedanken den Altersunterschied zwischen Anna und ihm. »Du lieber Himmel, du hast dich an ein Kind herangemacht«, warf ich dem stillen Sarg vor und verspürte für einen Augenblick wieder so etwas wie Mitleid mit dieser jungen Frau, die so unglücklich, einsam und zerbrechlich war. Aber nur für einen Augenblick.

Manchmal muss ich daran denken, was für ein Mensch Karl war. Für ihn waren seine Beziehungen keine sentimentalen Abenteuer, nein, Karl lebte in einer völlig anderen Welt und wusste nichts von dieser hier. Um mit Karl zu spielen, musste eine Musikerin zur totalen Hingabe bereit sein, und das mündete halt leicht in eine Liebesaffäre. Es klingt vielleicht merkwürdig, aber ich bin mir sicher, für ihn war es vollkommen normal, und er hatte gewiss nie die Absicht, jemanden zu verletzen. Er lebte in seiner eigenen Welt.

Doch Anna lebte und lebt nicht in seiner Welt. Anna ist Teil unserer Welt, und sie gibt sich jede erdenkliche Mühe, andere Menschen zu verletzen. Ein paar Jahre nach Karls Tod traf ich Mark und musste feststellen, dass Anna mir zuvorgekommen war, und nicht nur das, Mark war offensichtlich sehr verliebt in sie. Ich erinnere mich noch, wie ich resigniert dachte: »Sie wird sich nie ändern.«

Marks Wohnung befand sich in Karls früherer Nachbarschaft. Wie er mir erzählte, war das Haus eigentlich Regierungseigentum und Karl bloß überlassen worden, als man ihm politisches Asyl gewährte. Doch wenn ich mir Marks Wohnung so ansah, hatte das Geld, das Karl in seinem Leben verdient hatte, offenbar nicht der Regierung gehört. Der Sohn war sichtlich gut weggekommen.

Ich kehrte ans Konservatorium und zu meinem Quartett zurück. Wir hatten gut zu tun und waren viel unterwegs. Fast jede Woche spielten wir woanders und hatten dabei eine Menge Spaß. Was wollte ich mehr? Das war genau das Leben, das ich mir an dem Tag ausgesucht hatte, an dem ich auf der Müllkippe die magische Geige fand.

Ich spiele noch immer in diesem Quartett, wenn auch nicht mehr so oft wie früher. Irgendwann wurde mir das ständige Herumreisen zu viel, irgendwann spürte ich, wie mir das Alter auf den Schultern lastete. Und da ich keine Lust auf eine enge Zusammenarbeit mit irgendeinem Dirigenten hatte, so wie seinerzeit mit Karl, habe ich entsprechende Angebote abgelehnt. Eines davon kam von Mark, der sich allmählich einen Namen machte, auch wenn ich immer der Ansicht gewesen bin, dass er vor allem den seines Vaters weitergetragen hat. Denn Mark war zwar ein ausgezeichneter Cellist, doch als Dirigent würde er in meinen Augen nie zu den Besten gehören. Ich freute mich sehr, ihn wiederzusehen, lehnte allerdings unter irgendeinem Vorwand sofort ab. Denn mit Mark zusammenzuarbeiten hätte mit Sicherheit bedeutet, auf Schritt und Tritt Anna zu begegnen. Und darauf konnte ich nun wirklich verzichten.

Ich lebte allein und hatte mein Auskommen, nicht zuletzt, weil ich nicht in dem Viertel mit dem Park wohnte, sondern in einem anderen Teil der Stadt, wo man für eine Monatsmiete nicht das letzte Hemd hergeben musste. Und dort lief mir eines Tages Maria über den Weg.

Ein andermal sah ich im Fernsehen eine Reportage über Anna und ihre Stainer, das Instrument, das seine magischen Kräfte eingebüßt hatte, nachdem es in die Hände dieser Noten produzierenden Maschine gefallen war. Der Himmel stehe mir bei, ich darf gar nicht daran denken, dass sie einst meine Schülerin war und ich ihr offensichtlich nicht habe beibringen können, mehr in der Musik zu sehen als bloß eine Herausforderung, Geschwindigkeitsrekorde aufzustellen. In der Sendung hielt Anna ihre Trophäe in die Kamera und prahlte, auf der ganzen Welt gebe es nur einige wenige Exemplare, und sie habe nur mit größter Mühe eines davon ergattern können. Ich saß vor dem Fernseher, knabberte Mandeln und hätte mich beinahe verschluckt, weil ich unwillkürlich aufschrie: »Na, die hat vielleicht Nerven!«

MARK

Der erste Teil war gut. Und der zweite läuft gar nicht schlecht. Es war die vielen Proben wirklich wert. Das Publikum ist still, und ich wische mir mit meinem weißen Taschentuch den Schweiß von der Stirn, genau wie mein Vater es immer tat.

»Es muss immer ein weißes Taschentuch sein, das ist eleganter«, pflegte der große Karl T. zu sagen, und ob nun aus genetischen Gründen oder aus Sympathie, Mark T. sagt jedenfalls dasselbe.

»Sie sollten auf Ihr Herz achtgeben. So etwas ist erblich«, warnte Maria mich, als wir einander vor zehn Jahren Lebewohl sagten. Sie hatte Tränen in den Augen. Der Ärmsten fiel der Abschied sehr schwer, doch in meiner neuen Wohnung, obwohl sie recht geräumig war, hätten wir einander ständig auf den Füßen gestanden.

»Ich würde Ihnen ja vorschlagen, dass Sie zum Bügeln und Saubermachen zu mir kommen, aber da Sie jetzt Geld haben, wollen Sie doch bestimmt nicht mehr putzen gehen, oder?«

»Oh doch, Senyor Mark, ich komme gern.«

»Mark«, verbesserte ich sie lächelnd, und sie berichtigte sich: »Entschuldigung, Mark.«

Maria war und ist ein herzensguter Mensch. Sie erinnert mich so sehr an meinen Vater. Die beiden haben vierzig Jahre zusammengelebt, und jeder kannte die Macken des anderen ganz genau. Für sie war es sicher nicht leicht mit meinem Vater. Er war ein sonderbarer Mensch, der ausschließlich für die Musik lebte und niemanden hatte, der ihn verstand. Nicht einmal ich selbst bin mir sicher, ob mir das in den Jahren, die ich an seiner Seite verbracht habe, gelungen ist.

Bei der Testamentseröffnung wurde mir klar, wie gut sich mein Vater mit Maria verstanden hatte. Das Dokument war einige Jahre zuvor, nach meiner Ankunft in Barcelona, geändert worden und bedachte auch mich. Wenn ich nicht gewesen wäre, hätte er seine gesamten Ersparnisse Maria vermacht. Da mein Vater keinerlei Ausgaben hatte, hatte er alles, was er verdiente, auf die hohe Kante legen können, mit der Zeit ein echtes Vermögen. Maria konnte davon eine Wohnung kaufen und sich zur Ruhe setzen. Ich legte mir ebenfalls eine neue Bleibe zu, konnte mich jedoch ganz und gar nicht zur Ruhe setzen, denn auf mich wartete ein Berg Arbeit, zu dem mein Vater nicht mehr gekommen war. Plötzlich war ich überall gefragt und ständig auf

Reisen, wie früher, nur war ich jetzt nicht mehr als Student oder Cellist unterwegs, sondern leitete das verwaiste Orchester meines Vaters.

Als ich Anna näher kennenlernte und ihr erzählte, was mein Vater Maria hinterlassen hatte, reagierte sie verständnislos. »Aber du bist doch sein Sohn. Wie konntest du es zulassen, dass dein Vater nicht dir alles vermacht hat? Und wieso ist es dir egal, dass er die Hälfte seines Vermögens einem Dienstmädchen hinterlässst?« Annas Sichtweise und mehr noch der Nachdruck, den sie in ihre Worte gelegt hatte, machten mich sprachlos. Ihre Augen blitzten zornig, und sie war so aufgebracht, als ginge es um etwas, was ihr eigener Vater ihr angetan hatte. Ich blickte sie an. Es ging ihr sicher nicht ums Geld, denn davon hatte sie mehr als genug. Doch was mochte sonst dahinterstecken? Ich habe keine Ahnung. Ich weiß nur eins: Es störte mich tatsächlich nicht, ich fand es vielmehr absolut angemessen, dass Maria ein Gutteil dieses Erbes zufiel. »Es hätte mich gestört, wenn ich gar nichts bekommen hätte«, antwortete ich daher. »Doch mir reicht das, was er mir hinterlassen hat. Ich finde, es ist eine ganze Menge.«

Abgesehen davon, war der wichtigste Teil dieser Erbschaft der Familienname. Weil ich so hieß wie mein Vater, öffneten sich mir mit einem Mal viele Türen, was es mir erlaubte, Musik zu machen, meine Musik.

Anna tauchte vor etwa fünf Jahren in meinem Leben auf. Ich kannte sie vorher nicht näher, sondern hatte sie nur einmal vor der Konzertreise meines Vaters gesehen, als ich zufällig zu Hause war. Bei der Gelegenheit hatte sie mich zwar schwer beeindruckt, aber ich hatte nicht mit ihr gesprochen. Doch vor fünf Jahren kontaktierte ich sie wegen eines Konzerts, und da zeigte sie mir, wie sie spielen konnte. Sie verdrehte mir den Kopf mit ihrer Spielweise und ihrer ganzen Art. Als ich sie den Saal betreten sah, in dem wir probten, war es um mich geschehen. Es kostete mich eine übermenschliche Anstrengung, den Blick von ihren wiegenden Hüften und ihren tiefgründigen, dunklen Augen abzuwenden und mich auf das zu konzentrieren, was ich gerade tat. Sie war sich dessen sehr wohl bewusst, glaube ich, denn sie kostete es sichtlich aus. Damals wie heute.

Und jetzt weiß ich nicht, wie ich sie mir vom Hals schaffen soll. Ich weiß, es ist nicht schön, so etwas zu denken, aber diese Frau nimmt mir die Luft zum Atmen. Ich fühle mich genötigt, ihr sämtliche Soloparts anzubieten, und auch wenn sie meisterhaft spielt, gibt es doch auch andere Geigen, die ich gern einmal ausprobieren würde. Doch sie lässt mich nicht, ich kann keine zwei Schritte ohne sie tun. Mir ist, als würde ich eine kaum zu bewältigende Bürde mit mir herumschleppen. Vor anderen Leuten muss sie ständig mit mir Händchen halten. Alle Liebe und Zärtlichkeit, die ich anfangs für sie empfunden habe, sind verschwunden. Nichts ist davon übrig, auch nicht vom Kribbeln jener ersten Tage, als ich sie nach den Proben nach Hause begleitete und sie mich hereinbat. »Nun komm schon, ich fresse dich schon nicht«, sagte sie. Aber das war eine Lüge, sie hat mich mit Haut und Haar verschlungen, und ich habe es mir gern gefallen lassen. Sie raubte mir den Verstand. Ich weiß nicht, was diese Frau mit mir gemacht hat, jedenfalls war ich mit Blindheit geschlagen.

Gleich wird sie auf die Bühne kommen und zusammen mit Teresa Bach spielen, mit der Frau, die sie abgrundtief hasst und der sie keinen Triumph gönnt.

»Was hast du eigentlich gegen Teresa?«, habe ich sie einmal gefragt.

»Gar nichts«, erwiderte sie wie aus der Pistole geschossen.

»Aber du lässt kein gutes Haar an ihr, dabei scheint sie sehr nett zu sein.«

Da sprang Anna auf, als hätte jemand einen Knopf gedrückt und in ihrem Inneren eine Sprungfeder ausgelöst. »Traue nie dem äußeren Schein«, sagte sie so bedrohlich, dass mir regelrecht mulmig wurde, und reckte ihre kleine Nase entschieden in den Himmel. Ich lachte. Noch fand ich das amüsant, noch liebte ich sie, noch glaubte ich ihr.

Heute Abend nach dem Konzert werde ich ihr sagen, dass es aus ist. Aus und vorbei.

ANNA

Ausgerechnet jetzt, da ich gleich auf die Bühne muss, mein Adrenalinspiegel steigt und der Regengeruch mir noch das Hirn benebelt, kommt mir der Tag in den Sinn, an dem ich sie wiedersah, in genau so einem Moment wie diesem, unmittelbar vor meinem Auftritt. In dem Saal damals konnte man das Publikum bereits sehen, bevor man hinaustrat. Ich warf also einen Blick in den Zuschauerraum und war fassungslos, als ich sie im Parkett sitzen und auf meinen Auftritt warten sah. Sie hatte mich jedoch nicht bemerkt, da sie in dem Moment nicht in meine Richtung schaute.

Teresa steht mit ihrer Geige direkt neben mir, ich spüre ihre schweigsame, resignierte Gegenwart, ihre verhasste Gegenwart, und erinnere mich an den Schock, den mir die Anwesenheit dieser anderen Frau damals versetzte, als ich sie unmittelbar vor meinem Auftritt im Publikum entdeckte. Ich musste mich ungeheuer zusammenreißen und umklammerte die Stainer, die ich mir mittlerweile von diesem

Dienstmädchen, das sie anscheinend behalten wollte, zurückgeholt hatte. Ich hielt sie ganz fest, schloss die Augen und sagte mir, das könne gar nicht sein. Doch als ich die Augen wieder aufschlug, saß sie immer noch da, mitten im Publikum, und folgte aufmerksam dem Konzert. Als sich unsere Blicke kreuzten, dachte ich, ich würde unmöglich spielen können. Ich habe in meinem Leben schon einiges durchmachen müssen, aber das war eindeutig zu viel.

Mark betritt unter Beifallsstürmen die Bühne. Er wischt sich mit seinem weißen Taschentuch den Schweiß von der Stirn und blickt mit einem kleinen Lächeln zu uns herüber.

»Los, ihr beiden. Die Bühne gehört euch.«

Als ich merke, dass Teresa mir den Vortritt lässt, setze ich ein Lächeln auf und trete hinaus. Das Orchester erhebt sich, Applaus brandet auf. Der Beifall ist wie Balsam für meine übersensible Haut. Zum Glück habe ich das Scheinwerferlicht und die Wärme des Publikums, zum Glück hatte ich das all diese Jahre hindurch, denn manche Dinge sind nur schwer zu verwinden.

»Was machst du denn hier?«, fragte ich, als sie hinkend in meine Garderobe trat, nachdem mich das Pochen an der Tür schon das Schlimmste hatte befürchten lassen.

»Ich habe gesehen, dass du mich entdeckt hast«, sagte sie lächelnd. Es war ein aufgesetztes, runzliges Lächeln, das den Zauber früherer Zeiten verloren hatte.

»Du bist alt geworden«, entfuhr es mir unbarmherzig.

»Wir werden alle älter«, erwiderte sie unbeirrt. »Es tut mir leid, was damals geschehen ist. Ich wollte nicht einfach so von der Bildfläche verschwinden, doch dein Vater hat mich dazu gezwungen.«

Ich hob die Augenbrauen. »Bei dieser Geschichte dreht jeder alles so, wie es ihm gerade passt.«

»Dein Vater ist tot, nicht wahr?«

»Ja, schon lange«, erwiderte ich und fragte dann: »Was willst du?«

Sie schwieg einen Moment, bevor sie antwortete. »Nichts. Ich wollte dich nur sehen.« Dann fuhr sie fort: »Du spielst sehr gut, dabei mochtest du die Geige doch gar nicht.«

Ich hatte ja nichts anderes, schrie ich innerlich. Laut sagte ich: »Jetzt hast du mich ja gesehen.«

»Bist du verheiratet? Hast du Kinder?«

Ich wusste zuerst nicht, ob ich auf die Frage antworten sollte. »Ich lebe mit einem Mann zusammen.« Dass er der Dirigent des Konzerts war, das sie gerade gehört hatte, sagte ich nicht.

Dann schien sie die richtigen Worte gefunden zu haben, um mir zu sagen, was sie loswerden wollte. »Dein Vater war der Ansicht, Kinder sollten bei ihrer Mutter aufwachsen.«

Ich schwieg, denn ich verstand immer weniger, was dieses törichte, grausame Spiel sollte, das mich wie ein Fausthieb in der Magengrube traf. Ich war endlich darüber hinweg, und da kam sie daher und erzählte mir einen solchen Stuss. Ich schaute ihr ins Gesicht und schnauzte sie an:

»Und warum habt ihr euch nicht beide um mich gekümmert? Das ist doch Schwachsinn, Mama.«

Ich hatte Mama gesagt. Zum ersten Mal nach so vielen Jahren. Sie seufzte. »Das wollte er nicht. Er sagte, dann hättest du ganz bei ihm bleiben wollen.«

Ich zog mir die Lippen nach und dachte: »Vielleicht hatte er damit gar nicht so unrecht.«

»Ich habe mit einem Mann im Ausland gelebt. Aber jetzt bin ich wieder da und bemühe mich, alle deine Konzerte zu besuchen. Ich war auch schon bei ein paar Konzerten, die du auswärts gegeben hast, in Paris, in Mailand, in Lyon.«

Ich schminkte mich weiter und leckte mir über die Lippen. Dann sagte ich ganz leise: »Bitte geh.«

Sie drehte sich auf dem Absatz um, und während sie auf die Tür zuschlich und sie öffnete, kam sie mir alt, sehr alt vor. Bevor sie verschwand, sagte sie nur: »Verzeih mir.«

Kaum war ich allein, begann ich zu zittern wie Espenlaub. Bei jedem Konzert künftig eine Begegnung mit meiner Mutter fürchten zu müssen hatte mir gerade noch gefehlt. Mark kam herein, sah mich dasitzen und zu Boden starren und wollte wissen, was los sei.

»Mir ist nicht gut«, sagte ich, »ich weiß nicht, mir ist schwindelig. Es geht bestimmt gleich vorbei.«

Mark und ich lebten zu dieser Zeit schon lange in der Wohnung im höher gelegenen Teil der Stadt, wo sich die Blumen in den Gärten sanft um die Mauern der schicken Häuser schmiegen. Für ihn, die Stainer und mich war es die beste aller Welten. Manchmal spazierte ich zum Teich, um nachzuschauen, ob meine Seele noch dort war, und um ihr zu sagen, dass sie mir nicht mehr fehlte. Doch nach dem unerwarteten Wiedersehen mit meiner Mutter spürte ich, dass ich sie brauchte. Als ich jedoch nach ihr suchen ging, war sie erneut verschwunden. Mit einem Mal war es um meine Ruhe und meinen Frieden geschehen. Mark und die Stainer reichten mir nicht mehr. Eine Zeit lang hatte ich sehr viel zu tun und hielt bei jedem Konzert nach meiner Mutter Ausschau. Ich wusste, dass sie da war, doch sie kam anschließend nie wieder zu mir. Dann bekam ich eine Lungenentzündung, man riss mir die Geige buchstäblich aus der Hand und steckte mich ins Bett. Mark musste für die anstehenden Konzerte einen Ersatz finden. Es war mir unerträglich zu sehen, wie eine andere meinen Platz einnahm, also sagte ich zu meinem Mann, er solle mich unbedingt spielen lassen, und beteuerte, ich würde es trotz meiner Krankheit schaffen. Wenn er nachmittags aus dem Haus ging, fing ich an zu üben. Ich nahm die Stainer und spielte und spielte, dass es an Raserei grenzte. Ich stellte mir vor, meine Mutter würde das Konzert mit der anderen Violinistin hören, von der Mark sagte, sie spiele ausgezeichnet, und dass sie Mama womöglich besser gefallen könnte als ihre eigene Tochter. Vielleicht hätte sie die ja nicht einfach links liegen gelassen.

Eines Nachmittags erwartete ich Mark im Pyjama, die Stainer in der Hand. Ich glühte, doch der Gedanke, dass er mit einer anderen Geigerin probte, war kaum auszuhalten. Also saß ich da und wartete, bis die Tür aufging, dann legte ich die Geige an. Ich spielte *Il trillo del diabolo* von Tartini, so gefühlvoll wie nie, und steigerte mich noch, als Mark auf mich zukam, überrascht vor mir stehenblieb und mich ansah. Ich spielte voller Hingabe, nicht nur mit Seele, sondern mit Leidenschaft. Gut zwei Minuten lang ließ ich mich mitreißen, ob vom Fieber oder vom leibhaftigen Teufel, weiß ich nicht. Und in dem Moment, als ich zusammenbrach, begriff ich, dass mich das Wissen, von Mama auf Schritt und Tritt verfolgt zu werden, umgeworfen hatte.

Ich kam erst ins Krankenhaus, und anschließend brachte mich Mark für zehn Tage in einen Kurort. Zehn Tage ohne Geige. Doch ich vermisste sie nicht. Ich hatte zwar mein Instrument nicht, dafür aber meinen Mann, der nur dafür lebte, mich glücklich zu machen.

Jetzt steht er hier vor uns, bereit, uns den Einsatz zu geben. Teresa fängt an, und dann, beim fünften Takt, falle ich ein. Nach diesem Konzert brauche ich sie nie wiederzusehen. Dann ist Teresa ein für alle Mal Vergangenheit. Ich lege die Geige an und setze, als es so weit ist, zum ersten Bogenstrich an. Doch aus unerfindlichen Gründen entsteigt dem Inneren der Stainer ein fremder, falscher Ton, und plötzlich beginnt alles zu schwanken.

MARIA

Was beim Bach-Konzert passiert ist, habe ich nicht mehr mitbekommen, denn ich bin vorher gegangen. Als das Publikum für das vorige Stück applaudierte, bin ich aufgestanden und habe mir, so gut es ging, einen Weg durch die Reihe gebahnt. In meinem langen Kleid, das mir fast bis auf die Füße reicht, habe ich mich stolpernd an den Leuten vorbeigedrängt, was mir genauso befremdete Blicke eingetragen hat wie meine unverständlich gemurmelten Entschuldigungen. Anschließend bin ich die Treppen hinunter und zum Seiteneingang des Theaters gegangen. Draußen ist es dunkel. Hier im Foyer ist es ganz ruhig, das Publikum sitzt im großen Saal, in dem Senyora Anna vermutlich gerade in Panik gerät, weil ihre Geige nicht so klingt, wie sie sollte. Die Garderobiere, die mich nicht versteht, ist immer noch da. Als sie mich sieht, stößt sie einen aufgeregten kleinen Schrei aus und deutet neben sich auf den halb unter Mänteln verborgenen Geigenkasten.

»Ja, genau … Ich möchte meinen Mantel und die Geige … danke.« Sie hat verstanden, was ich meine, und reicht mir die Sachen. Sicher ist sie erleichtert, weil ich nun nicht mehr dauernd antanzen werde, um den Kasten abzuholen, zurückzubringen, wieder abzuholen … Lächelnd nicke ich ihr zu. »Auf Wiedersehen und danke.«

Ich kann mich kaum noch auf den Beinen halten. Mein Bauch ist zum Platzen gespannt, aber nicht etwa, weil ich zur Toilette müsste, ich habe den ganzen Tag nichts gegessen. Er tut mir bloß entsetzlich weh. Doch was macht das schon. Wenn man erst mal in meinem Alter ist, lächelt man sogar über Schmerzen. Ich ziehe meinen Mantel an und gehe hinaus. Dort wende ich mich noch einmal um und sehe die Leuchtschrift *Staatsoper im Schiller Theater*. Ich halte die Luft an. Was die Worte heißen sollen, weiß ich nicht genau, doch die großen, hell strahlenden Buchstaben sind ziemlich eindrucksvoll. Gestern ist mir das gar nicht aufgefallen, und auch heute bei unserer Ankunft nicht. Aber da war es auch noch hell, und außerdem sind wir mit dem Taxi gekommen. Jetzt kann ich kaum die Hand vor Augen sehen, aber ich merke, dass die Erde nass ist, obwohl es aufgehört hat zu regnen.

An dem Tag, als ich Senyora Teresa traf, regnete es auch. Sie spazierte durch die Straße, in der ich meine neue Wohnung habe, in einem bescheideneren Viertel als dem, in dem ich mit Senyor Karl gelebt hatte. Senyor Mark dagegen wohnte noch dort in der Nachbarschaft, und ich ging einmal in der Woche hin. Für ein kleines Gehalt und die Gelegenheit zu einem Schwatz mit jemandem, der mich gern hatte, putzte ich seine Wohnung. Manchmal war Senyor Mark auch gar nicht da, denn er war mittlerweile sehr gefragt und gab ein Konzert nach dem anderen. Darin ähnelte er Senyor Karl immer mehr, allerdings auch nur darin. Der Sohn würde nie so werden wie der Vater, solche Musik würde er niemals machen.

Als ich erfuhr, wie viel Geld Senyor Karl mir vermacht hatte, war mir das egal. Mir war alles gleichgültig, alles, außer der Tatsache, dass er plötzlich aus meinem Leben verschwunden war. Zuerst fand ich es unglaublich ungerecht, und später fühlte ich mich unendlich einsam. Nach vierzig Jahren Gemeinsamkeit stand ich nun allein da. Sicher, ich hatte jetzt Geld, aber das war mir nicht wichtig. Egal was ich tat, ständig rannen mir die Tränen aus den Augen. Es war, als wollten sie überhaupt nicht mehr versiegen, als wären sie durch nichts aufzuhalten. Ich war unsagbar traurig. Von Zeit zu Zeit nahm ich den Brief zur Hand, den er mir hinterlassen hatte, und küsste ihn. In den ersten Tagen holte ich die Stainer heraus, wenn ich allein zu Hause war, und spielte darauf die deutschen Lieder, vor allem das von der Bäuerin und dem Hirten. Und dachte: »Ach, hätte Senyor Karl mir doch schon früher gesagt, was in dem Brief stand!«

Und dann tauchte auf einmal Senyora Anna auf und nahm die Geige mit. Ich konnte ebenso wenig verhindern, dass sie geradewegs ins Musikzimmer rauschte, wie ich es auch früher nicht hatte verhindern können, wenn sie zu uns kam. Zu meinem Pech lag die Stainer in diesem Moment tatsächlich dort auf einem Stuhl, weil ich in dem schallisolierten Raum, in dem Senyor Karl besondere Wände hatte einziehen lassen, um Beschwerden der Nachbarn vorzubeugen, gerade erst darauf gespielt hatte. Jedenfalls marschierte Senyora Anna schnurstracks ins Musikzimmer, ergriff die Stainer und fragte mich im hochnäsigsten Ton, der mir je untergekommen ist: »Wo ist der Kasten?«

»Das ist nicht Ihre Geige«, stieß ich hervor.

»Natürlich ist das meine. Jeder, der mich kennt, wird Ihnen das jederzeit bezeugen.«

»Aber Senyor Karl hat mir gesagt, Sie hätten sie ihm überlassen!«

Senyora Anna sah mich an. Für einen kurzen Moment lag in ihrem Blick Zweifel, aber dann fing sie an zu lachen. »Reden Sie keinen Unsinn. Wie kommen Sie darauf, dass ich Karl die Stainer gegeben habe? Das ist doch lachhaft.«

Verzweifelt überlegte ich, was ich tun sollte. Am liebsten hätte ich den Brief als Beweis geholt und ihr unter die Nase gerieben, dass die Geige nicht mehr Senyor Karl, sondern inzwischen mir gehörte, aber das, was er sonst noch geschrieben hatte, hielt mich davon ab. Denn wenn ich Senyora Anna den Teil des Briefs zu lesen gäbe, in dem stand, dass er die Geige als Gegenleistung für ein Heiratsversprechen bekommen hatte und sie nun mir schenkte, dann hätte ich ihr auch den Rest zeigen müssen, und das ging nicht, zumindest nicht in diesem Moment. Ich dachte ein paar Sekunden darüber nach und hielt es schließlich für das Beste, gar nichts zu tun und den Dingen ihren Lauf zu lassen. Als sie merkte, dass ich nicht weiter versuchte, mit ihr um das Instrument zu streiten, drängte sie: »Was ist nun? Geben Sie mir den Geigenkasten, oder soll ich so mit dem Instrument auf der Straße rumlaufen?«

Plötzlich spürte ich, dass ich sie hasste. Dieses Gefühl war mir bis dahin unbekannt, und es behagte mir nicht, aber ich kam nicht dagegen an. Während ich in mein Zimmer ging, um den Geigenkasten zu holen, musste ich gegen die Tränen ankämpfen, Tränen der Wut, nicht der Trauer. Senyora Anna verstaute das Instrument ohne ein Wort des Dankes und verschwand mit einem knappen »Leben Sie wohl«. Sobald sie fort war, fing ich an zu weinen.

Doch meine Tränen versiegten bald, jedenfalls die wegen der Geige. Und nach außen hin auch die, die ich um Senyor Karl vergoss. In meinem Inneren flossen sie jedoch noch lange weiter, ohne dass ich ihnen hätte Einhalt gebieten können. Dass man innerlich weinen kann, war genauso neu für mich wie der Hass auf Senyora Anna, der allerdings nach und nach schwächer wurde, weil ich begriff, dass ich mir mit so negativen Gefühlen allenfalls selbst schadete und es deshalb dumm wäre, daran festzuhalten. Weitaus schwieriger war es, über die Trauer um Senyor Karl hinwegzukommen. Die Tränen stauten sich in mir auf und fraßen sich durch meine Magenwände, als wären sie aus

Essig. Und zwar anders als jetzt, wo es sich tatsächlich anfühlt, als hätte ich Säure im Bauch. Damals hätte mir kein Arzt helfen können.

Als Senyor Mark und ich aus dem Haus neben dem Park auszogen, fragte er, ob ich etwas mitnehmen wolle. Ich bat um die andere Geige, die zum Lernen.

»Er hat immer darauf gespielt«, log ich.

»Ach, und ich dachte, er hätte das Geigespielen aufgegeben.«

»Sie waren nicht oft zu Hause, Senyor Mark, ich meine, Mark.«

»Da haben Sie auch wieder recht«, räumte er mit einem traurigen Lächeln ein. »Und sonst wollen Sie nichts mitnehmen?«

Ich zögerte. »Nun ja, da wäre schon etwas, das ich gern mitnehmen würde, aber ich weiß nicht, ob das geht, weil es ziemlich schwer ist.«

Senyor Mark hob erwartungsvoll die Brauen.

»Den Beethoven«, sagte ich hastig.

Da fing Senyor Mark an zu lachen. »Sie sind wirklich gut, Maria, auf was für Ideen Sie kommen. Ich weiß nicht, ob man uns das gestattet, aber wir werden unser Möglichstes versuchen. Ich nehme eigentlich nicht an, dass man uns wegen einer Gipsbüste Schwierigkeiten machen wird.«

Es war tatsächlich kein Problem. Die Beethoven-Büste war seinerzeit Senyor Karl zuliebe im Eingangsbereich aufgestellt worden, aber wenn das Haus jetzt verkauft oder anderweitig vermietet werden sollte, entfernte man sie besser, denn eine normale Familie würde den Platz vermutlich lieber für ein Tischchen oder eine Lampe nutzen wollen. Und so landete der Beethoven bei mir, in meiner winzigen neuen Wohnung. Er passte weder in den Flur noch in die Küche, also gab ich ihm das andere Schlafzimmer, wo er mitten im Raum stand und jeden Tag von mir abgestaubt wurde. Anfangs sagte ich ihm nur »Gut'n Tag«, doch mit der Zeit fing ich an, mehr mit ihm zu sprechen. Ich erzählte ihm von Senyor Karl und las ihm den Brief vor, den er mir gegeben hatte und der jetzt in meiner Tasche steckt. Und zwar nicht nur einmal, sondern viele tausend Male, und jedes Mal weinte ich. Beethoven nicht, der war ja aus Gips, dabei hatte ich gedacht, er wäre aus Stein, und nun stimmte das gar nicht, aber er war genauso kalt, schaute genauso böse drein und war bestimmt genauso taub, denn der echte soll ja so stocktaub gewesen sein, dass er nicht einmal ein Erdbeben gehört hätte. Anschließend nahm ich die Geige und stimmte sie, so gut ich es ohne Klavier fertigbrachte. Ich hatte herausgefunden, dass es ganz gut klappte, wenn ich dabei im Radio klassische Musik hörte. Dann fand ich das A auf Anhieb, und ich konnte die deutschen Lieder spielen, vor allem das von der Bäuerin und dem Hirten. Dabei musste ich allerdings so sehr weinen, dass ich beschloss, dieses Lied vorläufig nicht mehr zu spielen.

Anfangs war alles düster und trist. Die Wohnung war so winzig, dass ich das Gefühl hatte, nicht atmen zu können.

Einmal in der Woche ging ich zu Senyor Mark und putzte bei ihm. Manchmal sah ich ihn, und wir schwatzten ein Weilchen, aber in der Regel war er nicht da, sondern legte mir den vereinbarten Lohn hin, obwohl ich den dank der Erbschaft gar nicht nötig gehabt hätte. Senyor Karl hatte nie einen Céntimo ausgegeben. Nicht einmal die Stainer hatte er selbst gekauft, sondern sie von seinem Vater bekommen. Mit dem, was er mir hinterlassen hat, könnte ich ewig leben, wenn ich wollte, denn als alleinstehende Frau habe ich keine großen Ausgaben.

Auf dem Rückweg von Senyor Mark ging ich immer durch den Park mit dem stillen Teich, auf dem Seerosen und die Blätter trieben, die ihnen als Bett dienen. Dann schloss ich für einen Moment die Augen, sog den Duft nach Grün auf und ließ mich einlullen vom rauschenden Laub der Pappeln und den Stimmen der Kinder, die nachmittags dort spielten, genau wie die, die Senyora Teresa früher einmal gehütet hatte und die ihr immer in alle Richtungen entwischt waren.

Senyora Teresa war einmal bei mir, weil ich sie draußen vor dem Haus getroffen hatte und es regnete. Lächelnd erkundigte sie sich nach meinem Befinden, und wir kamen gleich auf Senyor Karl zu sprechen. Glücklicherweise lag sein Tod schon ein paar Jahre zurück, und ich konnte inzwischen normal darüber reden, ohne in Tränen auszubrechen. Ich lud sie spontan ein, mit mir nach oben zu kommen, denn es wäre sehr unhöflich gewesen, wenn ich sie im

Regen stehengelassen und die Tür hinter mir zugemacht hätte. Sie zeigte mir eine Flasche Sekt, die sie offenbar gerade geschenkt bekommen hatte. »Die trinken wir«, schlug sie gut gelaunt vor.

Also gingen wir in meine Wohnung hinauf, und ich führte sie, um keine Erklärungen abgeben zu müssen, an dem Zimmer mit Beethoven und der Geige vorbei in mein winziges Esszimmer, von dem sie ganz angetan war. Sie fragte mich, ob ich noch Kontakt zu Senyor Mark hätte. Und ich sagte: »Nein, nicht mehr«, was stimmte, weil er mich zwei Tage zuvor entlassen hatte.

Senyora Teresa und ich schenkten uns zwei Gläser Sekt ein. Bei Senyor Karl und in den anderen Haushalten, in denen ich vorher gearbeitet hatte, habe ich eine Menge gelernt, unter anderem, dass man gastfreundlich sein und immer Gläser griffbereit haben sollte. Es ist besser, auf alles vorbereitet zu sein, weil man nie wissen kann, wer möglicherweise vorbeikommt. Mir fehlte an dem Tag nur der Sekt, doch den hatte ja zum Glück Senyora Teresa mitgebracht.

»Warum denn nicht?«, wollte sie wissen, als sie hörte, dass ich keinen Kontakt mehr zu Senyor Mark hatte. Ich seufzte.

»Neuerdings geht Senyora Anna bei ihm ein und aus, und sie mag mich nicht sonderlich, wissen Sie?« Von der Telefonnummer, die mir Senyor Mark gegeben hatte, damit ich ihn notfalls erreichen konnte, sagte ich Senyora Teresa nichts, und auch nicht, dass er mir den Wohnungsschlüssel gelassen und mir zig Mal beteuert hatte, wie leid es ihm tue.

Senyora Teresa trank einen Schluck Sekt und hüstelte. »Anna ist schwierig«, sagte sie in unbestimmtem Ton. Sie trank ihr Glas leer und schenkte sich nach. Ich selbst trank nur zwei Gläser, und sie den Rest. Und als ihr der Sekt zu Kopf gestiegen war, lüftete sie das Geheimnis der Stainer.

Himmel, ich bekomme keine Luft. Ich kann mich nicht rühren. Und hier in dieser Finsternis auf dem Vorplatz des Theaters mit dem nassen, rutschigen Pflaster sieht mich niemand. Es kostet mich eine ungeheure Kraftanstrengung, einen Fuß vor den anderen zu setzen, aber weit werde ich nicht mehr kommen. Jesses Maria, ich werde Barcelona nicht wiedersehen. Das weiß ich jetzt.

TERESA

Gott, war das grässlich. Das Publikum hat zwar nicht bemerkt, dass es nicht die Stainer war, sondern nur, dass irgendetwas nicht stimmte, aber wir drei, Anna, Mark und ich, sind beim Klang der Geige vor Schreck erstarrt. Wir haben zwei Takte gespielt, und dann hat Anna einfach aufgehört. Ihr war anzusehen, dass sie weiterspielen wollte, aber nicht konnte. Sie hat ihren Einsatz verpasst, als ob etwas sie am Spielen hinderte, als ob ihr die Finger nicht gehorchten und sie keine Macht über Saiten und Bogen hätte. Mark hat Anna einen Blick zugeworfen und dann das Orchester unterbrechen müssen, um sie aus ihrem Schockzustand zu holen. Im Saal herrschte Grabesstille. Die anderen Musiker haben wohl nicht begriffen, was los war, zumindest ließen sie sich nichts anmerken, doch Anna hat mit hochrotem Kopf auf die Geige gestarrt, die genauso aussieht wie die Stainer, aber nicht die Stainer ist. Auch ich habe zu dem Instrument hinübergeschielt, aber nur unauffällig aus dem

Augenwinkel, weil mir klar war, dass wir die Situation irgendwie retten mussten. Zum Glück ist es meiner Partnerin nicht in den Sinn gekommen, sich dort vor allen Leuten mit einem Blick ins Innere des Instruments zu vergewissern, ob die Signatur wirklich die von Stainer ist. Das wäre wirklich eine Katastrophe gewesen. Doch sie stand einfach nur fassungslos da. Das Ganze war eine Sache von Sekunden, bis Mark die Lage wieder in den Griff bekommen hat. Er hat sich ans Publikum gewandt und mit einem Lächeln gesagt: »Für diejenigen, die das nicht wissen: So ein verpatzter Einsatz war typisch für ihn. Wie der im Neujahrskonzert beim Donauwalzer.« Die Leute haben gelacht und geklatscht. Dann hat Mark sich umgedreht und uns beiden mit den Augen zu verstehen gegeben: »Ob mit Stainer oder ohne, wir geben unser Bestes.« Also haben wir angefangen zu spielen und vergessen, dass Anna nicht auf der Stainer spielte. Ihre Reaktion auf den Zwischenfall war wirklich beachtlich, das muss ich fairerweise zugeben. Die Tatsache, dass sie sich so wenig durch ihre Gefühle hinreißen lässt, hat ihr in dieser Situation geholfen, die Beherrschung zu bewahren und auf einem fremden Instrument genauso zu spielen, wie sie es auf der Stainer getan hätte oder einer anderen Geige, die sie ihr Leben lang kannte. Dafür habe ich sie ehrlich bewundert. Am Ende sind wir mit Applaus überschüttet worden, doch in meinen Augen gebührte er vor allem ihr. Heute hat sie sich die Anerkennung des Publikums mehr als verdient. Wir haben uns verbeugt, bekamen

Blumensträuße überreicht, und jetzt gehen wir von der Bühne ab, während das Orchester wieder Platz nimmt.

»Was ist passiert?«, will ich wissen und werfe einen Blick auf Annas Geige.

»Keine Ahnung …«

Sie wirkt aufrichtig. Sie weiß ebenso wenig, was geschehen ist, wie Mark und ich. Er hat den Taktstock noch in der Hand und sagt: »Los, gehen wir noch einmal raus, bevor der Beifall aufhört.«

Mit einem Lächeln auf den Lippen treten wir hinaus auf die Bühne. Manchmal zwingt einen das Leben dazu, ein Lächeln aufzusetzen und sich hinauszuwagen. Hier im Theater gibt es wärmende Scheinwerfer, aber in der Welt draußen ist es kalt. Da ist man dann ganz allein, so wie ich nach Karls Tod, trotz meiner Rückkehr ans Konservatorium und zu meinem Quartett. Karl hat mir viel mehr bedeutet als das sexuelle Abenteuer der ersten Zeit. Er war nicht wie Maties, mit ihm gab es nicht diese zügellose Leidenschaft und nicht die gemeinsame Sicht aufs Leben, nicht das Gefühl, seine bessere Hälfte gefunden zu haben. Und doch hatte mir dieser Mann, dieser große Dirigent, das Herz gestohlen. Mein Herz, von dem ich, wie er so oft behauptet hatte, zu viel in mein Spiel lege. Und dabei hatte er mich noch nicht einmal auf meiner magischen Geige spielen gehört. Weiß der Himmel, wo sie abgeblieben ist, vielleicht hat sie nun wieder jemand, der ihr ihren Zauber zu entlocken vermag. Oder, wer weiß, womöglich liegt meine

Geige, die mir damals aus dem Unrat entgegenleuchtete, jetzt auf einer anderen Müllkippe.

»Sie erraten nie, wo ich die Geige gefunden habe«, sagte ich zu Maria.

»Welche Geige?«

»Die, die Anna jetzt hat, die Stainer.«

Ich schaute Maria an. Obwohl ich die Flasche Sekt praktisch allein getrunken hatte, wurde mir mit einem Mal bewusst, dass sie nie würde verstehen können, wovon ich gerade sprach. So gern ich Maria auch hatte, die wirklich eine reizende Person war, doch für sie gab es vermutlich keinen Unterschied zwischen einer Stainer und einer x-beliebigen anderen Geige.

»Entschuldigen Sie«, sagte ich und trank mein Glas aus, »die Geschichte ist ein bisschen verworren. Annas Geige hat früher einmal mir gehört, wissen Sie?«

Sie schaute mich befremdet an.

»Was Sie nicht sagen. Erzählen Sie.«

Wir hatten uns zufällig auf der Straße getroffen und saßen nun bei ihr zu Hause. Ich hatte eine Flasche Sekt dabei und fand es netter, sie gemeinsam mit ihr zu trinken als allein, wie ich in letzter Zeit alles allein tun musste. Maria und ich waren immer gut miteinander ausgekommen. Sie war liebenswürdig, und es war schön, mit ihr in Erinnerungen an Karl zu schwelgen oder sich darüber auszutauschen, wie sehr sich Barcelona verändert hatte. Dann sagte sie, sie gehe nicht mehr zu Mark, weil Anna sozusagen bei ihm eingezogen sei, und so kam es, dass ich ihr von meinem Leben als Müllsammlerin erzählte.

Ich hatte noch mit keinem Menschen darüber gesprochen, aber wie ich kam auch Maria aus bescheidenen Verhältnissen, und wenn jemand verstehen konnte, dass man auf einer Müllkippe faszinierende Dinge finden konnte, dann sie. Auch wenn sie nicht wusste, was eine Stainer war. Ich erzählte ihr also in knappen Worten, warum diese Geige so wertvoll war und was ich über den Tiroler Geigenbauer wusste, der im 17. Jahrhundert gelebt hatte. So einfach wie möglich erläuterte ich ihr, dass die Instrumente aus seiner Werkstatt etwas ganz Besonderes waren, weil sie einen eigenen Klang hatten, und dass man durch das F-Loch die Signatur des Meisters Jakobus Stainer und das Jahr der Fertigstellung sehen konnte.

»Unsere ist von 1672«, erklärte ich und fügte ein paar Einzelheiten hinzu, die ich noch über den Instrumentenmacher wusste. »Bis Anfang des 19. Jahrhunderts hatten seine Instrumente einen besseren Ruf als die italienischen.«

»Welche italienischen?« Sie schaute mich mit großen Augen an.

»Die aus Cremona. Sie wissen schon: Stradivari, Amati.« Aber anscheinend wusste sie gar nichts, denn sie sah mich nur verständnislos an. Also erklärte ich ihr: »Cremona ist eine Stadt in Italien, wo früher die besten und wertvollsten Geigen der Welt gebaut wurden.«

»Aha.«

»Von all denen weiß man, wo sie sich heute befinden, bei den Stainers ist das anders.«

Maria lächelte gedankenverloren. Meine Ausführungen schienen sie nicht weiter zu interessieren. In meinem Kopf drehte sich alles, und darum versuchte ich, meine Ausführungen abzuschließen: »Der Großteil der Stainers ging zunächst an österreichische Klöster und wurde später an Privatleute verkauft.« Ich musste husten, die Sektperlen kitzelten mich in der Kehle.

»Aber haben Sie nicht gesagt, Senyora Annas Geige hätte in Wirklichkeit Ihnen gehört?«, ermunterte sie mich weiterzusprechen.

Ich nickte und erzählte ihr, wie alles gekommen war, dass ich die Geige nicht gekauft hatte und sie mir auch niemals hätte leisten können, weil ich in bitterster Armut aufgewachsen war, und wie ich dank der Geige das Elend hinter mir lassen konnte.

»Wissen Sie, diese Geige hatte etwas Magisches«, betonte ich nach einem weiteren Schluck Sekt.

Ich versuchte, in ihrem Gesicht zu lesen, was sie von meiner Geschichte hielt, doch sie zeigte nicht die geringste Regung. Sie starrte mich bloß mit großen Augen an, als hätte sie mich nie zuvor gesehen. Ich weiß nicht, ob sie verstand, was ich ihr erzählte. Vielleicht glaubte sie es nicht.

»Ich schwöre Ihnen, dass ich die Geige auf einer Müllkippe gefunden habe«, sagte ich schließlich, als ich sie so reglos dasitzen sah. »Sie glauben mir wohl nicht.«

Da erwachte sie mit einem Mal aus ihrer Erstarrung.

»Doch, doch, ich glaube Ihnen.« Sie stand auf. »Bitte entschuldigen Sie mich, ich bin gleich wieder da.«

Als sie aus dem Bad zurückkehrte, schloss ich aus ihrer Gesichtsfarbe, dass ihr der Alkohol nicht bekommen war. Dabei hatte sie gar nicht viel getrunken. Mir dagegen ging es blendend, obwohl ich dem Sekt reichlich zugesprochen hatte. Und da ich nun schon einmal in Fahrt war, wollte ich auch den Rest noch loswerden.

»Das ist noch nicht alles.«

Maria ließ sich nicht lange bitten, sondern setzte sich hin und hörte mir weiter zu. Ihre Augen waren weit aufgerissen, als wäre sie von einem Blitzlicht geblendet worden. Zum allerersten Mal redete ich mir die ganze Geschichte mit Anna und ihrem Vater von der Seele, bis das erlösende Gefühl schließlich in Schmerz umschlug und ich zu weinen begann. Auf einmal wurde mir bewusst, wie viel besser es gewesen wäre, das alles schon früher auszusprechen, anstatt es wie einen stachligen Klumpen in mir herumzutragen. Sicher wäre ich dann leichter darüber hinweggekommen. Maria reichte mir Papiertaschentücher und streichelte mir die Schulter. Sie war wirklich ein guter Mensch. Möglicherweise verstand sie nicht, wie wertvoll das Instrument war, das ich auf der Müllkippe gefunden hatte, aber mit Tränen und Gefühlen kannte sie sich aus. Sie war nicht wie Anna, oh nein.

Bei Marias Berührung musste ich daran denken, wie

Karl mich zwei Tage vor seinem Tod gebeten hatte, ihn in den Arm zu nehmen. Wir alle brauchen menschliche Wärme und ein bisschen Zärtlichkeit, auch wenn wir so tun, als wäre es nicht so. Damals hatte ich nicht gewusst, dass Karl in Lebensgefahr schwebte und man ihm von der Reise abgeraten hatte. Nichts hatte ich gewusst. Und er, der es sehr wohl wusste und sich todkrank fühlte, stand am nächsten Tag auf, dirigierte sein Konzert und setzte sich anschließend ins Flugzeug nach Wien. Aber vorher wollte er von mir in den Arm genommen werden. Auch Karl T. war nur ein Mensch.

MARK

»Mark, hör zu! Ich wusste nichts davon.«

»Lass mich in Ruhe, Anna!«

Wir machen uns vor aller Augen eine Szene. Und das mit gutem Grund. Meine Frau folgt mir, oder besser gesagt, sie verfolgt mich die Treppe hinab bis zu meiner Garderobe. Sie schreit, sie habe von der anderen Geige nichts gewusst. Nach dem Konzert haben wir drei uns die Geige angesehen, Teresa, Anna und ich. Sie gleicht der Stainer wie ein Ei dem anderen, es ist eine exakte Kopie, sogar die Farbe und der kleine ausgebesserte Riss stimmen überein. Nur die Signatur ist nicht die von Stainer. In der Geige steht der Name eines Geigenbauers aus Barcelona. Ich weiß, Anna sagt die Wahrheit, aber ich habe genug, dieser Vorfall hat mir die Augen geöffnet. Was genau geschehen ist, weiß ich nicht. Ich weiß nicht, wer meiner Frau diesen bösen Streich gespielt haben mag, doch im Grunde glaube ich, dass sie es verdient hat. Nur wir anderen haben es nicht verdient, denn sie hat diesen Schlag, oder zumindest den anfänglichen Schrecken, ja nicht allein einstecken müssen.

Der Konzertmeister ist hinzugekommen, um die Geige ebenfalls zu begutachten und sich zu erkundigen, was passiert sei. Da wir ihm das auch nicht sagen konnten, meinte er, da habe sich wohl jemand einen schlechten Scherz erlaubt, und ging. Es klang eher beiläufig, doch gerade deshalb glaubte ich, eine gewisse Schadenfreude herauszuhören. Vermutlich lacht jetzt das ganze Orchester darüber, denn die anderen Musiker können Anna schlicht nicht ausstehen.

»Mark, es ist nicht meine Schuld!«

»Ich weiß, dass es nicht deine Schuld ist, aber lass mich bitte in Ruhe.«

Unser hitziger Wortwechsel hallt zwischen den weißen Wänden wider. Mein Blick fällt auf die abstrakte Zeichnung, die sich im Treppenaufgang des Theaters über eine ganze Wand erstreckt und mir mit einem Mal aufs Gemüt schlägt. Ich weiß nicht, was diese Figuren darstellen sollen, ich erkenne nur schlecht gemalte Vögel. Was ist los, mein Gott? Was ist los, warum ist alles so fremd, so surreal?

Anna ist besessen von Wasser. Gestern Abend musste ich mit ihr bei Eiseskälte an der Spree entlangspazieren. Sie blickte die ganze Zeit wie hypnotisiert auf den Fluss und hörte kein Wort von dem, was ich ihr zu sagen hatte. Sie hing an mir wie eine Klette und hatte nur Augen für das Wasser. Sie klammert sich an mich, weil ich der Einzige bin, der sie unterstützt. Ich bin ihr Mann, ich liebe sie. Oder liebte sie.

An meiner Garderobentür drehe ich mich um.

»Anna … Warum gehst du immer mit allen so herablassend um?«

Ich weiß, das ist nicht der springende Punkt und hat mit der Geige nichts zu tun, und dennoch war es der Auslöser, durch den mir klar geworden ist, worum es eigentlich geht. Überrascht schweigt sie einen Moment lang und schaut mich mit diesen faszinierenden Augen an, in denen ich jetzt etwas Grausames entdecke. Schließlich beißt sie sich auf die Lippe, und statt einer Antwort auf meine Frage sagt sie: »Ich muss dir etwas sagen, Mark.«

Ihr Ton ist verführerisch wie immer. Der Ton, der mich vor langer Zeit in ihre Arme hat sinken lassen, der Ton, den sie von Anfang an mir gegenüber angeschlagen hat, um mich zu binden, fest an sich zu binden, das begreife ich jetzt. Ich hole tief Luft und erwidere:

»Na schön, Anna, ich muss dir auch etwas sagen … Hör mir gut zu. Es reicht. Es ist aus. Es tut mir leid, aber es steht mir bis obenhin. Ich liebe dich nicht. Es tut mir leid.«

Das war's, ich habe es gesagt. Ich gehe in die Garderobe und höre, wie sie davor stehenbleibt, die falsche Stainer in der Hand. Sie starrt auf meinen Nacken, ich spüre förmlich, wie sich ihr Blick hineinbohrt, ein Blick, aus dem ein Leben voller Leid spricht, mit dem sie sich nie hat abfinden können und das ihr jetzt die Quittung präsentiert. Ich drehe mich um und sehe ihr an, dass sie etwas sagen will. Sie bewegt die Lippen, bleibt aber stumm. Mit hängendem Kopf wendet sie sich ab und geht langsam davon. Auf der Treppe hält sie sich am Geländer fest. Leb wohl, Anna.

ANNA

Es regnet nicht mehr, doch der Boden ist rutschig. Mit meinen hohen Absätzen werde ich noch hinfallen. *En souffrant*, immer *en souffrant*. Und meinen Mantel habe ich auch vergessen. Ich bin einfach in meinem Bühnenkleid auf die Straße gelaufen. Ich weiß nicht, wohin, ich weiß nicht, was ich mache, nicht, wie es weitergehen oder was ich tun soll. Obwohl es dunkel ist, versuche ich, den Pfützen auszuweichen, auf dem feuchten Pflaster ist in diesen hochhackigen Schuhen mein Gleichgewicht in Gefahr. Ich bücke mich und berühre mit den Fingerspitzen den kalten, nass schimmernden Boden. Nein, hier ist meine Seele nicht, ausgeschlossen, hier kann sie nicht sein.

Ich habe es Mark nicht gesagt. Ich habe ihm nicht gesagt, dass ich schwanger bin, damit er mir das Kind nicht auch noch wegnimmt. Im letzten Moment habe ich doch meinen Mund gehalten, und so wird das Kleine mir ganz allein gehören. Wenn ich schon Mark und die Stainer verloren habe, bleibt mir zumindest das Kind, jedenfalls wenn nichts schiefgeht, denn für eine Erstgebärende bin ich schon ziemlich alt. Ich muss gut auf mich achtgeben und darf es mit nichts übertreiben.

Wo mag die Stainer sein? Wer sie wohl an sich genommen hat? Ich schaue mich um. Das Publikum ist längst fort. Dort an der Ecke stehen noch ein paar Mitglieder des Orchesters und lachen. Vielleicht haben sie das Instrument ja ausgetauscht. Aber es ist eine exakte Kopie, die jemand vorsätzlich in Barcelona hat anfertigen lassen. Es war die Stainer, und es war sie nicht. Sie schien es tatsächlich zu sein, bis ich anfing zu spielen. Als ich sie von dem Stuhl genommen habe, auf dem ich sie zurückgelassen hatte, habe ich keinen Unterschied bemerkt. Und trotzdem muss der Austausch dort stattgefunden haben. In dem Moment, in dem ich vor die Tür gegangen bin, um frische Luft zu schnappen und dem Regen zuzusehen, hat mir jemand anstelle meines Schatzes dieses nachgemachte Ding dorthin gelegt. Es muss jemand gewesen sein, der meine Gewohnheiten genau kennt. Aber wer? Teresa und Mark nicht, das ist unmöglich. Auch wenn Mark mich gerade verlassen hat und sosehr ich Teresa hasse, das würde zu keinem von beiden passen. Aber wenn nicht sie, wer dann? Mir fällt sonst niemand aus meinem Umfeld ein. Es könnte höchstens sein, dass mich jemand beobachtet hat, den ich nicht kenne, der mir aber von Konzert zu Konzert gefolgt ist und meine Gewohnheiten ausspioniert hat, um mir das Instrument zu stehlen. Vermutlich hat ein Hehler die Stainer in der Zwischenzeit schon weiterverkauft und ein Vermögen damit gemacht.

»Findest du nicht, du solltest dir etwas überziehen, Anna?«

Die Stimme ist so unerwartet gekommen, dass ich zusammenzucke. Damit habe ich nun wirklich nicht gerechnet. Ich drehe mich um und sehe meine Mutter. Sie ist noch älter und kleiner geworden. Sie trägt einen Mantel mit Schal und Mütze.

Plötzlich kommt mir ein Verdacht, und ich fahre sie grußlos an: »Hast du mir die Stainer weggenommen?«

Sie fängt an zu lachen. »Nein, Anna. Was soll ich mit einer Geige anfangen oder mit dem Geld, das ich dafür bekommen könnte?« Dann wird sie ernst. Sie zögert kurz und sagt: »Aber ich habe gemerkt, dass du nicht auf deiner Geige gespielt hast. Sie klang so anders, und ich habe mir gedacht, dass etwas passiert sein muss … Jetzt verstehe ich. Die Stainer ist dir gestohlen worden.«

Ich schweige. Natürlich hat meine Mutter es bemerkt. Sie ist mir ja von Konzert zu Konzert nachgereist, wie sie mir damals erzählt hat, und auch wenn wir nie mehr miteinander gesprochen haben, tut sie das wohl immer noch. Das nenne ich Ausdauer.

»Ich wollte mit dir sprechen, weil ich gesehen habe, dass du Probleme hast …«

»Sag bloß! Und ausgerechnet du willst mir helfen, sie zu

lösen … Weißt du, wie mein größtes Problem hieß, bis ich vierzehn Jahre alt war?«

Das musste einfach sein, ich konnte nicht anders. Und nun weint sie. Sie hält zwar den Schal vor das Gesicht, doch ich sehe, wie ihr Tränen über die Wangen laufen, die im Schein der Berliner Straßenlaternen glitzern. Ich betrachte sie eingehend und stelle plötzlich fest, dass sie nicht mehr meine Mama ist, sondern nur noch eine alte Frau, die weint, weil etwas schwer auf ihrem Gewissen lastet und ihr die Kraft fehlt, sich davon zu befreien.

»Ich gehe meine Sachen holen. Mach's gut …«

Unschlüssig, was ich sonst tun oder sagen soll, drehe ich mich um und gehe davon. Da höre ich in meinem Rücken: »Soll ich auf dich warten?«

Ich bleibe stehen. In mir geschieht etwas, ich weiß nicht genau, was, aber es verändert schlagartig mein ganzes Leben. Ich lege die Hand auf meinen Bauch. Ich werde lernen müssen, das Wesen darin zu verstehen. Ich werde alles tun, was meine Mutter nicht getan hat. Aber vielleicht wäre ich dabei nicht so allein, wenn …

»Anna …«

Sie hat mich überholt und steht wieder vor mir. Ich werde sie nicht in die Arme nehmen, das kann ich nicht. Aber mir ist gerade aufgegangen, dass es im Leben einen Punkt gibt, an dem einem nichts anderes mehr bleibt als das, was man vor der Nase hat, und dann muss man sich entscheiden. Auf der Suche nach Indien entdeckt man Amerika. Meine

Mutter ist nicht mehr meine Mama, sie ist eine dem Dunkel der Vergangenheit entstiegene alte Frau. Sie hat sich die Augen abgewischt, und ich sehe eine letzte verräterische Träne auf den Schal fallen und versickern. Im selben Moment wird mir klar, dass in dieser Träne meine Seele war, nach der ich so viele Jahre gesucht habe.

Als wären wir Arbeitskolleginnen und würden uns tagtäglich sehen, sage ich, bevor ich hineingehe, in ganz selbstverständlichem Ton: »Warte einen Moment … Ich bin gleich wieder da.«

Die Bäuerin und der Hirte

»Hallo, Maria. Hören Sie mich? Hallo …«

Guten Tag, Senyor Karl. Und gut'n Tag, Herr Beethoven. Sie sind zusammen, wie schön. Sehen Sie mich nicht so an, Senyor Karl, Sie machen mich ganz verlegen. Diese hübschen bunten Wolken, die auftauchen und verschwinden, sehen aus wie weiche Watte. Bunte Watte, wie sie eine der beiden Damen in Barcelona benutzte, bei denen ich angestellt war, bevor ich zu Ihnen kam. So etwas hatte ich vorher noch nie gesehen, es war nicht die Zeit für bunte Watte, und ich traute meinen Augen nicht, als ich beim Putzen im Badezimmer diese weichen Bäusche entdeckte, die so anders waren als die Watte, die ich kannte. Einfach entzückend … Sie haben für so etwas natürlich keinen Sinn. Wenn ich für Sie Watte besorgte, nahm ich immer die normale weiße, denn vermutlich hätten Sie mich zur Rede gestellt oder gar nicht verstanden, dass auch das Watte sein sollte, wenn ich Ihnen die bunte besorgt hätte.

Denn außer Musik gab es für Sie ja nichts, das müssen Sie zugeben, Senyor Karl. Na ja, ganz stimmt das nicht, etwas war da schon noch. Und was für eine Überraschung, denn als ich Ihren Brief las, Senyor Karl, wäre mir fast das Herz stehengeblieben. Ich wusste überhaupt nicht, wie ich darauf reagieren sollte, bis ich von Ihrem Tod hörte. Dann brauchte ich nicht länger zu überlegen, dann brauchte ich die vierzehn Tage Bedenkzeit nicht mehr, die Sie mir für meine Entscheidung gegeben hatten. Die war ja ohnehin längst gefallen, denn es gibt Entscheidungen, Senyor Karl, die trifft man nicht, die sind einem ins Herz geschrieben, und man kann gar nicht anders, sosehr man sich auch bemüht.

Und dann diese Flut von Tränen. Es dauerte sehr lange, bis ich wieder Geige spielen konnte. Ein ganzes Jahr. Ich habe es am Anfang versucht, als ich noch in Ihrem Haus war und die Stainer noch hatte, doch ich musste so furchtbar weinen, dass ich es gleich wieder sein ließ. Später dann, bei mir zu Hause, probierte ich es wieder. Ich wischte den Staub ab und wollte dieses Lied spielen, gab den Versuch, das Unüberwindliche überwinden zu wollen, aber schnell auf. Ich ließ die Geige neben Beethoven liegen, so konnten die beiden einander Gesellschaft leisten und zusammen einstauben. Jeden Tag steckte ich den Kopf in diese Rumpelkammer und sagte mir, dass ich es heute bestimmt schaffen würde, ich fasste mir ein Herz und griff nach der Geige, doch dann schloss ich unverrichteter Dinge wieder die Tür hinter mir. Nach einem Jahr war der graue Beethoven braun und der Geigenkasten, der eigentlich dunkelbraun war, weiß geworden.

»Wie geht es Ihnen, Maria? Machen Sie sich keine Gedanken, es ist alles bereit. Seien Sie ganz unbesorgt.«

Na gut, wenn die Krankenschwester das sagt … Ich hätte nie geglaubt, dass ich jemals so etwas tun würde. Aber es ging nicht anders.

»Kommen Sie nicht mehr her«, hatte Senyor Mark zu mir gesagt. »Meiner Frau wäre es lieber, wenn … äh …« Er war nicht in der Lage gewesen, den Satz zu beenden, so schnell konnte er keinen Vorwand erfinden, um zu rechtfertigen, dass ich Senyora Anna ein Dorn im Auge war.

»Keine Sorge, ich werde nicht mehr kommen«, unterbrach ich sein dümmliches Gestammel, das in einem Räuspern steckengeblieben war. Er biss sich auf die Lippe und sagte, er bedaure es sehr.

»Behalten Sie die Schlüssel«, erklärte er, als wäre das eine große Ehre, und fügte hinzu: »Man weiß nie.«

Er tat mir leid, er wusste nicht, wie er mit der Situation umgehen sollte, wie er es anstellen sollte, mich nicht zu entsorgen wie einen schmutzigen Lappen, ohne jede Möglichkeit, zu ihm, in seine Wohnung, wie er sagte, zurückzukehren. Wenn das eine Wohnung war, was war dann mein Zuhause? Ein Kaninchenstall? Jedenfalls kein Vergleich zu diesem Palast. Dabei wusste Senyor Mark ganz genau, wie es ist, wenn man gerade so über die Runden kommt, doch ans gute Leben gewöhnt man sich anscheinend schnell.

Aber das mit Senyor Mark war erst viel später passiert, da staubte ich den Beethoven in dem winzigen Zimmer in meiner winzigen Wohnung schon seit Jahren wieder ab und spielte auch längst wieder das Lied von der Bäuerin und dem Hirten. Mittlerweile komme ich mit den Daten durcheinander, ich weiß bald nicht mehr, wann was war. Und mit den vielen Frauen, mit denen Sie sich auf dem Sofa amüsiert haben, Senyor Karl, komme ich auch durcheinander. Das waren andere Zeiten, und wenn gerade eine Frau aktuell war, ließen Sie mich links liegen und vergaßen sogar meinen Geigenunterricht. Später nicht mehr, aber anfangs war es so, wissen Sie noch? Sie brauchen nicht nach Ausflüchten zu suchen, ich will Ihnen ja gar keine Vorhaltungen machen, bestimmt nicht, aber Sie müssen zugeben, dass es so war, Senyor Karl. Was sagen Sie? Sie haben mich nicht gesehen? Ich weiß, ich war unsichtbar für Sie, aber keine Sorge, daran hatte ich mich gewöhnt.

Ich weiß nicht, ob Sie mich am Ende wahrnahmen. Sie schienen jedenfalls böse auf mich zu sein, Sie redeten kein Wort mit mir und fuhren einfach weg. Ja, ich weiß, dass Sie es mir in dem Brief erklärt haben. Als ich ihn las, fing ich an zu zittern. Zu zittern und zu weinen, jawohl. Natürlich nicht vor Kummer wie nachher, als Sie tot waren. Damals gab es nicht diese bunten Wolken. Und auch nicht den hohen Baum, der sich nach oben verjüngte. Ich musste einfach dorthin gehen. Seine Krone war gelb, das konnte ich im Mondlicht erkennen. Ich habe den Geigenkasten abgelegt und angefangen zu spielen. Es ist kein Mensch gekommen, Senyor Karl, aber es war sehr dunkel. Und mein Bauch tat mir weh. Ich hatte so heftige Schmerzen, dass sich mein Bauch am Ende anfühlte wie eine Feuerkugel.

»Wie geht es Ihnen, Maria?«

Gut, würde ich sagen, aber ich kann nicht antworten, ich gebe nur einen seltsamen Ton von mir, der daher kommt, wo vorher das Feuer war. Das ist jetzt weg, in mir ist nur noch Frieden, ein außergewöhnlicher Frieden, und ich bin im Paradies der Wattewolken und der Beethovens, die mich mit hochgezogenen Augenbrauen miesepetrig anschauen. Und auch Sie sind da, ja, ich weiß, Senyor Karl, Sie brauchen nichts mehr zu sagen, ich weiß, ich sehe es.

Die Schwester, die Katalanisch und Spanisch spricht, ist hereingekommen. Alle anderen hier reden nur in der unverständlichen Sprache dieses Landes, und sagen »Gut'n Tag«, wenn sie das Zimmer betreten. Als ich es das erste Mal hörte, nahm ich alle Kraft zusammen, um die Augen zu öffnen und nachzuschauen, ob Beethoven tatsächlich in diesem Zimmer war, wo man mich jetzt untergebracht hat. Aber er war nicht da, es gab nur einen Fernseher, einen Stuhl und einen Schrank, alles in einem blassen Straßenköterbraun. »Wo bin ich?«, dachte ich, konnte mich aber auf Anhieb an nichts erinnern. Später schon, und schließlich konnte ich sogar mit einer Krankenschwester reden, mit der, die Katalanisch und Spanisch sprach, und sie sagte, man habe mich ohnmächtig auf einem Platz gefunden, neben mir die Geige. Ich hätte drei Tage lang geschlafen, solle mir jedoch um nichts Sorgen machen. Und die Geige sei sicher im Schrank verwahrt. Ich schlug die Augen auf und sagte, eine Sache wäre da aber, die mir keine Ruhe ließe.

Das ist jetzt auch geregelt, Senyor Karl. Nachdem Senyora Teresa mir erzählt hatte, wie sie an die Geige gekommen war, ergab sich alles wie von selbst. Denn kaum ein halbes Jahr später rief Ihr Sohn an und bat mich, die Wohnung zu hüten, da er Senyora Anna für zehn Tage zur Kur begleiten müsse und ihre Wertsachen, den Schmuck und die Stainer, nicht so lange unbeaufsichtigt lassen wolle. Anscheinend durfte Senyora Anna das Instrument auf Anordnung des Arztes nicht mitnehmen, weil sie ihre Arbeit für ein paar Tage ganz vergessen sollte. Ich glaube, Senyor Mark hatte kein Vertrauen zu der Haushälterin, die Senyora Anna eingestellt hatte, denn er sagte: »Schauen Sie ein paar Mal nach dem Rechten, außer Ihnen wird niemand da sein. Und fassen Sie nichts an, damit bloß keiner auf den Gedanken kommt, Sie könnten …« Er unterbrach sich. Wenn Senyor Mark mit mir sprach, brachte er seine Sätze oft nicht zu Ende, er wusste einfach nicht weiter. Er tat mir leid, denn er ist ein viel zu offenherziger Mensch, genau wie Sie. Er müsste noch lernen, ein bisschen diplomatischer zu sein.

»Machen Sie sich keine Sorgen«, beruhigte ich ihn.

»Danke, Maria. Sie sind mehr wert als all der Schmuck und die Stainer zusammen.«

Ich hatte den Eindruck, dass er am anderen Ende der Telefonleitung lächelte, und freute mich darüber.

In diesem Moment hatte ich einen Geistesblitz. Dass ich nicht früher auf die Idee gekommen war … Es war genau wie gestern, als ich die Krankenschwester ansprach, mit der ich mich verständigen kann. Oder war das heute? Oder womöglich vor zehn Tagen? Ich weiß es nicht, mir ist jegliches Zeitgefühl abhandengekommen, jedenfalls konnte ich da noch reden.

»Würden Sie bitte ein Blatt Papier und einen Stift nehmen und Folgendes aufschreiben?«, bat ich sie und diktierte ihr: »Senyora Teresa, wie Sie dem hier beiliegenden Brief von Senyor Karl entnehmen können, gehört die Geige mir. Ich war es, die sie damals in den Müll geworfen hatte, und jetzt schenke ich sie Ihnen.« Ich unterschrieb mehr schlecht als recht und sagte zu der Schwester: »Bitte lassen Sie dieses Schreiben, den Brief, der in meiner Nachttischschublade liegt, und die Stainer nach meinem Tod an diese Adresse zu Händen von Senyora Teresa senden.«

»Die Stainer?«, wiederholte die Krankenschwester verständnislos.

»Die Geige, die Sie in den Schrank geschlossen haben.«

»Ach so.« Sie wirkte verwirrt.

»Diese Geige hat einen Namen«, erklärte ich. Ich weiß nicht mehr genau, wann das war, ob vorher oder nachher, die Zeit vergeht so schnell, und alles ist so sonderbar, doch ich glaube, Senyor Karl, als ich in diesem Moment aufwachte, dürften das in etwa meine letzten längeren zusammenhängenden Worte gewesen sein. So viel auf einmal zu sprechen, fiel mir unsagbar schwer. Doch ich schaffte es, und danach war ich beruhigt.

Als ich mich unter Beethovens strengem Blick wieder an das Lied von der Bäuerin und dem Hirten heranwagen wollte, lebte ich schon ein gutes Jahr in meiner kleinen Wohnung und musste die Gipsfigur und den Geigenkasten erst einmal vom Staub befreien, das Instrument stimmen und eine neue E-Saite kaufen, weil die alte gerissen war. Aber damit kannte ich mich ja aus, nicht wahr, Senyor Karl? Sie erinnern sich doch, wie Sie mich immer losgeschickt haben, neue Saiten besorgen, meistens E-Saiten, denn die rissen am häufigsten. Und wie Sie mir dann gezeigt haben, sie aufzuziehen? Ich hatte nie Schwierigkeiten, sie aufzuziehen, müssen Sie wissen, dieses Mal nicht und auch sonst nicht.

Ich spielte das Lied immer häufiger, das und all die anderen, und musste dabei zwar immer seltener weinen, doch ich ließ mich so sehr von meinen Gefühlen mitreißen, von meiner Seele, von der Sie gesprochen hatten, dass ich die Welt buchstäblich hinter mir ließ. Wenn ich die Augen schloss, sah ich Sie vor mir und hoffte, Sie wären noch da, wenn ich sie wieder öffnete, doch da war bloß der gleichmütige Beethoven. Und so wusste ich nie, ob ich richtig gespielt hatte, weil ihm alles recht war.

Im Gegensatz zu meiner kleinen Wohnung war die von Senyor Mark groß und geräumig. Doch da ich sie jahrelang geputzt hatte, kannte ich jeden Winkel, und so fiel es mir nicht allzu schwer, die Stainer in den paar Tagen zu finden, in denen ich dort nach dem Rechten schauen sollte. Ich hatte mir einen Plan zurechtgelegt. Ich weiß noch immer nicht so recht, ob es eine gute Idee war, die mir seit damals im Kopf herumspukte, aber wie auch immer, es ist vollbracht, ich habe getan, was getan werden musste. Ich bin ganz schön abgefeimt, Senyor Karl.

Ich lief in den Laden, wo ich immer die Saiten kaufte, und fragte, ob sie mir jemanden nennen könnten, der Geigen baute, und sie gaben mir eine Visitenkarte. Ich ging zu der angegebenen Adresse und traf auf einen Mann, der mich von oben bis unten musterte, als ich ihm erklärte, ich bräuchte innerhalb von einer Woche eine besondere Geige. Mit spöttischem Unterton fragte er mich, ob ich eine Geige für ein Spielzeug halten würde. Ich verneinte und versprach ihm eine Menge Geld, wenn er innerhalb einer Woche eine genaue Kopie eines anderen Instruments anfertigen würde. Ich nannte eine Summe, die mehr oder weniger ein Viertel dessen war, was Sie mir in Ihrem Testament vermacht hatten. Anscheinend war mein Angebot völlig überzogen, denn der Mann bekam Stielaugen. Als er sich wieder gefasst hatte, sagte er, wie viel ich als Anzahlung zu leisten hätte, und ich schlug ein.

Am nächsten Tag brachte ich ihm die Stainer, und nach Ablauf einer Woche holte ich sie wieder ab. Da erwartete mich der Herr Geigenbauer, der anfangs nur eine

Mischung aus Argwohn und Spott für mich gehabt hatte, mit Tee und Gebäck und bat mich wortreich, Platz zu nehmen, mein Instrument sei fertig, er würde es mir gleich bringen. Doch ich war nachtragend und lehnte dankend ab. Er solle mir einfach die Stainer und die Kopie geben, ich wolle sie eingehend vergleichen, und wenn die Kopie so war, wie sie sein sollte, würde ich zahlen und meiner Wege gehen. Er verneigte sich bis zum Boden, na ja, nicht ganz, aber fast, und ging die Geigen holen. Zuerst vergewisserte ich mich, dass mit der Stainer alles in Ordnung war, und schaute durch das F-Loch nach der Signatur. Anschließend nahm ich die zweite Geige in Augenschein, und sie sah bei Gott genauso aus wie die Stainer. Abgesehen von der Signatur waren die beiden Instrumente wirklich nicht auseinanderzuhalten, auch wenn sie natürlich ganz verschieden klangen. Das weiß ich, weil ich noch in der Werkstatt des Geigenbauers ein wenig darauf spielte. Dem guten Mann stand vor Verblüffung der Mund offen. Noch bevor er sich wieder fangen konnte, bezahlte ich, was ich ihm schuldete, bedankte mich und wünschte ihm Lebewohl.

Ich brachte die Stainer zurück in Senyor Marks Wohnung, genau einen Tag bevor die beiden aus dem Kurort zurückkehrten, wo sich Senyora Anna offenbar einigermaßen erholt hatte, und bevor er mich anrief, um sich zu erkundigen, ob alles in Ordnung sei.

»Alles in bester Ordnung, Senyor …, ich meine, Mark.«

»Ich weiß gar nicht, wie ich Ihnen danken soll, Maria.«

»Schon gut«, erwiderte ich großmütig. Er konnte ja nicht ahnen, wie sehr er mir bereits gedankt hatte.

Die andere Geige hatte ebenfalls eine Seele, ich habe sie gesehen. Ich verstehe immer noch nicht, wieso man bei Geigen die Seele sehen kann und bei Menschen nicht, Senyor Karl. Aber wenn unsere auch so aussieht, wird sie natürlich leicht davongeweht. Sobald es bei meiner so weit ist, macht sie sich schnurstracks auf die Suche nach Ihnen. Und wenn wir uns dann gefunden haben, sitzen wir im Haus der bunten Wolken in der Küche und lassen uns Schokolade mit Schlagsahne schmecken. Wenn Sie wollen, können Sie sich auch mit Frauen amüsieren, Senyor, glauben Sie nicht, das stört mich. Der Mensch gewöhnt sich an alles. Und es sind so viele Jahre …

Ich wusste nicht, wann ich die Geigen würde vertauschen können. Es verging eine ziemlich lange Zeit, und am Ende dachte ich, ich würde es vielleicht nie schaffen, denn allmählich wurde ich alt. Doch zumindest konnte ich mir jetzt einbilden, ich würde auf der Stainer spielen, denn die neue Geige, die ich für meine Etüden nahm, ähnelte ihr sehr. Und obwohl sie nicht die Stainer war, klang sie gut, sehr gut sogar.

Als ich schon mit dem Gedanken abgeschlossen hatte, meine Geige – denn es ist meine, Sie haben sie mir geschenkt – jemals wiederzubekommen, da rief Senyor Mark an und sagte, es würde ihn sehr freuen, wenn ich zu dem Konzert nach Berlin käme.

»Ja, aber was sagt Senyora Anna dazu?«, fragte ich.

»Ach, die, die kann sagen, was sie will. Ich möchte, dass Sie dabei sind.«

Ich hatte den Eindruck, als wäre es ihm nicht mehr so wichtig, wie sie darüber dachte, denn er bestand darauf, aber ich sagte nein, und er sagte doch, nein, doch, so ging es eine Weile hin und her, bis mir auf einmal die Idee kam und ich sagte: »Einverstanden. Ich komme.«

Ich war sehr erschöpft und bekam Bauchschmerzen, allerdings nicht sonderlich stark, sodass ich sie nicht allzu ernst nahm. Außerdem wollte ich es nun unbedingt hinter mich bringen, und zwar erfolgreich. Während ich überlegte, wie ich es wohl bewerkstelligen konnte, sang ich die ganze Zeit vor mich hin: »Ich putze jetzt das ganze, ganze Haus …«, denn Senyor Mark hatte mir erzählt, sie würden in Berlin die Musik aufführen, die Sie immer am Sonntagvormittag gehört hatten, und das war der Text, den ich damals dazu gedichtet hatte. Nur fehlte mir jetzt die Musik im Hintergrund. Aber wissen Sie was, Senyor Karl, eines Tages ging ich in ein Plattengeschäft, fragte, ob sie diese Musik hätten und sang ein Stück vor, doch der Verkäufer wurde rot und rief einen Kollegen. Schließlich kam der, der für klassische Musik zuständig war, und sagte: »Ah, Sie meinen das *Doppelkonzert für zwei Violinen* von Bach.«

»Ja, genau«, stieß ich hervor, denn das mit den zwei Violinen passte perfekt zu meinem Plan. Natürlich, Sie hatten dieses Stück mit zwei Geigerinnen gespielt, es musste das richtige sein. Ich kaufte die Platte, so eine kleine, die man

CD nennt und die ich zu Hause in meiner Musikanlage abspielen konnte. Von da an hatte ich musikalische Begleitung.

Allerdings löste ich mich jedes Mal, wenn ich diese Bach-CD einlegte, in Tränen auf, Senyor Karl, weil ich Ihr Bild vor Augen hatte. Sie standen vor mir, alt, aber stattlich, ließen sich Ihre Schokolade schmecken und lachten. Ich weiß nicht, warum Sie in meiner Vorstellung immer gelacht und Schokolade gestippt haben. So wie jetzt, Sie tun es ja schon wieder, nach all den Jahren haben Sie nicht damit aufgehört, allerdings habe diesmal nicht ich sie zubereitet, denn ich kann mich nicht rühren. Außerdem steckt irgendetwas in meinem Gesicht, in meinem Mund, im Hals. Ich würde momentan nichts herunterbekommen. Jesses Maria, können die das nicht mal rausziehen? Dann würde ich mit Ihnen kommen. Ich bin das Ganze so leid. Wenn ich mich bewegen könnte, würde ich es ja selbst machen, dann hätte das Ganze ein für alle Mal ein Ende, aber ich schaffe es nicht, ich habe nicht die Kraft, mir diesen Schlauch herauszureißen.

Ich besorgte mir ein Flugticket. Senyor Mark erklärte ich am Telefon, meine Schwester lebe in Berlin und habe mich eingeladen, einen Tag früher zu kommen, um sie zu besuchen. Natürlich habe ich hier keine Schwester, meine gesamte Familie ist in Andalusien geblieben, als ich damals fortging, doch Senyor Mark glaubte mir jedes Wort. Er wollte wissen, ob ich denn schon das Flugticket hätte, denn er habe eins für mich gekauft, und als ich ja sagte, meinte er, das sei nicht schlimm, das könne er stornieren.

»Aber Maria, was machen Sie nur für Sachen?« Er klang beinahe ein bisschen vorwurfsvoll. »Und ich habe gedacht, Sie hätten keine Ahnung, wie Sie an ein Ticket herankommen sollen.« Ich lachte und fragte mich, wer wohl seiner Meinung nach die Flugtickets seines Vaters besorgt hatte, sagte jedoch nichts.

Vor gut einem Monat, das heißt, gut einen Monat bevor ich hier gelandet bin, denn ich weiß nicht, wie lange ich schon hier bin, eine Stunde, zwei Wochen oder drei Monate. Jesses Maria, ich bin ganz wirr im Kopf, einen Monat vorher also, machte ich mich auf den Weg zu demselben Reisebüro, in dem ich damals immer war. Das Gehen fiel mir schwer, doch obwohl ich in der Nähe meiner Wohnung ein anderes Reisebüro sah, wollte ich unbedingt zu meinem. Dort schaute ich mich nach einem bekannten Gesicht um, und tatsächlich war da noch ein älterer Herr, den ich kannte. Er war längst nicht so alt wie Sie und ich, Senyor Karl, doch als die Frau, die mich früher immer bedient hatte, in Rente ging, wurde er ihr Nachfolger. Er kümmerte sich um mein Ticket und auch um den Rückflug, unabhängig von den anderen, denn wir kamen ja mit wer weiß wie vielen Personen hier nach Berlin, wie Sie damals, wenn Sie mit dem ganzen Orchester reisten, allerdings habe dann nicht ich die Tickets besorgt, das war zu kompliziert. Der Mann vom Reisebüro, der mir einen Stuhl anbot und sehr höflich war, suchte mir auch ein Hotel, in dem ich vor der Ankunft der anderen für eine Nacht unterkommen konnte.

So haben wir es gemacht, Senyor Karl. Wundert Sie das? Nein, das sehe ich Ihnen an. Gleich am Tag meiner Ankunft in Berlin fuhr ich mit dem Taxi zum Theater, um die Kopie der Stainer dort zu deponieren. Nach einigem Hin und Her konnte ich mich schließlich mit Händen und Füßen mit der jungen Frau an der Garderobe verständigen, der ich ein kleines Trinkgeld gab. Ich wusste zwar nicht, wann ich den Austausch würde vornehmen können, aber ich hatte mir in den Kopf gesetzt, es hier in Berlin zu tun, Ihretwegen und auch wegen Senyora Teresa, die Ärmste hat in ihrem Leben so viel durchmachen müssen. Natürlich hat es auch Senyora Anna nicht leicht gehabt. Möglicherweise ist sie sogar diejenige, die von uns allen am meisten gelitten hat, aber Sie stimmen mir sicher zu, dass sie es verdient hat, einmal gründlich auf die Nase zu fallen. Vielleicht lernt sie ja daraus und ändert sich. Sie brauchen mich gar nicht so durchdringend anzuschauen, Senyor Karl, im Grunde wissen Sie, dass ich recht habe.

Am nächsten Tag kamen auch die anderen in Berlin an, und wir trafen uns alle im Hotel. Senyora Anna hat sich mir gegenüber aufgeführt, das können Sie sich nicht vorstellen. Anscheinend bekam sie schon Ausschlag, wenn ich mich nur auf einen Stuhl setzte, denn ich war von der Herumrennerei fix und fertig. Sie stritten die ganze Zeit über Kleinigkeiten, wie und wann sie die Probe machen würden, wie sie ins Theater fahren würden und so weiter. Und dann erwähnten sie beim Mittagessen beiläufig Senyora Annas

Angewohnheit, sich vor dem Konzert in ihrer Garderobe einzuspielen und kurz vor ihrem Auftritt die Geige auf der Vorbühne liegenzulassen und an die frische Luft zu gehen. Sie wurde sogar rot, als sich jemand einen Scherz darüber erlaubte, denn die vom Orchester machten sich die ganze Zeit über sie lustig, direkt vor ihrer Nase. Ich bin mir nicht sicher, ob sie es mitbekam, doch sie reckte ihre Nase immer höher, und weil die klein und schmal ist, sah sie dann aus wie eine Nadel. Ich weiß wirklich nicht, Senyor Karl, was Sie an ihr finden konnten, diese Frau ist kalt wie ein Fisch. Aber keine Sorge, ich will Ihnen deshalb keine Vorhaltungen machen.

Der Rest war im Grunde ganz einfach. Womit ich allerdings nicht gerechnet hatte, war, nicht auf dem Damm zu sein, doch mir ging es schlecht, sehr schlecht, Senyor Karl, mein Magen brannte fürchterlich, es wurde immer schlimmer. Zeitweise blieb mir regelrecht die Luft weg, aber ich musste unbedingt durchhalten, wenn ich die beiden Geigen hier in Berlin vertauschen wollte. Als ich das geschafft hatte, ging ich hinaus. Ich konnte mich nicht mehr auf den Beinen halten und wollte auch gar nicht wissen, was mit Senyora Anna passierte, wenn sie mit dem Bach-Stück anfing. Ich hatte meinen Spaß gehabt, das wäre zu viel für mich gewesen. Womöglich hätte man mich sonst tot in meinem Theatersessel aufgefunden. Und das ging nun wirklich nicht, mitten im Publikum zu sterben wäre sehr hässlich gewesen, und dabei trug ich doch ein so schönes langes Kleid, das jetzt vermutlich hier neben der Geige im Schrank hängt. Und so stand ich auf, ging zur Garderobe und holte die Stainer, die ich dort in aller Eile abgegeben hatte und eigentlich erst am nächsten Tag abholen wollte. Ich nahm sie aber doch lieber gleich mit, ich konnte nicht mehr, Senyor Karl. Sobald ich die Sache hinter mich gebracht hatte, fühlte ich den Tod nahen. Ich strich über Ihren Brief, den ich immer bei mir hatte, seit Sie ihn mir gegeben haben, und der nun in der Nachttischschublade liegt und darauf wartet, zusammen mit der Geige an Senyora Teresa geschickt zu werden. Wo ich ihn vorher aufbewahrt habe, sage ich besser nicht, denn das ist mir peinlich, aber Sie können es sich sicher ohnehin denken. Etwas musste ich jedenfalls noch erledigen, bevor ich diese Welt für immer verließ. Ich hielt ein Taxi an und sagte dem Fahrer, er solle mich zum Kollwitzplatz bringen. Und, so unglaublich es klingt, er verstand mich.

Dort stand ein Baum, dessen gelbe Krone sich nach oben verjüngte, Senyor Karl, und darunter eine Bank. Es war ein schöner Baum, wenn auch dunkel und welk. Der Boden rundum war von Blättern bedeckt, die ich beim Gehen aufwirbelte, weil ich die Füße nicht mehr richtig heben konnte. Die Geige wurde mir schwer. Ich hatte keine Ahnung, wohin das alles führen sollte, aber ich wusste genau, was ich tun musste.

Unter dem Baum begann ich, das Lied von der Bäuerin und dem Hirten zu spielen. Ich bekam keine Luft, und jede Bewegung tat mir weh, aber ich legte mir die Geige, die Senyora Anna so präzise gestimmt hatte, unters Kinn. Ringsum war alles feucht, doch es regnete nicht mehr. Der Mond ging auf, rund und voll wie eine Orange, und liebkoste mir das Gesicht, als wäre es Ihre Hand, als wären Sie es. Die Geige gab ihre magischen Klänge von sich, und plötzlich war ich nicht mehr in diesem Park, sondern bei Ihnen im Musikzimmer neben dem Klavier. Ich sah es vor mir, ich war gekleidet wie die Bäuerin und Sie wie der Hirte. Heiße Tränen brannten auf meinen eisigen Wangen, denn Ihre Stadt, Senyor Karl, ist bitterkalt. Ich konnte nicht aufhören zu weinen. Als das Lied zu Ende war, standen Sie auf, traten neben mich und sagten zu mir: »Legen Sie bitte Ihre Tracht ab.«

Mehr weiß ich nicht. Ich habe keine Ahnung, was dann passierte.

Sehen Sie, jetzt habe ich es geschafft, die Augen zu öffnen. Es ist niemand hier. Eigentlich könnte ich mir doch jetzt, wo ich wieder ein bisschen klarer bin, mit einer Hand diesen unangenehmen Schlauch herausziehen. Ich versuche es. Wenn es mir gelingt, komme ich zu Ihnen auf die bunten Wolken, Senyor Karl. Für immer. Und nicht einmal meine Seele wird hier zurückbleiben.

Maria,

ich bin nicht sehr geübt mit Worten. Ich schreibe nichts als Noten, und mir ist, als wüsste ich gar nicht mehr, wie man einen zusammenhängenden Satz formuliert. Da ich Ihnen aber etwas sagen möchte, das ich in all dieser Zeit nie über die Lippen gebracht habe, schreibe ich Ihnen nun diesen Brief, und weil ich ein Feigling bin, bekommen Sie ihn erst in dem Moment, in dem ich für ein paar Tage wegfahre.

Die Geige, die Sie vor nunmehr vierzig Jahren aus Versehen in den Müll geworfen haben, gehört Ihnen. Ich habe sie für Sie zurückgeholt. Behalten Sie sie, und spielen Sie darauf, sooft Sie können, die deutschen Lieder, die Sie so herrlich zum Klingen bringen, insbesondere das von der Bäuerin und dem Hirten. Sie spielen mit einer Zartheit, wie ich noch nie jemanden habe spielen hören. Und Ihnen fehlte nur eine Geige wie die Stainer. Als mein Vater, der sie aus Salzburg mitgebracht hatte, sie mir überreichte, konnte er nicht ahnen, dass sie eines Tages bei jemandem landen würde, der ihr solche Klänge entlockt. Natürlich besitzen Sie nicht die Schnelligkeit oder Virtuosität anderer Geigerinnen, weil Sie nicht die entsprechenden Möglichkeiten hatten. Aber Sie besitzen ein Talent, für das viele Musiker ihr Leben geben würden: die Fähigkeit, dem, der Sie spielen hört, den Atem zu verschlagen, so wie mir. Sie haben mich zum Weinen gebracht, Maria, und Sie ahnen ja gar nicht, wie schwer es ist, einen Musiker zum Weinen zu bringen …

Doch eigentlich wollte ich Ihnen etwas anderes sagen. Und zwar, dass Sie mir meine Seele geraubt haben, Maria. Vielleicht ist das der Grund, warum Sie so schön spielen: Sie besitzen zwei Seelen, Ihre eigene und meine. Vierzig Jahre lang waren Sie still und rührig an meiner Seite, Ihretwegen habe ich mich in diesem Haus so wohl gefühlt, Ihnen verdanke ich, dass es mir nie an etwas fehlte. Und Sie haben mir all die Jahre diese köstliche Schokolade zubereitet, die ich nicht zuletzt um des Vergnügens willen zu mir nehme, ein Weilchen mit Ihnen plaudern zu können …, mit Ihnen, die mit mir gelacht und geweint hat … Sie haben mein Herz berührt. Das wusste ich schon, als Sie unser Lied zum ersten Mal so wunderbar gespielt haben … An dem Tag, an dem ich Sie bat, Ihre Tracht abzulegen. Ich musste gehen, um sie Ihnen nicht selbst auszuziehen, es kostete mich große Selbstbeherrschung. Stellen Sie sich nur vor, ich hätte es getan, was hätten Sie wohl von mir gedacht? Zumal ich ja gar nicht weiß, was Sie von meiner Lebensweise halten …

Maria, ich habe versucht, Sie mir aus dem Kopf zu schlagen, aber ich schaffe es nicht. So etwas ist mir noch nie passiert. Als ich meine Frau kennenlernte, war ich noch sehr jung, und die Umstände waren ungewöhnlich. Ich verliebte mich in sie, sicher, aber ich weiß nicht, inwieweit dabei nicht auch unser Umfeld und die damaligen Verhältnisse eine Rolle spielten. All die anderen Frauen, mit denen ich zusammen war, waren nicht mehr als Momente musikalischer Intensität …, wie ein Wechsel der Tonart in ein und derselben Komposition … Ich weiß nicht, ob ich mich verständlich ausdrücke, und ich weiß nicht, ob Sie mich je verstanden haben, doch besser kann ich es Ihnen nicht erklären.

Bei Ihnen hingegen musste ich in der letzten Zeit Tag für Tag an mich halten, um Ihnen nicht Hände, Gesicht und alles andere zu küssen, nicht dem Wunsch nachzugeben, Ihnen meine Empfindungen zu offenbaren. Ihnen zu sagen, dass ich Sie liebe. Verzeihen Sie meine Aufrichtigkeit. Das ist es, was ich fühle, und jetzt kann ich nicht mehr anders, als es Ihnen zu gestehen, auch wenn ich nicht den Mut habe, es von Angesicht zu Angesicht zu tun.

Ich fahre weg und hoffe zurückzukehren. Ich fühle mich blendend. Man hat mir zwar gesagt, eine Reise könne meiner angeschlagenen Gesundheit abträglich sein, doch Sie wissen ja, wie Ärzte sind, sie müssen ständig übertreiben … und ich fühle mich, als könnte ich es mit der ganzen Welt aufnehmen.

Sie haben nun vierzehn Tage Zeit, darüber nachzudenken … Geben Sie mir bei meiner Rückkehr bitte eine Antwort? Wir sind beide alt genug und kennen einander so gut! Ich habe kein Bedürfnis mehr, mich mit anderen Frauen einzulassen, falls Ihnen das Sorge bereiten sollte …, obwohl ich das nicht glaube, es hat Sie ja noch nie beunruhigt. Wenn Sie mir Ihr Jawort geben, würde ich Ihnen gern meinen Kollwitzplatz zeigen. Wir reisen nach Berlin, nehmen die Stainer mit, und Sie spielen das Lied von der Bäuerin und dem Hirten dort, wo ich es einst spielte … Und ich werde stolz darauf sein, dass ich Ihnen ein paar Noten beibringen konnte, damit Sie Ihre Seele hineinlegen, diese Seele, die Sie in sich tragen, seit Ihre Eltern Sie die Lieder gelehrt haben, die Sie bei mir nicht singen durften. Ich werde Sie umarmen, und wir werden glücklich sein, Maria.

Aber seien Sie unbesorgt, falls Sie nichts von mir wissen wollen …, oder nicht mehr als bisher … In diesem Fall verspreche ich Ihnen, auch künftig die Distanz zu wahren, die Ihnen und Ihrer Entscheidung gebührt, dieselbe Distanz, die wir vierzig wunderbare Jahre lang gewahrt haben.

Für immer der Ihre
Karl

PS: Fast hätte ich es vergessen: Ich habe Anna versprochen, sie zu heiraten, wenn sie mir dafür die Geige gibt. Das darf Sie jedoch nicht beunruhigen. Ich werde sie heiraten, doch wir werden sie im Nu wieder los sein. Denn wenn sie merkt, wie wenig ich mir aus ihr mache, wird sie bald gehen.

Cantonigròs, Januar 2012

Blanca Busquets über ihren Roman, die Bedeutung der Musik und ihre Liebe zu Bach

Ihr Roman ist eine Liebeserklärung an die Musik. Wie sind Sie auf die Idee zu diesem Buch gekommen?
Ich wollte etwas über das *Doppelkonzert für zwei Violinen* von Bach schreiben, dessen erster Satz an ein Wettrennen zwischen zwei Geigen erinnert. Es klingt, als hassten sich die beiden Violinistinnen, weil beide die Geliebten des Dirigenten sind. Diese Idee bekam ich nicht mehr aus dem Kopf. Außerdem war es an der Zeit, die Musik in den Mittelpunkt eines Romans zu stellen, da ich aus einer Musikerfamilie komme. Und es war an der Zeit, die musikalischen Beziehungen von Ost und West während des Kalten Krieges zu thematisieren. Ich selbst bin damals als Musikerin auf die andere Seite des Eisernen Vorhangs gereist.

Die Musik und die Gefühle, die sie weckt, sind zentrale Themen im Roman. Zeigt das, wie universell Musik ist und dass jeder sie genießen kann?
Natürlich! Und am besten ist es, wenn man beim Lesen Bach hören kann. Zum Beispiel können Sie mit dem QR-Code (unten auf dieser Seite) den zweiten Satz des *Doppelkonzertes* anhören. Ich empfehle, über Musik zu lesen, dabei Musik zu hören und sich vollkommen in Bach zu verlieben, so wie es mir ergangen ist.

Hören Sie hier das *Doppelkonzert für zwei Violinen* von Johann Sebastian Bach: